WICKED LIARS

WINDSOR ACADEMY BUCH 1

LAURA LEE

Übersetzung durch H.K. Schlüter

Lektorat durch Red Ink Edits - Nadine und Liza Schumacher

Cover-Design: Y'all That Graphic

PROLOG

JAZZ

Es ist schon komisch, woran man denkt, wenn man im Sterben liegt. Ich frage mich zum Beispiel, was für einen Geburtstagskuchen Ainsley bekommen hat? Ich hatte auf Schokolade gehofft, vielleicht mit Himbeerfüllung ... aber, das ist jetzt wohl nicht mehr wichtig. Oder ... es wäre wirklich cool, wenn ich jetzt am Strand spazieren ginge und das Meer meine Zehen umspielen würde, während die Wellen gegen die Küste schlagen. Ich wette, ein einheimischer Jogger wird meine Leiche finden. Ist dir das noch nie aufgefallen? Es sind immer Läufer, die Leichen finden. Ich kann mir die Schlagzeilen schon vorstellen:

Teenager in beschaulichem Bergdorf erstochen

Es wird diese Gemeinschaft vorübergehend aufrütteln, aber ehe man sich versieht, werde ich nur noch das arme Mädchen sein, das am Ufer gestorben ist. Gänsehaut bildet sich auf meiner Haut, während ein Schauer durch meinen Körper läuft. Verdammt, ist das kalt hier oben. Ich trage zum ersten Mal ein Kleid und bleibe prompt in der Wildnis stecken.

Was mich wirklich wütend macht – und ja, ich habe jedes Recht, wütend zu sein, während ich hier liege und verblute – ist die Tatsache, dass ich nicht aufhören kann, darüber nachzudenken, dass die Leute, die dafür verantwortlich sind, damit durchkommen werden. Sie werden die Highschool abschließen, aufs College gehen, schließlich heiraten und kleine, überhebliche Babys in die Welt setzen, ohne jemals zurückzublicken. Sie werden nie erfahren, wie es ist, die Konsequenzen für ihr Handeln tragen zu müssen. Diese Menschen werden immer in einer Welt leben, in der man jedes Problem lösen und mit jeder Schandtat davonkommen kann, indem ein wenig mit Geld um sich wirft.

Mein Körper sinkt tiefer in den Boden, der Geruch von Schlamm und Kupfer erfüllt meine Sinne. Ich sollte wirklich Hilfe holen, aber mich zu bewegen ist keine Option. Schreien ist auch keine – das habe ich schon versucht, und das Einzige, was es mir gebracht hat, ist eine raue Kehle. Mein Kopf dreht sich zur Seite, mein starrer Blick fällt auf die glasige Oberfläche des Sees, während die Finger meiner nicht gebrochenen Hand über meinen Unterleib streichen und vergeblich versuchen, den Fluss klebrigen Blutes zu stoppen.

Während ich den Vollmond anstarre, der sich auf der Oberfläche des Sees spiegelt, wird mir die Ironie meiner Situation bewusst. Gewalt ist mir nicht fremd – ich war die meiste Zeit meines Lebens davon umgeben. Wenn man arm ist oder sich nach dem nächsten Schuss sehnt, ist man überrascht, zu welchen Taten Menschen fähig sind, wenn die

Verzweiflung zu groß wird. Deshalb hat meine Mutter mir beigebracht, wachsam zu sein und immer Vorsichtsmaßnahmen zu treffen. Ich habe mir ihre Lektionen zu Herzen genommen und es geschafft, über siebzehn Jahre ohne Zwischenfälle zu überleben.

Aber natürlich musste es verdammt noch mal so kommen, dass, wenn ich tatsächlich Opfer von Gewalt werde, dies an einem Ort geschieht, der vor Reichtum stinkt.

Das habe ich nun davon, dass ich einem Lügner vertraut habe.

Kapitel Eins

JAZZ

„Da wären wir." Davina, meine Betreuerin vom Sozialamt, schiebt ihren rostigen alten Ford Focus in die Parkposition.

Ich starre durch die Windschutzscheibe auf die weitläufige Villa vor mir. „Wow, du hast mich echt nicht verarscht, als du meintest, er sei reich!"

Davinas braune Augen leuchten amüsiert auf. „Du solltest vielleicht aufpassen, wie du mit deinem Vater sprichst, Jazz."

„Nenne ihn nicht so", schnauze ich zurück.

Sie wirft mir einen mitfühlenden Blick zu. „Schatz, ich weiß, es ist schwer, aber ..."

Ich spotte. „Ach ja, wirklich?"

Davina lässt sich durch die Unterbrechung nicht beirren. „Jazz. Hör zu. Ich weiß, dass du deine Mutter vermisst. Jedes Mädchen in deiner Situation würde das tun. Aber ich würde es hassen, wenn du dir eine solche Gelegenheit entgehen lässt, nur weil du etwas gegen reiche Leute hast."

„Ich habe nichts gegen reiche Leute", halte ich dagegen. „Ich habe nur etwas gegen einen Mann, der sich ganz offensichtlich den Unterhalt leisten kann, aber lieber so tut, als gäbe es sein Kind nicht."

„Wer sagt, dass er nur so tut?", fragt sie. „Er behauptet, er habe wirklich nichts von deiner Existenz gewusst, bis deine Mutter ihn kurz vor ihrem Tod angesprochen hat."

Ich schüttele den Kopf. „Das ist schwer zu glauben. Wann immer ich meine Mutter nach ihm gefragt habe, wich sie mir aus. Sie sagte, er sei kein guter Mann gewesen und dass wir ohne ihn besser dran wären, und dass das alles wäre, was ich wissen müsste. Warum zum Teufel sollte sie nach fast achtzehn Jahren Kontakt mit ihm aufnehmen? Warum hat er sich nicht *gleich* mit mir verabredet, als sie ihm angeblich zum ersten Mal gesagt hat, dass er eine Tochter hat?"

„Jazz, ich kann nicht für deine Mutter sprechen, aber ich kann dir versichern, dass wir ihn gründlich überprüft haben." Davina seufzt. „Er ist ein aufrechter Bürger und erfolgreicher Geschäftsmann. Ein echter Philanthrop sogar. Er hat nicht eine Sekunde gezögert, nachdem wir ihn kontaktiert hatten. Charles Callahan bietet dir ein besseres Leben als alles, was du bisher gekannt hast. Du wirst Möglichkeiten haben wie nie zuvor. Und wenn es dir um deiner selbst willen schon egal ist, dann denke wenigstens an deine Schwester und wie sehr ihr Leben sich dadurch verbessern könnte."

„Nur weil wir arm waren, heißt das nicht, dass wir ein

schlechtes Leben hatten. Ich hatte immer das Gefühl, dass alles in Ordnung war, solange wir einander hatten."

Sie deutet auf das riesige Haus vor uns. „Ich weiß das, Schatz, und ich respektiere es. Deine Mutter war unglaublich, wenn man betrachtet, wie sie aus einer eigentlich beschissenen Situation das Beste für euch gemacht hat. Aber sie ist nun mal nicht mehr da, und wir beide wissen, dass es um deine Schwester im Moment nicht zum Besten bestellt ist."

Verdammt noch mal. Da hat sie recht. Meine siebenjährige Schwester Belle und ich haben unterschiedliche Väter. Ihr Vater ist seit ihrer Geburt immer wieder aus ihrem Leben verschwunden. Er schien nur daran interessiert zu sein, ein Elternteil zu sein, wenn es für ihn günstig war. Er hat sich bereit erklärt, das volle Sorgerecht für Belle zu übernehmen, als der Staat ihn kontaktierte, und mit seinen begrenzten Mitteln haben sie sie ihm praktisch zugeworfen.

Er ist zwar nicht vorbestraft, aber der Mann könnte nicht einmal einen Job halten, wenn es um sein Leben ginge, und außerdem ist er Vollalkoholiker. Davina weiß, dass ich zumindest für ein teilweises Sorgerecht kämpfen möchte, wenn ich volljährig bin, damit ich mehr Mitspracherecht bei ihrer Erziehung habe.

Das Problem dabei ist, dass realistisch gesehen kein Richter einer Achtzehnjährigen ohne Wohnung oder Arbeit einfach ein Kind überlassen wird. Zudem muss ich mit exorbitanten Gerichtskosten rechnen. Aber egal, was nötig ist, egal, wie lange es dauert, ich werde es schaffen.

Und ich bin sicher, dass auch meine Mutter das wollen würde.

Ich schließe kurz die Augen und drücke ein paar Tränen weg. Gott, wird diese tiefe Trauer jemals nachlassen? Es ist bereits einen Monat her, dass meine Mutter gestorben ist, aber es tut noch immer genauso weh – wenn nicht sogar noch mehr – wie damals, als der Polizist vor meiner Tür stand. Auf meiner Brust lastet ständig dieses Gewicht und macht mir das Atmen schwer.

Davina klopft mir auf die Schulter. „Ich weiß, dass es eine Umstellung sein wird, aber du wirst dich mit der Zeit eingewöhnen. Wir kennen uns noch nicht lange, aber ich weiß, dass du stark und klug bist. Allein mit diesen beiden Eigenschaften kannst du es im Leben sehr weit bringen.“ Davina nickt in Richtung Haustür. „Nun geh schon. Sie warten auf dich.“

„Warum konnte er mich nicht von der Wohngruppe abholen? Dir ist klar, dass er damit bei mir nicht gerade Pluspunkte sammelt, oder?“

„Süße, das haben wir doch schon besprochen. Dein Vater ist geschäftlich verreist, aber er wird heute Abend zurückkehren. Seine Hausdame ist da, um dich in seinem Namen zu begrüßen.“ Wie aufs Stichwort öffnen sich die hölzernen Flügeltüren und eine Frau in einem schwarzen Kleid und mit einem strengen Dutt im Haar tritt auf die überdachte Veranda hinaus. „Da ist sie ja schon.“

Die Hausdame. Richtig. Was zum Teufel macht eine Hausdame überhaupt? Ich steige aus dem Auto aus und nehme meinen Seesack vom Rücksitz. Bevor ich die Tür schließe, beuge ich mich vor, um mich zu verabschieden. „Wünsch mir Glück."

Davina lächelt. „Ich glaube nicht, dass du es brauchen wirst, Schatz, aber viel Glück. Du weißt, wo du mich findest, wenn du etwas brauchst."

Ich trete zurück und schließe die Tür. „Bis dann."

Ich beobachte, wie Davina durch die kreisförmige Einfahrt fährt, bevor sie den Weg zurücknimmt, den wir gekommen sind. Ein Räuspern lenkt meine Aufmerksamkeit von dem schwarzen Auto ab, das in der Ferne verschwindet.

„Miss Jasmine, ich nehme Ihnen die Tasche ab."

Ich ziehe meinen Seesack höher auf meine Schulter und drehe mich zu der Frau um. „Nennen Sie mich bitte Jazz, und nein, danke. Ich kann sie gut selbst tragen."

Tiefe Falten bilden sich um ihren Mund, und sie runzelt die Stirn. „Wenn Sie darauf bestehen. Bitte, folgen Sie mir, Miss Jasmine. Wir haben Sie bereits erwartet."

„Ich heiße *Jazz*", murmle ich, leicht irritiert, weil sie meine Bitte so offenkundig ignoriert.

Kaum habe ich den polierten goldenen Fußboden betreten, wird mir schmerzlich bewusst, wie wenig ich hier in meinem Element bin. Direkt vor mir schwingt eine Doppeltreppe nach oben, und eine breite Galerie mit kunstvoll geschnitzten Eisenbalustern schließt sich daran an. Die Decken sind die höchsten, die ich je gesehen habe, und die Möbel sind spärlich, sehen aber teuer aus. Ich schaue auf meine abgewetzte Jeans und meine gebrauchten Sportschuhe hinunter. Der Kontrast zwischen ihnen und dem Marmor unter meinen Füßen könnte nicht größer sein.

„Hier entlang", sagt die Hausdame und unterbricht meine Überlegungen.

Ich folge ihr die Treppe hinauf und einen scheinbar endlosen Korridor nach rechts hinunter. Ich überlege kurz, ob ich eine Spur von Brotkrumen hinterlassen soll, falls ich schnell wieder verschwinden muss.

„Ihr Zimmer ist gleich da ..."

„Wie heißen Sie?" frage ich.

Sie wirft mir einen strengen Blick über ihre Schulter zu, bevor sie ihren Weg fortsetzt. „Sie können mich Ms. Williams nennen."

„Und was machen Sie hier, Ms. Williams?"

Schließlich – endlich – bleiben wir an einer Tür am Ende des Flurs stehen.

Ms. Williams dreht den Türknauf, tritt zur Seite und gibt mir ein Zeichen, einzutreten. „Ich bin die Hausdame. Ich sorge dafür, dass alles nach den Vorgaben von Mr. Callahan reibungslos läuft."

Ziemlich vage!

Ich widerstehe dem Drang, mit den Augen zu rollen. „Was genau bedeutet das?"

Sie wirft mir einen hochmütigen Blick zu. „Das werden Sie noch früh genug lernen, junge Dame. Für den Moment sagen wir einfach, dass alle Mitarbeiter mir unterstellt sind. Sie sind meine Augen und Ohren auf dem Anwesen. *Nichts* geschieht ohne mein Wissen, das ich dann an Mr. Callahan weitergebe."

Diesmal ist die Botschaft laut und deutlich angekommen.

Es gibt überall Spione.

Wenn ich raten müsste, würde ich sagen, dass mein Samenspender ein Kontrollfreak ist.

Ms. Williams räuspert sich. „Wie ich bereits sagte, ist dieser Bereich des Hauses für Sie und Miss Peyton reserviert. Sie haben jeweils ein Schlafzimmer mit eigenem Bad, dann ein gemeinsames Spielzimmer – das auch als kleiner Kinosaal dient – und ein Gästebad. Nach dem Abendessen führe ich Sie herum, und Sie können sich den Rest ansehen. Sie haben freien Zutritt zu allen Gemeinschaftsbereichen und Gästezimmern, *dürfen* aber den Nordflügel nur auf Einladung betreten. Dort residieren Mr. und Mrs. Callahan."

Mein Gott, wer benötigt schon einen eigenen *Flügel*? Allein dieses verdammte Schlafzimmer ist größer als meine alte Wohnung.

„Wer zum Teufel ist Peyton?"

Die Falten um ihre Augen und ihren Mund vertiefen sich, als sie die Stirn runzelt. „Junge Dame, unflätige Ausdrücke werden *nicht* geduldet. Sie klingen, wie ein Gauner – ich schlage vor, Sie ändern das sofort."

Oh, du Schlampe, warte nur ab und sieh, *was* für ein *Gauner* ich sein kann.

Sie fährt fort, ohne meinen Blick zu beachten. „Was Miss Peyton angeht ... sie ist Ihre Stiefschwester."

Einen Moment mal ... Ich habe eine Stiefschwester? Warum hat Davina mir nichts davon gesagt?

„Wie alt ist sie?"

„Sie ist siebzehn, genau wie Sie. Übermorgen beginnt für Sie beide das letzte Schuljahr an der Windsor Academy."

„Wie bitte ... *was*?"

Sie ignoriert meine Frage. „Ihr Vater wird alle Ihre Fragen beim Abendessen beantworten – um Punkt sechs Uhr. Jetzt muss ich mich um andere Dinge kümmern. Ich schlage vor, Sie machen sich frisch und ziehen sich etwas *Angemesseneres* an." Ms. Williams mustert mich von Kopf bis Fuß. „Sie sind jetzt eine Callahan. Man erwartet von Ihnen, dass Sie wie eine solche aussehen und sich auch so verhalten. Aber keine Sorge, Sie werden feststellen, dass Ihr Kleiderschrank voll ausgestattet ist, Sie werden also eine große Auswahl an Kleidungsstücken vorfinden." Sie wedelt mit der Hand im Kreis. „Und morgen früh kommt ein Friseur und kümmert sich um diese schrecklichen Haare."

Damit dreht sie sich auf dem Absatz um und verlässt den Raum.

„Was stimmt denn nicht mit meinen Haaren?", schreie ich hinter ihr her, während sie die Tür hinter sich schließt.

Für wen zum Teufel hält sich diese Frau? Was gibt ihr das Recht, so mit mir zu sprechen? Ich greife mir eine Strähne meines langen, dunklen Haares und beobachte, wie sie lila in der Sonne glänzt. Ich *liebe* mein Haar. Meine Mutter liebte mein Haar – sie sagte, es passe zu meiner Persönlichkeit. Warum sollte ich es ändern wollen?

Ich tue das für Belle, erinnere ich mich selbst. Ich seufze und beschließe, mich ein wenig umzusehen, während ich hier festsitze. Als Erstes sehe ich mir den Kleiderschrank an, der genauso riesig ist, wie ich erwartet hatte. Hunderte von

Kleidungsstücken hängen darin, und an der Wand stehen Schuhe, die mehr gekostet haben müssen, als meine Mutter in einem Jahr verdiente. In der Mitte des Raumes befindet sich eine eingebaute Kommode, die mit ordentlich gefalteten Jeans, Pyjamas und Rüschenunterwäsche gefüllt ist. Heilige Scheiße, war hier ein Stalker am Werk? Nicht, dass ich schöne Dinge nicht zu schätzen wüsste, aber die Tatsache, dass derjenige, der diese Sachen gekauft hat, alle meine Größen kennt, bis hin zu meinen 75-C-Titten, macht mir Angst.

„Du bist also der Sozialfall", sagt eine hochnäsige Stimme hinter mir.

Ich erschrecke, drehe mich um und erblicke ein ausgesprochen attraktives Mädchen, das mich anschaut. Sie ist *wirklich* hübsch und ungefähr in meinem Alter. Ihr hüftlanges Haar ist so blond, dass es fast weiß wirkt, was in starkem Kontrast zu ihrer übermäßig gebräunten Haut steht. Sie trägt einen khakifarbenen Rock, der ihr bis zur Mitte des Oberschenkels reicht, dazu eine hellrosa Strickjacke und ein echtes Perlenkettchen. Ich mustere sie und merke, wie sich ihre Lippen angewidert kräuseln, während sie das Gleiche mit mir macht. Das muss meine neue Stiefschwester sein.

Ich verschränke die Arme vor der Brust. „Schon mal was von Anklopfen gehört?"

Sie macht es mir nach und schiebt ihre riesigen Titten hoch. Oje, die können kaum echt sein. Sie ist extrem schlank, abgesehen von den aufgeblasenen Ballons, die an ihrer Brust hängen.

„Ich *habe* geklopft. Du hast nicht geantwortet."

Ich ziehe die Augenbrauen hoch. „Und trotzdem bist du einfach eingetreten? Was willst du, Peyton?"

Sie spitzte ihre rosafarbenen, glänzenden Lippen. „Ich sehe, du hast von mir gehört."

„Leider. Dein Ruf als Zicke eilt dir voraus."

Ich weiß, das war ein wenig hart, wenn man bedenkt, dass ich sie gerade erst kennengelernt habe, aber ich habe mich immer für einen guten Menschenkenner gehalten. Und diese Tussi scheint dem Lehrbuch für fiese Mädchen entsprungen zu sein.

Ihre blauen Augen verengen sich, während sie ihr glänzendes Haar über ihre Schulter wirft. „Gut. Dein Leben wird einfacher sein, wenn du verstehst, wie die Dinge hier funktionieren."

Ich stemme eine Hand in meine Hüfte. „Ach, ja? Was genau willst du mir damit sagen?"

Peyton strafft ihre Schultern und hebt ihr Kinn an. „Dass du nur hier bist, weil Daddy sein Image nicht durch ein uneheliches Kind beschmutzen wollte. Ich bin seine einzige *richtige* Tochter, in allen Aspekten, auf die es ankommt. Und wenn wir nach Windsor kommen, ist das *mein* Jahrgang, in dem ich den Ton angebe. Du gehst mir mit deinem Getto-Arsch aus dem Weg und hältst dich von meinem Freund Kingston Davenport fern."

Ich grinse. „Hast du etwa Angst um ihn?"

Sie schnauzt mich an. „Wohl kaum."

„Warum warnst du mich dann, mich von deinem Freund fernzuhalten?" Ich schiebe meine Unterlippe vor. „Ach, Schätzchen, fühlst du dich etwa von mir *bedroht*?"

Peyton ballt die Fäuste. „Hör zu, du Abschaum. Du

hast *nichts* gegen mich in der Hand. Kingston würde dich nicht anfassen, selbst wenn es um sein Leben ginge. Sicher, Bentley würde sich von dir einen blasen lassen. Seien wir ehrlich, er würde sich von praktisch *jeder* einen blasen lassen, aber in dem Moment, in dem er seine Ladung abgefeuert hat, würde er dich zur Seite schieben, weil du unter seiner Würde bist. *Du gehörst nicht dazu.* Je schneller du das in deinen winzigen Schädel bekommst, desto besser. Glaub mir, wenn ich sage, dass du dich *nicht* mit mir anlegen willst."

Ich lächle zurück und frage mich, was der liebe Daddy wohl denken würde, wenn er hören würde, wie seine kleine Prinzessin über Blowjobs und F-Bomben spricht. Und wer zum Teufel ist dieser Bentley? Mein Gesichtsausdruck muss Peyton nervös machen, denn sie beginnt, auf den Füßen auf und abzuwippen.

„Nein, jetzt hörst *du* einmal zu." Mit jedem Schritt, den ich nach vorne mache, weicht sie zurück. „Ich bin gewissermaßen auf der Straße groß geworden, Schlampe. Du kannst dir nicht vorstellen, was ich alles gesehen habe und was ich alles dabei gelernt habe. Was für *widerwärtige* Leute ich kenne. Wenn sich hier also jemand Sorgen machen sollte, dann bist *du es.*"

Ich habe tatsächlich gelernt, mich zu verteidigen, wenn es nötig ist, aber meistens bluffe ich nur. Ich habe mein Leben lang versucht, Ärger zu vermeiden, wann immer es möglich war, aber Peyton braucht das nicht zu wissen. Ich habe das Gefühl, wenn ich mich nicht von Anfang an gegen sie wehre, bekomme ich keinen Fuß mehr auf den Boden.

Ich kämpfe gegen den Drang an, mir die Ohren zuzuhalten, als sie mit dem Fuß aufstampft und einen schrillen Schrei ausstößt. „Bleib mir bloß vom Leib."

Ihr langes Haar klatscht mir ins Gesicht, als sie sich umdreht und aus meinem Zimmer marschiert.

„Gerne", murmle ich.

Wow! Willkommen in der Familie, Jazz.

Ich schaffe es, den Speisesaal zu finden, kurz bevor die Uhr sechs schlägt. Ich bin vielleicht zu früh, aber ich bin trotzdem die Letzte, die dazu stößt. Ich bin auch die Einzige, die nicht so aussieht, als würde sie an einem noblen Mittagessen in einem Country Club teilnehmen. Ich habe mir nicht die Mühe gemacht, mich umzuziehen, weil ich ahnte, dass das den Kontrollfreak auf die Palme bringen würde.

Wenn ich ehrlich zu mir selbst bin, freue ich mich eigentlich darauf, die Sachen in meinem Kleiderschrank zu tragen, aber das hier – ein verwaschenes Tank-Top und abgeschnittene Jeans – ist mein wahres Ich. Ich möchte sicherstellen, dass mein erster Eindruck auf diese Leute so authentisch wie möglich ist. Gleich als ich den Raum betrete, erkenne ich Charles Callahan von unserer einen kurzen Begegnung.

Er sieht mich mit Abscheu an. „Jasmine, hat Ms. Williams dir nicht gezeigt, wo sich deine neue Garderobe befindet?"

Ich setze mich an das andere Ende des schicken Tisches.

„Oh, das hat sie, aber ich hatte keine Lust, mich umzuziehen."

Die Frau, die neben meinem Vater sitzt, setzt ein falsches Lächeln auf. Da sie stark an Peyton erinnert, vermute ich, dass sie die Ehefrau ist. „Ich bin Madeline, Liebes. Willkommen in der Familie."

„Äh ... danke." Ich nicke zu dem Korb mit Brötchen, der vor ihr steht. „Reichst du mir bitte das Brot?"

Meine böse Stiefschwester kichert. „Du solltest vielleicht darüber nachdenken, die Kohlenhydrate wegzulassen. Wir wollen doch nicht, dass in der Schule Gerüchte aufkommen, dass ein Gangmitglied dich geschwängert hat, oder?"

Madeline gluckst. „Oh, Peyton, hör auf zu scherzen, Liebes. Jasmine könnte denken, dass du ernsthaft versuchst, ihre Gefühle zu verletzen."

Peyton drückt ihre Handfläche aufs Herz. „So etwas würde ich *nie* tun, Mutter."

Ja, klar.

Peyton wirft mir einen Blick zu, der das genaue Gegenteil besagt. Pech für sie, dass ich den Köder nicht schlucke. Ich springe auf und schnappe mir ein Brötchen, bevor ich mich wieder hinsetze.

Ich gönne mir einen großen Bissen und sage: „Es ist alles in Ordnung. Wenn irgendeine fade Schlampe ein Gerücht über mich in die Welt setzen will, soll sie doch. Es ist mir scheißegal, was andere Leute sagen."

Ich werfe Peyton einen Blick zu, der besagt, dass *sie* die fade Schlampe ist, die ich meine.

Meine Stiefmutter keucht auf, und mein Vater sagt:

„Fluchen wird in meinem Haus *nicht* geduldet, Jasmine. Ich weiß, dass deine Erziehung bestenfalls mäßig war, aber ich werde nicht zulassen, dass eine meiner Töchter so ungebildet redet. Es gehört sich nicht für eine junge Dame, eine solch schmutzige Sprache zu verwenden."

Ich schnaube auf und ernte einen entsetzten Blick von seiner Frau. „Erstens bevorzuge ich *Jazz*, nicht Jasmine. Und zweitens war meine *Erziehung* ganz in Ordnung. Du weißt schon, dass wir nicht mehr in den 1950ern leben, oder? Frauen fluchen die ganze Zeit. Ich habe kürzlich sogar eine Studie gelesen, die besagt, dass Menschen, die oft fluchen, in der Regel klüger sind als diejenigen, die das nicht tun."

Seine Lippen werden zu einer dünnen Linie, als er abweisend mit der Hand winkt. „Unabhängig davon, was in irgendwelchen Studien steht, bist du jetzt *Jasmine Callahan*. Unser Familienname bringt gewisse Erwartungen mit sich. Sich wie eine gebildete und anständige Dame zu verhalten, ist eine davon."

„Dann ist es ja gut, dass mein Nachname Rivera ist, nicht wahr?"

Der Samenspender schenkt mir ein schmieriges Lächeln. „Nicht mehr lange. Ich bin dabei, die Namensänderung voranzutreiben. Der Richter sollte das bis Ende der Woche absegnen."

Mir fällt die Kinnlade herunter. „Wie bitte? Du kannst doch nicht einfach meinen Namen ändern."

Seine buschigen Augenbrauen schießen in die Höhe. „Und ob ich das kann – und ich *werde* es auch. Bis du volljährig bist, sagt das Gesetz etwas anderes. Nimm es als das

Geschenk, das es ist, Jasmine. Eine Callahan zu sein, bringt dir gewisse Privilegien."

Ich verschränke die Arme vor der Brust. „Ich habe nie darum gebeten, eine Callahan zu sein, und ich benötige auch keine der Privilegien, die damit verbunden sind."

Er verengt seine eisblauen Augen. „Benimm dich nicht wie ein dummes, kleines Mädchen. Du wirst es noch früh genug zu schätzen lernen. Spätestens in der Schule wird dir unser Familienname sehr nützlich sein."

Peyton lacht spöttisch auf. „Daddy hat recht, Jasmine. Du würdest in Windsor bei lebendigem Leibe aufgefressen werden, wenn du als ... *du selbst auftauchst.*"

Ich werfe ihr einen Blick zu, der sagt: *„Ich kann auf mich selbst aufpassen, schon vergessen?"*

Ich seufze. „Was hat es mit diesem Ort Windsor auf sich? Anhand der Uniformen, die in meinem Schrank hängen, vermute ich, dass es sich um eine Art Privatschule für reiche Arschlöcher handelt. Bin ich nah dran?"

Meine Stiefmutter legt ihre Hand auf den Unterarm des Samenspenders, während er rot anläuft. „Jasmine, Liebes, Windsor ist eine *Eliteschule.* Jeder, der dort seinen Abschluss macht, ist praktisch ein sicherer Kandidat für die besten Universitäten."

Darüber denke ich einen Moment lang nach. Ich habe immer davon geträumt, an die UCLA zu gehen, hätte aber nie gedacht, dass es möglich wäre, obwohl ich einen glatten Einserdurchschnitt habe. Ich konnte mir kaum vorstellen, wie viele Türen sich für meine Schwester und mich öffnen würden, wenn ich einen Abschluss an einer so angesehenen Universität hätte. Es ist keine Eliteuniversität, aber sie hat definitiv Prestige. Als ich das letzte Mal nachgesehen habe, lag die Zulassungsquote bei weniger als fünfzehn Prozent.

„Wo befindet sich die Schule?" Die beiden scheinen der Typ zu sein, der seine Kinder auf ein Internat schickt, und das Einzige, was ich nicht tun werde, ist, L.A. zu verlassen. Ich muss ein Auge auf Belle haben.

Sie nimmt einen Schluck Wein. „Glücklicherweise ganz in der Nähe – nur etwa zehn Meilen von hier. Es wird dir dort gefallen, es ist eine wunderschöne Einrichtung. Es werden nur Studenten aus der obersten Schicht der Gesellschaft aufgenommen. Es ist eine *Ehre*, aufgenommen zu werden. Du hast wirklich Glück, dass es so gekommen ist – nach dem ersten Trimester nehmen sie normalerweise *keine* Studenten mehr auf, egal, wie großzügig eine Spende ist. Dein Vater musste seine Beziehungen spielen lassen, damit du in letzter Minute aufgenommen werden konntest."

Ich versteife mich. „Ich soll *froh sein,* dass alles so gekommen ist?" Es ist mir völlig egal, dass ich inzwischen fast schreie. „Worauf genau beziehst du dich? Den *Tod* meiner Mutter?"

„Nun ... ja", stottert sie.

Meint diese Schlampe das etwa ernst? Ich würde alles dafür geben, mit Belle und meiner Mutter auf der Couch sitzen und eine Schüssel Fertignudeln essen zu können, anstatt an diesem monströsen Tisch bei einem Gourmet-Menü zu sitzen.

Ich springe so schnell auf, dass der Stuhl umkippt. „Fick. Dich."

Peyton und ihre Mutter zucken zusammen, als Charles

aus seinem Stuhl aufspringt und schreit: „Jasmine! Entschuldige dich auf der Stelle bei deiner Mutter!"

Ich deute auf die Blondine vor mir. „*Sie* ist nicht meine Mutter." Ich gehe zu der jüngeren Version von ihr hinüber. „Und *sie* ist nicht meine Schwester." Ich nicke ihm zu. „Was dich betrifft ... wir haben vielleicht die gleiche DNA, aber ich brauche auch keinen Vater – ich habe mein ganzes Leben ohne einen verbracht und es ging mir gut. Und wie oft muss ich euch noch sagen, dass ihr mich *Jazz* nennen sollt!"

Sein Gesicht ist inzwischen so rot, dass es fast lila wirkt. „Geh sofort auf dein Zimmer, du respektloses kleines Stück Scheiße!"

So viel zu der Regel, dass nicht geflucht werden darf. Vielleicht gilt das nur für Leute ohne Schwänze.

Ich spotte. „Aber gerne."

Ich bin wütend auf mich selbst, weil ich die Kontrolle verloren habe, aber ich habe rotgesehen, als Madeline davon sprach, wie *gut* der Tod meiner Mutter doch für mich war. Ich weiß, dass ich mich Belle zuliebe zusammenreißen und mich von meiner besten Seite zeigen muss, aber ich brauche erst einmal etwas Zeit, um mich zu beruhigen. Das Letzte, was ich sehe, bevor ich die Treppe hinauf stampfe, ist Peytons selbstgefälliges Lächeln, das mir sagt, dass sie jede Minute meines Elends genießt. Auf die werde ich definitiv aufpassen müssen.

Kapitel Zwei

JAZZ

Am nächsten Morgen folgt ein Schönheitstermin nach dem anderen. Es scheint, als hätte Madeline Callahan es sich zur Aufgabe gemacht, mich wie eine richtige junge Dame aussehen zu lassen. Die Hausdame hatte mich in aller Herrgottsfrühe geweckt, und mir befohlen zu duschen. Danach hatte sie mich in den Salon geführt, wo mich meine neue Stiefmutter und ein Team von Stylisten bereits erwarteten. Ja, in diesem Haus gibt es tatsächlich einen *Salon*, komplett mit höhenverstellbaren Stühlen, Waschschüsseln, Nagelstationen und allem, was dazugehört.

Madeline sagt, der Salon sei eine „absolute Notwendigkeit", weil eine Dame sich *niemals* in der Öffentlichkeit zeigen darf, ohne perfekt hergerichtet zu sein. Ich schwöre, die Frau hält uns für die Kardashians oder so. Scheiße, es würde mich nicht wundern, wenn sie sie kennen würde, wenn man bedenkt, dass sie hier irgendwo in der Nähe wohnen. Ich habe dieses Mal nachgegeben, weil ich Belle zuliebe versuche, flexibel zu sein, aber die Schlampe ist verrückt, wenn sie glaubt, dass ich jeden Tag früh aufstehe, um mir Haare und Make-up professionell machen zu lassen.

Erstens möchte ich nicht auffallen, und das wäre ziemlich schwierig, wenn ich aussähe, als käme ich gerade von einem Laufsteg. Zweitens ist erholsamer Schlaf in diesen Tagen eine Seltenheit für mich. Ich benötige jede freie Minute, die ich bekommen kann, wenn ich es überhaupt schaffe, mein Gehirn lange genug abzuschalten, um einzuschlafen.

Mein Haar ist jetzt komplett brünett – keine Spur mehr von Lila, was laut Madeline gegen den Dresscode von Windsor verstößt – und perfekt geföhnt. Meine Haut wurde gewachst, gepeelt und bis zum Äußersten mit Feuchtigkeit versorgt, und die Nägel an meinen Händen und Füßen sind in einem glänzenden Blassrosa lackiert. Madeline war fast in Ohnmacht gefallen bei meiner Frage an Kosmetikerin, ob sie schwarzen Lack hätte. Offensichtlich trägt eine *anständige Dame* nur Nude-Töne, es sei denn, es gibt einen besonderen Anlass. Dann, und *nur* dann, sind Rottöne akzeptabel. Unter *keinen* Umständen darf ich etwas anderes tragen, denn das würde mich *billig* aussehen lassen.

Augenrollen ist angesagt.

Ich vermisse meine Mutter ohnehin schon schmerzlich, aber dieser oberflächliche Scheiß verstärkt das noch. Mahalia Rivera war die schönste Frau, die ich je gekannt habe, und sie trug selten Make-up. Unser philippinisches Erbe ließ ihre Haut das ganze Jahr über gebräunt wirken und ihre Augen und Haare hatten die Farbe von dunkler Schokolade. Sie war unglaublich fit, weil sie den ganzen Tag auf den Beinen war, um verschiedene Jobs zu erledigen, und ihr Lächeln konnte einen Raum erhellen.

Ihre körperliche Schönheit war jedoch nicht das Einzige, was sie zu bieten hatte. Meine Mutter hatte auch ein großes Herz. Sie war immer bereit, zu helfen, egal wie beschäftigt oder erschöpft sie war. Sie arbeitete hart, manchmal in drei Jobs gleichzeitig, aber nicht ein einziges Mal hat sie sich beschwert. Meine Schwester und ich haben nie daran gezweifelt, dass sie uns liebte; wir spürten es. Und sie bewies es Tag für Tag mit ihren Taten. Wenn mehr Menschen so wären wie sie, hätte diese Welt viel weniger Probleme.

Ich reibe die schmerzende Stelle auf meiner Brust. Ich habe gelesen, dass der emotionale Schmerz über den Verlust eines wichtigen Menschen so groß ist, dass er sich in körperlichen Schmerzen äußern kann. Ich habe nie ganz verstanden, wie das möglich sein soll, aber jetzt spüre ich es definitiv. Seit meine Mutter gestorben ist, erinnern mich die stechenden Schmerzen in meiner Brust und der Knoten in meinem Magen ständig daran, dass sie nicht mehr da ist. Manchmal fühlt es sich so an, als würde sich mein Herz buchstäblich in zwei Teile spalten.

Ich atme tief durch, bevor ich zur Inspektion durch die Hintertür trete. Charles, Madeline und Peyton sitzen alle an einem großen Tisch auf der Terrasse und essen Brunch. Ich schätze, sie hatten kein schlechtes Gewissen, ohne mich anzufangen.

Madeline schnappt nach Luft. „Oh, Schatz, du siehst

wunderschön aus! Sieht sie nicht umwerfend aus, Liebling?"

Der Samenspender mustert mich sorgfältig. „Ja, das wird … ausreichend sein. Für den Moment."

Was soll das? Ich musste mich gerade *sechs Stunden* lang mit Leuten herumschlagen, die alles dafür taten, mich auf seinen Standard zu bringen. „Was ist denn los? Bin ich nicht blond genug für dich?"

Alle drei Mitglieder meiner neu gefundenen *Familie* wirken skandinavisch, mit hellem Haar und blauen Augen. Obwohl Peyton technisch gesehen seine Stieftochter ist, sieht sie eher wie Charles' leibliches Kind aus als ich.

Die Muskeln in seinem Kiefer zucken. „Willst du mir etwas unterstellen, Jasmine?"

Ich zucke zur Antwort mit einer Schulter.

Ein schmieriges Lächeln breitet sich auf seinem Gesicht aus.

„Meine erste Frau – Gott hab sie selig – war Venezolanerin und meine zweite Frau ist Afroamerikanerin."

Mein Gott, wie oft war dieser Typ schon verheiratet?

„Und?"

Er tupft sich mit einer Serviette den Mundwinkel ab. „Ganz zu schweigen von der Tatsache, dass deine Mutter asiatischer Abstammung war. Ich hoffe nicht, dass du damit andeuten willst, dass ich ein Problem mit dunkelhäutigen Menschen habe, denn ich denke, meine Geschichte mit Frauen würde dies klar widerlegen. Es geht nicht um die Rasse, sondern um die *Klasse*. Du trägst vielleicht Designerkleidung und wirkst nach außen hin kultivierter, aber du trägst deinen Mangel an Anstand wie ein Ehrenzeichen vor dir her. Mir ist klar, dass du in einem anderen Umfeld aufgewachsen bist, also lasse ich dir etwas Spielraum, aber du *wirst* lernen, wie man sich richtig verhält. Wenn du das nicht allein hinbekommst, muss ich dich für einen Benimmkurs anmelden."

Peyton grinst. Ich kratze mir daraufhin mit dem Mittelfinger am Nasenrücken.

Charles verengt seine Augen. „*Das* unterstreicht nur meine Aussage."

Ich nicke. „Verstehe. Du bist kein Rassist, dafür aber ein *Klassist*."

Gott, was hat dieser Mann nur an sich, dass er mich dazu bringt, dauernd zu widersprechen?

Sein Gesicht nimmt wieder diese violette Färbung an, die mir schon vertraut ist. „Der Unterricht beginnt morgen. Ich schlage vor, dass du den Rest des Tages nutzt, um dich mit dem Handbuch der Windsor Academy vertraut zu machen. Die Erwartungen an die Schülerschaft sind darin klar dargelegt und *auf alle Fälle* einzuhalten."

Ich ziehe eine Augenbraue hoch. „Sonst was?"

Madeline legt ihre Hand auf seinen Unterarm, um die Situation zu entschärfen. „Schatz, ich werde eines der Hausmädchen bitten, dir ein paar Snacks auf dein Zimmer zu bringen. Sag einfach Bescheid, wenn du noch etwas brauchst."

Ich winke schnippisch, bevor ich wieder ins Haus gehe. Es ist wahrscheinlich das Beste, wenn ich nichts mehr sage, was ihn weiter verärgern könnte. Wenn es um Charles Callahan geht, fehlt mir offensichtlich jegliche Selbstbeherrschung. Ich habe ohnehin keine Lust, in der Nähe eines Mannes zu sein, der so abweisend ist.

Ich muss zugeben, dass der Campus der Windsor Academy beeindruckend ist. Ich kann nicht glauben, dass dieser Ort direkt außerhalb von L.A. liegt. Als die Limousine durch die schmiedeeisernen Tore fährt – Charles Callahan konnte sich natürlich nicht die Mühe machen, mich hierherzufahren – bin ich von der Schönheit des Geländes überwältigt. Drei rote Backsteingebäude mit jeweils zwei Stockwerken sind in einem Halbkreis aufgereiht. Kleinere Gebäude sind überall auf dem Gelände verstreut, alle mit einer ähnlichen Architektur. Der Park darum herum ist sorgfältig angelegt und von einem dichten Wald mit alten, immergrünen Bäumen umgeben.

Ich wische meine verschwitzten Handflächen an meinem karierten Rock ab und erinnere mich daran, dass ich keinen Grund habe, nervös zu sein. Als das Auto zum Stehen kommt, sehe ich Peyton und zwei andere Mädchen neben einem roten Sportwagen stehen. Der Schülerparkplatz ist frisch geteert und voll unfassbar protziger Fahrzeuge.

So wie die beiden Mädchen Peyton mit ihrem Plastikklächeln anhimmeln, vermute ich, dass es sich um ihre gemeine Mädchenbrigade handelt. Im Gegensatz zu mir hat Peyton ihren Führerschein, also ist sie selbst zur Schule gefahren. Ich widerstehe dem Drang, mit den Augen zu rollen, als ich aus dem Auto steige.

Das umwerfend schöne Mädchen mit kupferfarbenem Haar, das links von Peyton steht, beäugt mich neugierig. „Wer ist das?"

„Niemand", sagt Peyton spöttisch. „Buchstäblich *niemand*. Vergiss gleich, dass du sie gesehen hast."

Alle drei Mädchen kichern, als ich zu meinem Fahrer Frank am hinteren Ende der Limousine gehe. Ich kann es immer noch nicht fassen, dass ich meinen eigenen Fahrer habe.

Er holt meinen neuen Designer-Rucksack aus Leder aus dem Kofferraum. „Ich begleite Sie zum Büro der Schulleitung, Miss Callahan."

„Frank, wirklich, ich schaffe das schon. Zeigen Sie mir einfach, wohin ich gehen muss."

Er beäugt mich skeptisch. „Sind Sie sicher? Mr. Callahan wäre nicht erfreut, wenn Sie sich verlaufen und zu spät kommen."

Ich zwinkere ihm zu. „Ich schaffe das schon."

Frank lächelt verlegen und blickt zu Peyton zurück. „Ich weiß nicht. Wenn Miss Devereaux ..."

„Miss Devereaux ist zu sehr mit ihren Fans beschäftigt, um es zu bemerken. Wirklich, Frank. Es ist in Ordnung."

Er übergibt mir meine Tasche. „Nun gut. Viel Glück, Miss Callahan."

„Jazz", korrigiere ich.

Er schenkt mir ein sanftes Lächeln und zeigt auf das Gebäude vor uns. „Viel Glück, Jazz. Das Verwaltungsbüro ist in der Lincoln Hall, dem mittleren Gebäude. Das Büro ist gleich rechts, und man erwartet Sie dort. Ich werde hier sein und Sie nach der Schule abholen."

„Danke. Ich habe das Gefühl, ich werde es brauchen. Ich wünsche Ihnen eine gute Rückfahrt."

Er nickt. „Danke, Miss."

Als ich über den Parkplatz gehe, spüre ich, wie die Leute mich anstarren. Ich bemühe mich, meinen Kopf hochzuhalten, und erinnere mich daran, dass es mir völlig egal ist, was diese verwöhnten Gören von mir denken.

Schließlich schaffe ich es durch die Menge der Schüler und atme erleichtert auf, als ich die Stufen zur Lincoln Hall hinaufsteige. Das heißt, bis ich drei Augenpaare sehe, die an der Seite stehen und jede meiner Bewegungen verfolgen.

Verdammt!

Normalerweise würde ich einen noch so adrett gekleideten Trottel nicht zweimal ansehen, aber diesen dreien steht ihre Schuluniform *ausgesprochen* gut. Ich stolpere, als ich dem Jungen in der Mitte in die Augen schaue. Streich das. Keiner dieser Jungs hat etwas Jungenhaftes an sich. Alle drei sind groß, breit und muskulös. Mein Gott, womit füttern ihre Eltern sie eigentlich? Der eisige Blick des Mittleren lässt mir alle möglichen verrückten, schmutzigen Bilder durch den Kopf gehen und jagt mir einen Schauer über den Rücken.

Wow.

Ich weiß, es ist ein Klischee, aber ich hatte schon immer eine Schwäche für böse Jungs, und diese Jungs sind der personifizierte Inbegriff davon. Blöde Teenager-Hormone.

Ich schüttle den Gedanken ab und mache mich auf den Weg in das Gebäude, was an sich schon eine seltsame Erfahrung ist. Selbst in meiner Grundschule gab es Metalldetektoren und Taschenkontrollen vor dem Eingang. Ich schätze, sie glauben nicht, dass Kinder wohlhabender Eltern dazu neigen, Amok zu laufen. Meine Augen weiten sich, als ich einen ersten Blick auf mein neues Revier werfe. Die Wände sind mit Kirschholz getäfelt, der Boden besteht aus poliertem weißem Marmor. Es gibt auch keine winzigen, mit Graffiti verzierten Metallspinde für diese Kids; stattdessen haben sie große Holzspinde, die nur eine Nuance dunkler sind als die Vertäfelung. Der ganze Ort schreit nach Geld. Ich schwöre, es *stinkt* sogar nach Geld.

Meine Mitschüler glotzen mich an, als wäre ich eine Art Freakshow. Meine Güte, die soziale Hierarchie an diesem Ort ist so offensichtlich, als ob wir mitten in einem Teenie-Film leben würden. Ich schiebe den Gedanken beiseite, als ich ein Schild entdecke, das anzeigt, dass das Büro gleich rechts ist, wie Frank gesagt hat. Als ich über die Schwelle trete, bin ich überrascht, wie opulent es eingerichtet ist, obwohl ich damit wohl hätte rechnen sollen, wenn man bedenkt, dass es zum Rest des Hauses passt. In der Mitte des Raums stehen mehrere robuste Kirschholzschreibtische mit hochmodernen Computern und winzigen dekorativen Buntglaslampen. An der rechten Wand befindet sich eine einzelne Tür mit einem Messingschild, das anzeigt, dass sie dem Schuldirektor gehört.

Eine ältere Frau in einem schwarzen Hosenanzug wendet ihren Blick kaum lange genug von ihrem Computer ab, um mich zu begrüßen. „Kann ich Ihnen helfen?"

„Hi ... ähm ... ich bin neu hier. Mir wurde gesagt, ich solle zuerst hierherkommen."

Die Frau hebt eine zarte, silberne Augenbraue. „Name?"

„Jazz Rivera." Ich zappele, während ihre Finger über die Tastatur fliegen. „Sie haben mich vielleicht unter Jasmine eingetragen."

„Ich habe weder eine Jazz noch eine Jasmine Rivera." Sie schüttelt den Kopf. „Aber ich habe eine Jasmine *Callahan*, die heute ankommen soll."

Ich beiße mir auf die Zunge und erinnere mich daran, dass es nicht ihre Schuld ist, dass mein Samenspender ein Arschloch ist. „Ja, das bin ich. Obwohl mein Nachname rechtlich Rivera ist." Jedenfalls noch ein paar Tage lang. „Könnten Sie das bitte ändern?"

Endlich sieht sie mir in die Augen, und die Neugierde strömt aus ihr heraus. „Es tut mir leid, Liebes, aber Ihr Vater hat Sie auf den Anmeldeformularen als Jasmine Callahan eingetragen. Nur er kann Änderungen vornehmen, also schlage ich vor, dass Sie das mit ihm abklären."

„Das wird nicht nötig sein", murmle ich.

Die Frau – ihrem Namensschild zufolge Mrs. Stanford – reicht mir eine dreifach gefaltete Broschüre. „Hier ist ein Plan des Campus. Sie finden auch einen auf Ihrem Tablet, das Sie von der Akademie erhalten haben. Nehmen Sie Platz, Ihr Buddy sollte jeden Moment hier sein."

Ich runzle verwirrt die Augenbrauen. „Mein Buddy?"

Mrs. Stanford seufzt, als ob ich sie verärgert hätte. „Ja, Miss Callahan. Ihr *Buddy*. Alle neuen Schüler an der Windsor Academy haben einen. Es sieht so aus, als ob Ihnen Ainsley Davenport zugeteilt wurde. Sie wird Sie auf dem Campus herumführen und dafür sorgen, dass Sie alle notwendigen Kursmaterialien haben."

Warum kommt mir der Nachname so bekannt vor?

„Ich habe meinen Namen gehört. Das muss der Neuzugang sein."

Ich wende mich der fröhlichen, weiblichen Stimme zu und sehe ein hübsches, braunhaariges Mädchen, etwa in meinem Alter, mit einem breiten Lächeln, das ich einfach erwidern muss. Sie ist die einzige Person neben Frank, die mir Wärme entgegengebracht hat, seit ich die seltsame Welt dieser Schule betreten habe.

Sie streckt ihre Hand aus. „Ich bin Ainsley und du musst Jasmine sein."

Ich gebe ihr die Hand. „Ich bevorzuge eigentlich Jazz."

Ainsley nickt. „Jazz ... Das mag ich. Es klingt knallhart."

„Miss Davenport!", schimpft die Sekretärin. „Es gibt keinen Grund, sich so grob auszudrücken."

Ainsley rollt mit den Augen und nickt in Richtung Ausgang. „Dann wollen wir uns mal auf den Weg machen, was?"

Ich lächle. „Zeig mir den Weg."

Sobald wir das Büro verlassen, fängt Ainsley an, mich mit Fragen zu löchern. „Also, was ist dein Hintergrund? Wie bist du in diesem Gefängnis für vermögende Kinder gelandet? Man munkelt, du bist die Schwester von Peyton Devereux. Stimmt das?"

„*Stiefschwester*", korrigiere ich.

Ainsleys Augen glitzern amüsiert. „Ich bin sicher, das ist ... interessant."

„Ich habe sie erst vor zwei Tagen kennengelernt, aber bis jetzt hat sie nicht den besten Eindruck hinterlassen."

Sie lacht. „Ja, aber warte nicht darauf, dass es passiert. Peyton ist ein eiskaltes Miststück."

„Du kennst sie also?"

Sie nickt. *„Jeder* kennt Peyton Devereux. Dafür sorgt sie schon."

„Hört sich gut an", murmle ich.

„Der erste Halt ist in die Bibliothek, damit wir dein Chromebook abholen können. Darauf befinden sich alle deine Kursmaterialien. Dort bekommen wir auch deinen Schülerausweis."

„Alles ist elektronisch? Was ist mit Büchern?"

Sie schüttelt den Kopf, während sie die Tür aufstößt und wieder nach draußen geht. „Ja, klar. Glaubst du, dass diese über-privilegierten Gören den ganzen Tag schwere Bücher mit sich herumschleppen würden?"

Meine Lippen zucken. „Ich lehne mich mal weit aus dem Fenster und behaupte, dass du nicht viele Menschen magst."

„Das ist nicht wahr." Ich bin überrascht, als sie ihren Arm durch meinen legt, aber ich beschließe, mich darauf einzulassen. „Ich mag einfach nur keine Arschlöcher und Windsor ist voll davon."

Ich lache und beschließe sofort, dass ich dieses Mädchen mag. „Gut zu wissen. Dann sollte ich wohl besser aufpassen, was ich tue, was?"

„Du solltest *auf jeden Fall aufpassen, was du tust.* Jeder scheint ein Motiv zu haben, und niemanden kümmert es, auf wen er treten muss, um zu bekommen, was er will." Sie sieht mich nachdenklich an. „Ich hoffe, du hast keine Leichen im Keller. Es würde mich nicht überraschen, wenn einige dieser Idioten bereits Nachforschungen über dich angestellt haben, um Erpressungsmaterial zu finden."

„*Was?*" Mir fällt die Kinnlade herunter. „Ist das dein Ernst? Warum sollte überhaupt jemand wissen, dass es mich gibt?"

„Du bist Frischfleisch – wir bekommen nicht oft neue Mitschüler. Die meisten von uns kennen sich schon seit dem Kindergarten, oder sogar noch länger. Du bist auch heiß, also nur eine Vorwarnung: Die meisten Jungs werden wahrscheinlich versuchen, dich zu ficken – die Heteros zumindest – und alle Mädels, die *sie* ficken wollen, werden dich hassen. Nicht, dass sie nicht schon vorher gehässige Schlampen gewesen wären. Diese Schule hat ein echtes Überangebot daran." Ainsleys Wangen erröten, als sie mir ein trauriges Lächeln schenkt. „Ich muss dir etwas gestehen. Ich kannte deine Geschichte schon, bevor wir uns trafen – ich habe nur gefragt, um ins Gespräch zu kommen. Das mit deiner Mutter tut mir übrigens leid. Meine starb, als ich acht Jahre alt war, ich weiß also, wie schlimm das ist."

Ihr Eingeständnis lässt mich tief einatmen, aber ich komme nicht dazu, etwas zu sagen, bevor wir unterbrochen werden.

„Ainsley", ruft eine knurrige Stimme und lässt uns innehalten. „Einen Moment."

„Oh, Mann, jetzt geht's los", murmelt sie.

Ich schaue in die Richtung, aus der die Stimme kommt, und stehe den drei heißen Typen von vorhin gegenüber. Heilige Scheiße, aus der Nähe sehen sie sogar noch besser aus. Ich schaue mich schnell um und sehe, dass alle Augen auf uns gerichtet sind. Ich würde alles darauf wetten, dass diese drei hier an der Spitze der Nahrungskette stehen. Sie wirken nicht nur überlegen, auch die Art und Weise, wie sich die anderen Schüler vor ihnen zu ducken scheinen, spricht Bände. Es ist nicht nur ihre unverkennbare körperliche Dominanz – diese Jungs haben diesen unaussprechlichen Faktor, der Aufmerksamkeit verlangt. Ihre intensiven Blicke lassen mir die Nackenhaare zu Berge stehen.

Ainsley bleibt vor dem mittleren Mann stehen. „Was willst du? Ich bin beschäftigt."

Nun, ich schätze, nicht *jeder* kuscht vor ihnen. Das lässt mich Ainsley nur noch mehr mögen.

„Was machst du da, Ains? Die bezahlen Leute dafür, dass sie den Müll rausbringen." Er starrt mich an, während er mit ihr spricht.

Oh, nein, das hat er nicht gesagt.

Mein Adrenalinspiegel steigt in die Höhe, als ich ihn mit dem gleichen Blick anstarre. „Was ist dein Problem?"

Der Schwachkopf ignoriert mich völlig und redet weiter mit Ainsley. „Wirst du meine Frage beantworten?"

Ainsley rollt mit den Augen. „Halt dich zurück, Kingston. Du bist vielleicht zwei Minuten älter, aber du bist nicht mein Boss."

Moment mal ... was? Sie sind Zwillinge? Ist das der Typ, von dem Peyton gesprochen hat? Das muss er sein, der Name ist nicht sehr häufig.

Kingstons dummer, eckiger Kiefer zuckt, während der

Typ auf der rechten Seite aussieht, als würde er versuchen, nicht zu lachen. „Es gibt *Regeln*, Ainsley."

Ich möchte dem Kerl den Arsch aufreißen, aber Ainsley kommt mir zuvor.

Sie stößt ihn gegen die Brust. „Ich kann abhängen, mit wem ich will, und ich bin für Jazz hier zuständig, also werden wir viel Zeit miteinander verbringen. Wenn du ein Problem damit hast, tut mir das leid."

Sein   Kiefer   zuckt   erneut.   „Nein. Das. Wirst. Du. *Nicht*."

Ich werfe die Hände hoch, weil ich offiziell die Nase voll von seinem Schwachsinn habe. „Ernsthaft, was *zum Teufel* ist dein Problem? Du kennst mich doch gar nicht. *Wie kannst du es wagen,* Vermutungen über mich anzustellen!"

Seine goldfarbenen Augen – ich bemerke gerade, dass sie mit denen seiner Schwester identisch sind – mustern mich. „Genau da liegst du falsch, *Jasmine Callahan*. Ich weiß alles, was ich über dich wissen muss. Und ich schlage vor, du hältst deinen Mund, oder ich mache dir das Leben zur Hölle."

Ich stemme eine Hand in meine Hüfte. „Es ist *Rivera*, Arschloch, also weißt du offensichtlich nicht *alles* über mich. Und wenn du glaubst, dass du mich mit deinen Drohungen einschüchtern kannst, irrst du dich. Mein Leben ist *bereits die Hölle auf Erden*."

Das scheint ihn tatsächlich zu überraschen, aber er überspielt es innerhalb von Sekunden und richtet seine Aufmerksamkeit wieder auf seine Zwillingsschwester. „Wir werden das später besprechen."

Ainsley wirft ihm einen spöttischen Blick zu und ergreift meinen Arm, um mich wegzuführen. „Verlass dich nicht zu sehr darauf."

Ich muss praktisch rennen, um mit ihr Schritt halten zu können, während ich Kingstons zornigen Blick in meinem Rücken spüre. „Was zum Teufel war das? Dieses Arschloch ist dein *Bruder*?"

Sie bleibt vor einem der Nebengebäude stehen und tritt zur Seite. „Ja. Und ob du es glaubst oder nicht, so schlimm ist er normalerweise nicht. Versteh mich nicht falsch, er ist von Natur aus ein Arschloch, aber normalerweise ist er nicht *so ein großes* Arschloch. Das muss an dir liegen."

Ich schüttle den Kopf. „Ich Glückspilz."

Ainsley seufzt. „Ignoriere ihn einfach. Er hat wahrscheinlich seine Tage oder so."

Ich lache und bin dankbar für die Unterbrechung der Spannung. „Hoffen wir's. Also, ... zuerst in die Bibliothek?"

Ainsley lächelt und nickt. „Zuerst in die Bibliothek."

Kapitel Drei

JAZZ

Meine neue Freundin und ich hatten am Morgen keinen Unterricht zusammen, also verabredeten wir uns zum Mittagessen. Mir fällt die Kinnlade runter, als ich den Speisesaal betrete, denn das ist keine durchschnittliche Highschool-Cafeteria. Es wirkt eher wie ein gehobenes Restaurant. Runde Tische, an denen jeweils acht Personen Platz haben, sind in dem riesigen Raum verstreut und mit strahlend weißen Tischtüchern gedeckt.

Ich sehe Ainsley noch nicht, also gehe ich zum Buffet, das an den Wänden aufgebaut ist. Meinem Handbuch zufolge ist das Mittagessen im Schulgeld inbegriffen, sodass ich mir zum Glück keine Sorgen machen muss, woher ich Bargeld nehmen sollte.

„Miss." Ein Mann in einem weißen Kittel reicht mir ein Tablett, auf dem sich bereits ein Teller, eine Stoffserviette, Silberbesteck und ein Glas befinden.

„Danke."

Ich schaue mir die Auswahl an, die neben verschiedenen Suppen und Salaten auch eine Reihe von Gerichten aus der ganzen Welt umfasst. Italienisch, mexikanisch, asiatisch, amerikanisch – nach welcher Spezialität auch immer mir ist, hier werde ich sie vermutlich finden. Ich entscheide mich für ein Teriyaki-Hühnchen mit gedämpftem Reis und einen Eistee.

Mit dem Tablett in der Hand scanne ich den Raum und entdecke schließlich Ainsley. *Oh, verdammt nein.* Direkt neben ihr ist ein Platz frei, aber ich würde mich niemals freiwillig an *diesen* Tisch setzen. Drei der Stühle sind von ihrem Bruder und den beiden anderen Typen, mit denen er abhängt, besetzt. Meine böse Stiefschwester und ihre Gruppe sitzen auf den anderen drei. Ich entdecke einen leeren Tisch am anderen Ende des Raums und steuere ihn an. Ich habe keine andere Wahl, als an ihnen vorbeizugehen, also halte ich den Kopf gesenkt und hoffe, dass Ainsley mich nicht bemerkt.

„Jazz, wo gehst du hin?"

Kein Glück.

„Hey." Ich richte meinen Kopf auf den Ecktisch im hinteren Bereich. „Ich glaube, ich setze mich einfach da drüben hin."

Ainsley schenkt mir ein trauriges Lächeln, als sie die sechs Augenpaare sieht, die mich durchbohren. Zum Glück kapiert sie den Wink, greift nach ihrem Tablett und steht auf. „Darf ich dir Gesellschaft leisten?"

Ich lächle zaghaft. „Sicher."

„Ainsley", knurrt ihr Bruder. „Ich dachte, wir hätten das geklärt."

Es war ja klar, dass es nicht einfach werden würde.

Meine neue Freundin meint spöttisch. „Ach, leck mich doch,   Kingston.   Das   Einzige, was *ich* für *mich* geklärt habe, ist die Tatsache, dass du mir nichts zu sagen hast."

Seine haselnussbraunen Augen verengen sich. „Ich passe nur auf dich auf. Wer weiß, womit sie dich anstecken kann?"

Ich kämpfe gegen den Drang an, diesem Arschloch eine in die Fresse zu geben. „Wie bitte? Erstens ist *sie* genau hier, wenn du also etwas zu sagen hast, kannst du es mir auch direkt sagen. Zweitens, wenn irgendjemand hier eine ansteckende Krankheit hat, dann vermutlich *du*. Ich habe gehört, dass Chlamydien auf dem Vormarsch sind – du solltest dich vielleicht untersuchen lassen."

Die Zicken am Tisch stoßen einen gemeinsamen Schrei aus. Dieser kleine Showdown hat die Aufmerksamkeit aller anderen im Raum auf sich gezogen. Sie glotzen jetzt ganz offen – und versuchen nicht einmal ansatzweise, ihr Interesse zu verbergen. Oh Mann, diese Leute müssen langweilige Leben führen.

„Oh, ich *mag* sie." Der hübsche Junge mit den dunkleren Gesichtszügen zwinkert mir zu. Er ist eine Mischung aus verschiedenen Ethnien wie ich, aber ich kann nicht genau sagen, welche. Vielleicht Afroamerikaner und Asiate? Vielleicht auch pazifischer Insulaner. „Die Temperamentvollen sind immer die Besten im Bett."

Mir sind grobe Teenager nicht fremd, und sein Versuch,

mich zu schockieren, funktioniert nicht. „Zu schade, dass du es nie erfahren wirst."

Die Adern auf seinem muskulösen Unterarm treten deutlich hervor, während er sich mit einer Hand über den Mund reibt. „Das werden wir noch sehen, Schätzchen. Übrigens, ich bin Bentley. Nur damit du weißt, wessen Namen du später schreien wirst."

Bevor ich etwas erwidern kann, knallt Kingston mit der Faust auf den Tisch. „Halt die Klappe, Bent."

Bentley zuckt mit den Schultern. „Hey Mann, sei kein Langweiler. Sie ist heiß."

Warum reden diese Idioten über mich, als wäre ich nicht im Raum?

Ich stelle direkten Augenkontakt zu Kingston her. „Ich habe es satt, meine Zeit mit diesem Schwachsinn zu verschwenden. Tu mir einen Gefallen und halte dich von mir fern, und ich werde das Gleiche tun."

Mit diesen Worten drehe ich mich auf dem Absatz um und gehe davon, Ainsley dicht auf den Fersen. Aus dem Augenwinkel sehe ich, wie Kingston aufstehen will, aber er hält inne, als Peyton an seinem Arm zieht und ihm etwas ins Ohr flüstert.

Ainsley lacht, als sie ihr Tablett abstellt und sich einen Stuhl an unseren Tisch holt. „Das war großartig, Jazz. Ich habe schon lange nicht mehr erlebt, dass jemand meinen Bruder in die Schranken weist ... na ja, eigentlich *noch nie*. Außer mir, meine ich."

Ich setze mich grinsend hin. „Ja, nun, dann würde ich sagen, es ist längst überfällig. Ich kann immer noch nicht glauben, dass ihr beide verwandt seid."

„Er ist gar nicht so schlimm, wenn man ihn erst einmal kennenlernt. Ob du es glaubst oder nicht, Kingston hat tief im Inneren ein gutes Herz. Deine Schwester und ihre Plastik-Groupies sind viel schlimmer – ich bin mir ziemlich sicher, dass sie ihre Seelen an Satan verkauft haben, um sich die Lippen aufspritzen und die Brüste vergrößern lassen zu können."

„*Stiefschwester*", korrigiere ich lachend. „Sie und Kingston scheinen wirklich perfekt zusammenzupassen."

„Ha! Das glaubt Peyton nur."

„Was soll das heißen?" Ich nehme einen Bissen von meinem Essen. Verdammt, ist das gut. Definitiv nicht das Papp-Pizza-Mittagessen, an das ich gewöhnt bin. Ich fühle mich, als wäre ich in einem anderen Universum gelandet.

„Kingston findet sie meistens unerträglich."

Ich neige meinen Kopf zur Seite. „Aber sie sind schon zusammen, oder?"

Sie zuckt mit den Schultern. „Irgendwie schon, aber es geht mehr um den Schein als um alles andere. Sie sind der amtierende König und die amtierende Königin in diesem Jahr. Die Leute erwarten, dass sie zusammen sind. Sie waren ein echtes Paar, aber Mitte des ersten Schuljahres bekamen sie mächtig Streit und er hat sie verlassen. Sie hat ihn irgendwie überzeugt, im Sommer wieder zu ihr zurückzukommen, aber es ist nicht mehr dasselbe. Soweit ich weiß, tun sie in der Öffentlichkeit nur so, als wären sie ein Paar, und sie schaut bewusst nicht hin, was er so privat treibt."

Mein Gesicht verzieht sich. „So ein Schwein. Ich kann nicht glauben, dass Peyton sich das gefallen lässt."

Ainsley nimmt einen Bissen von ihrem Salat. „Du

brauchst kein Mitleid mit ihr zu haben. Sie weiß genau, worauf sie sich eingelassen hat. Außerdem ist sie selbst eine unzuverlässige Fotze."

Ich grinse. „Wow, du trägst dein Herz wirklich auf der Zunge."

„Tu nicht so, als würdest du das nicht auch denken." Sie grinst, als sie mir über die Schulter sieht. „Ich bin mir ziemlich sicher, dass sie auch nicht dein größter Fan ist. Sie hat nicht aufgehört, dich anzustarren, seit wir weggegangen sind."

„Scheiß auf sie." Ich spüre, wie sich ihr Blick förmlich in meinen Rücken bohrt, aber ich vermeide es, mich umzudrehen und ihn zu erwidern. „Was hat es mit dieser ganzen ‚König und Königin'-Sache auf sich?"

„Jedes Jahr geben die Schüler der Abschlussklasse die Fackel an drei Jungs und drei Mädchen weiter, die so ziemlich die ganze Schule beherrschen. Sie wurden seit dem ersten Jahr darauf vorbereitet, obwohl, wenn du mich fragst, kein einziger von ihnen lernen musste, wie man ein Arschloch ist. Die anderen Schüler behandeln sie wie Könige, daher die Spitznamen. Noch nicht einmal die Lehrer greifen ein, weil sie genau wissen, wer die Eltern sind. Dieses Jahr sind es Kingston, Reed Prescott und Bentley Fitzgerald bei den Jungs und Peyton, Imogen Abernathy und Whitney Alcott bei den Mädchen."

Mein Gott. Sogar ihre Namen klingen bombastisch.

„Und lass mich raten ... für den Rest von uns gibt es nur die Wahl, ihnen in den Arsch zu kriechen oder zu leiden?"

„Ziemlich genau. Aber wer sich für Letzteres entschieden hat, bleibt meist nicht lange dabei."

„Wie passt du da rein?"

„Man könnte sagen, dass ich die Nächste in der Thronfolge bin, aber wenn sie jemals versuchen sollten, mich zu befördern, würde ich verdammt noch mal dankend ablehnen. Ich habe kein Verlangen danach, eine von ihnen zu werden. Jeder in Windsor weiß, wer ich bin, und niemand legt sich mit mir an, weil ich eine Davenport bin, aber ich würde ehrlich gesagt keinen von diesen Leuten als Freund bezeichnen." Sie deutet auf mich. „Ich habe allerdings das Gefühl, dass du die Ausnahme von der Regel bist. Wir kennen uns noch nicht einmal einen Tag, Jazz, aber ich spüre, dass du anders bist. Bei dir weiß man direkt, woran man ist."

„Ich habe keinen Grund, etwas zu verbergen. Ich schäme mich nicht dafür, wer ich bin oder woher ich komme. Wenn jemand ein Problem damit hat, kann er mich mal."

Sie winkt abweisend mit der Hand. „Genug von diesen Idioten. Wie ist dein erster offizieller Tag bisher verlaufen?"

Ich zucke mit den Schultern. „Okay, denke ich. Ich merke schon, dass die Kursarbeit viel schwieriger sein wird als an meiner alten Schule, aber ich komme einigermaßen gut mit."

„Ich kann nicht glauben, dass wir bis zur letzten Stunde keinen Unterricht zusammen haben." Ainsley schmollt, als sie sich meinen Stundenplan ansieht.

„Ja, aber wir können es auch nicht ändern, oder?" Ich zucke mit den Schultern.

„Stimmt." Ihre Augen weiten sich. „Oh, Scheiße."

„Was?" Ich bitte sie, mir mein Tablet zurückzugeben.

Ainsley zuckt zusammen. „Ich bin mir ziemlich sicher, dass mein Bruder in deiner nächsten Klasse ist."

Ich öffne die Windsor Academy App erneut und rufe meinen Stundenplan auf. „Literatur bei Henderson?"

Sie nimmt einen großen Schluck Wasser, bevor sie antwortet. „Ja. Es ist nicht so, dass ich seinen Terminkalender auswendig kenne, aber ich bin mir fast sicher, dass er in dem Kurs ist."

Gegen meinen Willen suchen meine Augen den besagten Bruder auf der anderen Seite des Raumes. Er starrt mich schon seit mindestens zehn Minuten direkt an, aber ich habe mir alle Mühe gegeben, ihn zu ignorieren.

„Na tooooll." Ich dehne das Wort übertrieben aus und nehme noch einen Bissen von meinem Hähnchen.

„Verdammt, mach so weiter und ich überlege, ob ich die Seite wechseln soll."

Ich kaue zu Ende, bevor ich antworte. „Hm?"

„Du hast gerade gestöhnt. *Ganz laut.*" Sie lacht, als sie wieder über meine Schulter blickt. „Bentley sieht aus, als hätte er sich gerade in die Hose gemacht."

Ich schaue zurück, und tatsächlich, Bentley beobachtet mich mit unverhohlener Begierde. Mein ganzer Körper errötet, als mein Blick zu Kingston wandert. Es fühlt sich an, als gäbe es ein unsichtbares Band zwischen uns, das vor Elektrizität knistert. So etwas habe ich noch nie zuvor gespürt. Er sieht aus, als wolle er mich verschlingen, aber er wirkt deswegen auch extrem ungehalten. So ungern ich es auch zugebe, mein Körper reagiert darauf. Igitt, ich muss diese Hormone wirklich in den Griff bekommen.

Ich drehe mich wieder um und atme tief ein. „Es besteht wohl nicht die geringste Aussicht, dass sie mich einfach in Ruhe lassen, oder?"

Ainsley schüttelt den Kopf. „Wahrscheinlich nicht. Mach dich auf was gefasst, Jazz, denn ich habe das Gefühl, dass es hier *richtig* interessant wird."

KAPITEL VIER

KINGSTON

Mit diesem Mädchen wird es Ärger geben.

Als ich zum ersten Mal gehört habe, dass Charles Callahans uneheliches Kind zu ihnen ziehen würde, habe ich nicht lange darüber nachgedacht. Da ich wusste, dass ihre Mutter gerade gestorben war, nahm ich an, dass sie ein sanftmütiges, gebrochenes kleines Mädchen sein würde, das sich, ohne zu fragen, unterordnen würde. Stattdessen ist sie ein wildes, *umwerfendes* Geschöpf, das für meinen Geschmack viel zu aufgeweckt ist.

Ich habe zu lange an diesem Projekt gearbeitet, um mir jetzt einen Strich durch die Rechnung machen zu lassen. Egal, wie heiß das neue Mädchen mich macht, ich kann nicht zulassen, dass mein Schwanz mein Handeln bestimmt. Ich habe es jahrelang mit Peyton ausgehalten und versucht, mich in diese Familie zu integrieren. Sie und ich haben zwar eine Vereinbarung, dass ich ficken kann, wen ich will, aber ihre neue Stiefschwester ist natürlich die Ausnahme von dieser Regel. Jeder, der nur halbwegs bei Verstand ist, kann sehen, wie sehr Peyton sich von ihr bedroht fühlt, und ich muss Peyton bei der Stange halten, um den Schein zu wahren. Ich bin so kurz davor, die Beweise zusammenzubekommen, die ich benötige, um Charles Callahan zu ruinieren. Ich werde auf keinen Fall zulassen, dass ein heißer Arsch alles zerstört.

„Gott, sie ist eine solche Platzverschwendung", jammert Peyton. „Daddy will nicht einmal, dass sie bei uns wohnt. Das ist so offensichtlich. Ich wünschte wirklich, er hätte sie der Aufsicht des Jugendamts überlassen. Sie gehört *einfach* nicht dazu."

Imogen, eine von Peytons Lakaien, mischt sich ein. „Du armes Ding. Ich kann mir nicht in meinen schlimmsten Träumen vorstellen, mit jemandem zu leben, der so … ungehobelt ist. Hast du gehört, wie sie redet? Und was hat es mit dem roten Lippenstift auf sich, mitten am Tag? Sie sieht aus wie eine Hure."

„Ich würde mich nicht beschweren, wenn der Lippenstift auf meinem Schwanz verschmiert wäre", scherzt Bentley.

Ich werfe ihm einen Blick zu, aber das Arschloch grinst mich nur an. Bentley und Reed sind wie Brüder für mich. Wir kennen uns so gut, dass wir oft die Gedanken des anderen lesen können. Ich bin sicher, Bentley weiß, dass meine Gedanken gerade seine widerspiegeln.

Whitney, Bents immer wiederkehrender Fick, schaut finster drein. „Ekelhaft. Es ist nicht lustig, über so etwas Witze zu machen."

Sein Grinsen wird breiter. „Wer sagt, dass das ein Scherz war?"

Whitneys Lippen zittern. „Baby, hör auf. Die Leute werden denken, dass du es ernst meinst."

Ich muss den Drang bekämpfen, mir die Ohren zuzuhalten. Ich schwöre bei Gott, diese Frau muss einen Mund wie ein Staubsauger haben, damit Bentley ihre nasale Stimme erträgt.

„Du hättest sie mal sehen sollen, bevor die Friseure meiner Mutter ihr die Haare gemacht haben." Peyton beugt sich vor und lächelt, als hätte sie einen pikanten Tratsch auf Lager. „Sie hatte leuchtend lila Strähnchen, Spliss und die schäbigsten Klamotten, die ich je gesehen habe. Es war mir total peinlich, mit jemandem in einem Haus zu leben, der so heruntergekommen ist. Unglaublich, dass sie sich geweigert hat, sich heute vor der Schule frisieren und schminken zu lassen. Ich bin mir ziemlich sicher, dass sie im Moment nur diesen nuttigen Lippenstift trägt ... *vielleicht* etwas Wimperntusche. Und ihre Haare sind nur luftgetrocknet! Kannst du dir das vorstellen?"

Ich widerstehe dem Drang, mit den Augen zu rollen, als Imogen und Whitney aufstöhnen. Gott bewahre, dass jemand morgens nicht zwanzig Schichten Make-up aufträgt.

Peyton lacht spöttisch. „Ich schätze, man kann ein Mädchen aus der Sozialhilfe holen, aber die Sozialhilfe wird immer ein Teil des Mädchens bleiben."

Mein Blick folgt dem besagten Mädchen automatisch durch den Speisesaal. Sie schaut bewusst in die andere Richtung, aber als ich ihr hüftlanges dunkles Haar betrachte, stelle ich mir vor, wie es mit einem Farbklecks aussehen würde. Verdammt heiß, schätze ich. Bentley sieht mir wieder in die Augen und ich merke, dass er die gleichen Gedanken hat.

Denke nicht einmal daran, warnen meine Augen.

Wenn du das nicht versuchst, dann tue ich es auf jeden Fall, antwortet er mit den Augen.

Ich schaue finster drein, was das Arschloch zum Lachen bringt.

„Was ist so lustig, Babe?" Whitney fährt mit ihren Fingernägeln über seinen Unterarm und benutzt dabei die unausstehliche Babystimme.

„Nichts, Babe", versichert er ihr. „Nur Männerkram."

Sie schmollt, weil sie mit dieser Antwort offensichtlich nicht zufrieden ist, ist aber klug genug, nicht weiterzufragen. Sieh mal einer an: Man kann einem dummen Hund doch neue Tricks beibringen.

Reed lehnt sich in seinem Stuhl zurück und tippt mir auf die Schulter. „Wird sie zum Problem werden, Mann?"

Reed ist ein Mann der wenigen Worte, aber seine Intuition ist genau richtig. Er und Bent kennen meinen Plan, Charles Callahan zu vernichten. Er spürt, dass Jasmines Ankunft etwas ist, das uns Sorgen bereiten sollte.

„Später", sage ich zu ihm.

Er nickt und versteht, dass dies weder der richtige Zeitpunkt noch der richtige Ort für diese Diskussion ist. Ich brauche eine Minute, um mir zu überlegen, was wir als Nächstes tun werden. Das Einzige, was ich im Moment weiß, ist, dass Charles' Bastard mir das *nicht versauen* darf.

Wenn das bedeutet, dass ich dabei *ihr* Leben ruinieren muss, dann soll es so sein. Kollateralschäden sind im Krieg schließlich unvermeidlich.

KAPITEL FÜNF

JAZZ

Ich atme erleichtert auf, als ich in den Kursraum betrete und kein Zeichen von Kingston Davenport zu sehen ist. Auf dem Weg von der Kantine hierher habe kurz bei den Toiletten angehalten, also ist die Klasse schon ziemlich voll, als ich ankomme. Die einzigen freien Plätze sind in der letzten Reihe, also mache ich mich auf den Weg dorthin.

„Hure", murmelt ein Mädchen, und unternimmt einen missglückten Versuch, mir ein Bein zu stellen.

„Wie viel verlangst du für einen Blowjob, Schatz?" Das kommt von einem zukünftigen Politiker, der mich anschaut, als wäre ich ein großes, saftiges Steak.

Ich ignoriere das Getuschel und die abfälligen Blicke und weigere mich, ihnen die Genugtuung zu geben, mich getroffen zu zeigen. Das Karma wird diesen Wichsern früher oder später in den Arsch beißen. Hoffentlich eher früher als später. Ich halte meinen Kopf gesenkt, ziehe mein

Tablet aus der Tasche, öffne das Online-Klassenraumportal und warte darauf, dass der Unterricht beginnt.

Ich schaue auf, als plötzlich das Getuschel verstummt. Ich hatte angenommen, der Lehrer würde sich dem Podium nähern, um den Beginn des Unterrichts anzukündigen, aber ich hätte es besser wissen müssen. Nicht nur, dass Kingston genau dann durch die Tür kommt, wenn die Glocke läutet, er wird auch noch von Reed *und* Bentley flankiert. Und natürlich sind die einzigen freien Plätze die drei in meiner Reihe.

Ich hasse mein Leben.

Bentley grinst arrogant und lässt seinen Hintern auf den Sitz zu meiner Linken fallen. Kingston nimmt das Pult neben ihm ein, während Reed sich rechts von mir hinsetzt. Ich starre geradeaus und wünsche mir inbrünstig, dass der verdammte Lehrer endlich mit dem Unterricht beginnt.

Heißer Atem trifft mein Ohr, kurz bevor er spricht. „Hey, heißes Rotkäppchen. Schau dich an, umgeben von drei großen, bösen Wölfen."

Schlaues Kerlchen. Die Wölfe sind das Maskottchen von Windsor, und Bentley weiß offensichtlich, woher ich komme. Pech für ihn, ich schäme mich nicht für meine Wurzeln.

Ich stoße ihn mit meiner Hand weg. „Clever. Und jetzt verpiss dich."

Sein Stuhl quietscht, als er seinen Schreibtisch näher rückt. „Küsst du deinen Freund mit diesem Mund, *Jazzy Jazz*?"

Ich blicke ihn aus den Augenwinkeln an. „Ich habe keinen Freund, *hau ab*."

„Oh, sie hat Krallen!", ruft er spöttisch. „Weißt du, dass ich es liebe, wenn du schmutzig redest, Baby?" Bentley fasst sich in den Schritt. „Das macht meinen Schwanz *so* hart. Warum kommst du nicht ein wenig näher und siehst es dir selbst an?"

Ich beobachte seinen Schritt und schaue ihn so unbeeindruckt an, wie ich nur kann. „Sorry, ich habe mein Mikroskop vergessen. Und ohne ist nichts zu erkennen."

Reed stößt ein tiefes Glucksen aus. Halleluja! Ich habe dem stillen, grüblerischen Mann eine Reaktion entlockt.

Bentleys Kinnlade fällt herunter. „Du entschuldigst dich sofort bei ihm!" Er sieht auf seinen Schoß hinunter. „Ist schon gut, Kumpel, sie hat es nicht so gemeint."

Ich versuche, mein Lachen zu unterdrücken. Verdammt noch mal, warum finde ich diesen Idioten so charmant?

„Ich würde nicht darauf warten ... obwohl, doch, warte ruhig darauf, dass es irgendwann passiert. Wenn ich Glück habe, schläfst du dabei ein und ich muss mir deinen lächerlichen Unsinn nicht länger anhören."

„Miss Callahan, gibt es etwas, das Sie der Klasse mitteilen möchten?"

Ich werfe einen Blick nach vorne ins Klassenzimmer, wo mich Ms. Henderson erwartungsvoll anstarrt. Sie ist ganz offensichtlich verärgert. Was zum Teufel? Ich bin nicht die Einzige, die redet!

Sie hebt eine zarte, silberfarbene Augenbraue. „Ich höre?"

„Nein, Ma'am", murmle ich.

Ms. Henderson nickt knapp. „Gut. Und jetzt seien Sie

bitte still. Meine Damen und Herren, ich hoffe, Sie sitzen bequem, denn der Platz, den Sie heute gewählt haben, wird Ihnen für den Rest des Trimesters gehören."

Ich verkneife mir ein Stöhnen.

Als die Lehrerin sich umdreht, um etwas an die Tafel zu schreiben, beugt sich Bentley wieder vor. „Oh, es sieht so aus, als würden wir ein paar schöne Stunden miteinander verbringen, Prinzessin. Heute muss mein Glückstag sein."

Ich beiße die Zähne zusammen. „Halt. Die. Klappe."

„Vielleicht werde ich das, wenn du mir deinen hübschen roten Mund leihst. Ich wette, dein Rachen fühlt sich innen *richtig schön warm an*. Ich kann schon den ganzen Tag an nichts anderes denken."

Ich kämpfe mit einem Lächeln und frage mich, was Madeline tun würde, wenn sie mich jetzt sehen würde. Sie war bereits verärgert, weil ich mich heute Morgen geweigert habe, mir die Haare machen zu lassen oder mich zu schminken. Sie wusste nicht, dass ich meinen Lieblings-Mascara und -Lippenstift in meiner Tasche versteckt und während der Fahrt zur Schule aufgetragen hatte. Mein Uniformrock ist schwarz-rot kariert, und der Rotton passte perfekt, also habe ich das als ein Zeichen gesehen.

Bentley streicht mir das Haar zurück. „Dein seidiges Haar würde noch besser aussehen, wenn ich es um meine Faust wickeln würde."

Ich will diesem Arschloch gerade sagen, dass er sich verpissen soll, aber der Mann neben ihm meldet sich zuerst.

„Das ist genug", knurrt Kingston.

Bentley lehnt sich in seinem Stuhl zurück. „Ich habe nur ein bisschen Spaß, Mann."

Ich schaue hinüber und sehe, wie Kingston seinem Freund einen mörderischen Blick zuwirft. Als seine stählernen Augen meinen Blick treffen, stockt mir der Atem. Nackte Wut kämpft mit Lust, eine berauschende Kombination, die mich auf die primitivste Weise anspricht. Ein Schauer läuft mir über den Rücken, als Kingston seinen Blick auf meinen Mund senkt und sich über die Lippen leckt. Etwas Unausgesprochenes geht zwischen uns vor, bevor sich ein schmutziges Grinsen auf seinem Gesicht breit macht.

„Keine Sorge, Bent. Es wird später noch viel Zeit für *Spaß* sein."

Was zur Hölle soll das bedeuten? Und warum ist mein Verstand automatisch zu Schweinskram übergegangen, als ich an all die Möglichkeiten dachte? Ich muss meine Gefühle in Bezug auf ihn wirklich in den Griff bekommen.

In den nächsten vierzig Minuten tue ich mein Bestes, um die drei lächerlich heißen Arschlöcher neben mir zu ignorieren. In dem Moment, in dem die Glocke läutet, verschwinde ich so schnell wie möglich aus dem Raum.

Als ich die Türschwelle überschreite, höre ich, wie einer von ihnen sagt: „Du kannst weglaufen, aber du kannst dich nicht verstecken, Prinzessin."

Als ich von der Schule nach Hause komme, erwartet mich Madeline bereits an der Eingangstür. Sie runzelt die Stirn, als sie meine roten Lippen sieht, aber ihr Gesicht verzieht schnell wieder zu einem künstlichen Lächeln.

„Wie war dein erster Tag in der Schule, Schatz?"

Ich zucke mit den Schultern. „Es hätte schlimmer sein können. Ich habe ein wirklich cooles Mädchen kennengelernt, das ist ein Pluspunkt."

„Das ist großartig! Wie ist ihr Name?"

„Ainsley Davenport".

Madelines Lächeln ist jetzt echt. „Oh, das ist wunderbar! Ainsley ist ein reizendes Mädchen. Ihre Mutter und ich sind befreundet."

Ich runzle verwirrt die Stirn. „Sie sagte, ihre Mutter sei verstorben."

„Oh, ihre leibliche Mutter schon, vor einigen Jahren. Ich meinte ihre Stiefmutter, Vanessa. Sie ist die dritte Mrs. Davenport." Madeline hält ihren Zeigefinger hoch. „Warte ... die vierte. Oder ... vielleicht ist sie die dritte Frau und er ist ihr vierter Ehemann? Es ist alles so verwirrend."

„Natürlich", sage ich mit Spott in der Stimme.

„Du solltest dich für das Abendessen herrichten." Sie begutachtet mich. „Bitte stelle die Geduld deines Vaters heute Abend nicht auf die Probe und ziehe etwas Hübsches aus deinem Kleiderschrank an. Und entferne diese scheußliche Farbe von deinen Lippen. Heute Abend werden tatsächlich die Davenports unsere Gäste sein. Leider kann Ainsley nicht kommen, weil sie eine Ballettprobe hat, aber ihr Zwillingsbruder wird da sein. Hast du Kingston schon kennengelernt? Er ist der Freund von Peyton."

Soll das ein Witz sein?

„Oh, ich habe ihn kennengelernt. Er ist ein Schatz."

Entweder hat sie meinen Sarkasmus nicht verstanden oder sie ignoriert ihn einfach.

„Fabelhaft!" Madeline schlägt begeistert die Hände zusammen. „Das Abendessen wird um Punkt sechs Uhr serviert. Wenn du mich jetzt entschuldigst, ich muss mich vergewissern, dass der Koch alles umgesetzt hat, worum ich ihn gebeten habe."

Das darf doch alles nicht wahr sein! Zurück in meinem Zimmer zermartere ich mir das Gehirn nach einer guten Ausrede, um dem Abendessen fernbleiben zu können.

Kapitel Sechs

KINGSTON

„Möchtest du auch einen Scotch?"

Ich beiße mir auf die Zunge, damit ich nicht ausraste. Ich werde nie bekommen, was ich benötige, wenn Charles Callahan ahnt, was ich wirklich über ihn denke.

„Das wäre schön, Mr. Callahan. Danke für das Angebot."

„Wie oft muss ich dir noch sagen, dass du mich Charles nennen sollst, Junge? Wir sind praktisch eine Familie. Die Hochzeit mit Peyton ist nur noch reine Formsache."

Ich würde gerne sagen, dass das nie der Fall sein wird, aber wenn ich es nicht schaffe, seine tiefsten, dunkelsten Geheimnisse vorher ans Tageslicht zu bringen, könnte es tatsächlich passieren. Peyton hat viele Eigenschaften, aber Geduld gehört nicht dazu. Sie hat deutlich gemacht, dass sie bis Weihnachten einen Ring am Finger haben will und dass sie keine lange Verlobungszeit plant. Sie weiß, dass ich sie benutze, und die manipulative Schlampe nutzt das zu ihrem Vorteil aus. Ich bin Peyton nicht wirklich wichtig, aber ihr Image und die Heiratsklausel in ihrem Treuhand-fonds sind ihr wichtig. Das ist der einzige Grund, warum sie unserem kleinen Arrangement zugestimmt hat.

Ich tue in der Öffentlichkeit so, als wäre ich in sie vernarrt und sie schwärmt dem lieben Papa vor, wie wunderbar ich bin. Peyton denkt, dass ich versuche, das Vertrauen und den Respekt ihres Vaters zu gewinnen, damit er mich zum Partner in seiner Kanzlei macht, sobald ich mein Jurastudium abgeschlossen habe. Die Tatsache, dass sie diesen Unsinn tatsächlich glaubt, beweist, dass sie mich überhaupt nicht kennt.

Ich nehme ihm das Glas ab. „Danke, *Charles*.“

Er lacht. „Na, war das so schwer?“

Mein Vater lacht. „Wie läuft es in der Firma?“

„Ich kann mich nicht beklagen“, antwortet Charles. „Unser Umsatz hat im zweiten Quartal ein Rekordhoch erreicht.“

Ja, das glaube ich. Charles Callahan ist einer der erfolg-reichsten Strafverteidiger des Landes. Er hat eine perfekte Erfolgsbilanz, sodass natürlich jeder, der mit einer schwie-rigen Anklage konfrontiert ist, ihn engagieren möchte. Es spielt keine Rolle, weswegen man beschuldigt wird oder wie schuldig man ist. Wenn man wohlhabend genug ist und Charles sich bereit erklärt, einen zu vertreten, ist ein Frei-spruch fast garantiert. Der Mann hat so viele Beamte in seiner Tasche, dass es fast schon obszön ist.

Wenn mein Verdacht stimmt, hat er diese Beamten durch seine Geschäfte mit meinem Vater erpresst. Keiner der beiden weiß, dass ich von ihrem abscheulichen Nebengeschäft weiß. Das ist eine der vielen Karten, die ich mir für den richtigen Zeitpunkt aufhebe. Ich muss das Spiel so lange spielen, bis ich ausreichend Beweise gesammelt habe, dass kein schmutziger Richter oder Staatsanwalt sie mehr aus der Sache herausholen kann. Deshalb befinde ich mich gerade in Charles Callahans Zigarrenzimmer und tue so, als würde es mir Spaß machen, mit diesen alten Säcken abzuhängen.

Ich knirsche mit den Zähnen, als er mir auf den Rücken klopft. „Ich habe ein paar neue Zigarren aus Kuba für nach dem Essen. Magst du eine?"

„Natürlich mag er", antwortet mein Vater an meiner Stelle. „Was sollte er sonst tun? Mit den Hühnern quatschen?"

Beide Männer lachen darüber, während ich gegen den Drang ankämpfe, mit den Augen zu rollen. Ich hasse meinen Vater mindestens genauso sehr wie Callahan. Sie sind beide narzisstische Soziopathen und massive Chauvinisten. Der Zweck einer Frau in ihrer Welt ist es, hübsch auszusehen, den Mund zu halten und die Beine zu öffnen, wenn die Lust sie überkommt. Ich ficke heiße Mädchen genauso gern wie jeder andere, aber Frauen, die nichts zwischen den Ohren haben, machen mich wahnsinnig. Leider gibt es nicht viele Möglichkeiten außerhalb unserer Kreise.

Aber nichts würde meinen Vater glücklicher machen, als wenn ich in seine Fußstapfen trete, also lasse ich ihn in dem Glauben, dass ich seine Meinung teile. Und nichts würde Charles glücklicher machen, als seine Tochter an jemanden zu verpfänden, der so wohlhabend und wohlerzogen ist wie ich. Ich frage mich, ob er immer noch so empfinden würde, wenn er wüsste, wie oft ich mir vorhin in Fantasien über seine *andere* Tochter einen runtergeholt habe.

„Wie läuft es mit Jasmine?", fragt mein Vater Charles, als er auf der Ledercouch Platz nimmt.

Na, das ist doch mal ein Thema, das mich wirklich interessiert. Es ist, als ob er meine Gedanken gelesen hätte.

Charles seufzt. „Nicht gut, Preston. Ganz und gar nicht gut. Sie ist dickköpfig, impulsiv, und ... sie hat Ecken und Kanten. Es wird *viel* Mühe kosten, sie zur Vernunft zu bringen. Madeline hat sie als kleines Lieblingsprojekt übernommen, und ich hoffe, dass sie sie bald in Form bringen wird."

Ich grinse. Viel Glück damit, Chuck. Wenn die begrenzten Interaktionen, die ich mit ihr hatte, ein Hinweis darauf sind, gehorcht Jasmine *niemandem*. Das ist einer der Hauptgründe, warum ich sie so faszinierend finde.

„Wenn Madeline damit nicht zurechtkommt, bin ich sicher, dass Kingston ihr *gern* zeigt, wie es hier läuft", bietet mein Vater an. „Stimmt's, mein Sohn?"

Ich schlucke den Rest der Flüssigkeit in meinem Glas herunter, bevor ich nicke. „Natürlich. Ich würde sie *liebend gern in ihre Schranken* weisen. Ich habe sie heute Morgen kennengelernt und kann dein Problem nachvollziehen, Charles. Sie ist ziemlich ... temperamentvoll."

Er hebt eine Augenbraue. „Glaubst du wirklich, dass du sie auf Spur bringen kannst?"

Beide Männer beobachten mich aufmerksam und warten auf meine Antwort.

Ich schenke ihnen ein zuversichtliches Grinsen, obwohl

Zuversicht das Letzte ist, was ich im Moment fühle. „Zweifellos. Ich würde sogar gern sofort damit anfangen. Wenn ich mit ihr fertig bin, wird sie die gehorsamste Frau sein, die Ihr kennt."

Charles' Augen leuchten auf. „Ich wusste, dass du etwas Besonderes bist, mein Sohn." Er wendet sich an meinen Vater. „Wenn er das gut macht, sollten wir ihn vielleicht *auch* bei *anderen* Projekten einbeziehen."

Mein Vater nickt. „Einverstanden. Ich denke, es ist an der Zeit."

Sieh an, sieh an. Es sieht so aus, als ob ich Peyton vielleicht doch nicht brauche.

KAPITEL SIEBEN

JAZZ

Um viertel vor sechs tauchte Ms. Williams an meiner Tür auf, um sich zu vergewissern, dass ich richtig angezogen bin. Offenbar hat der Samenspender mir nicht zugetraut, es selbst zu tun, was eigentlich ziemlich schlau von ihm war, wenn ich ehrlich bin. Nachdem ich das grüne Prada-Kleid und die goldenen Sandalen angezogen habe, die sie mir aus dem Schrank geholt hat, werde ich in den Speisesaal geführt.

Als ich am Fuß der Treppe zögere, gibt sie mir einen kleinen Schubs. „Beeil dich jetzt. Die Davenports sind schon eine Weile hier, und sie sollten mit den Getränken vor dem Essen fertig sein. Dein Vater duldet keine Unpünktlichkeit."

Ich habe das Gefühl, dass er generell nicht viel toleriert.

Als ich ankomme, sitzen Madeline, Peyton und die dritte – oder vierte – Mrs. Davenport am Tisch und nippen am Champagner.

„Oh, Jasmine, da bist du ja!" Madeline winkt mich zu sich. „Das ist Vanessa Davenport, Schatz. Komm und sag hallo."

Ich nicke der hübschen Blondine zu, die unmöglich älter als fünfundzwanzig sein kann. „Freut mich, Sie kennenzulernen, Mrs. Davenport."

Sie steht auf und küsst mich auf beiden Seiten des Gesichts. „Oh, du bist absolut umwerfend!" Mrs. Davenport wendet sich Madeline zu. „Maddie, du hast gar nicht erwähnt, wie schön sie ist. Charles muss so stolz sein."

Ja, weil der Wert einer Frau einzig in ihrer Schönheit liegt, richtig?

„Danke", murmle ich und muss mich daran erinnern, dass diese Frau mir nichts getan hat.

Kurz bevor ich mich setze, betreten drei Männer den Raum.

„Preston, komm her und lerne Jasmine kennen." Vanessa schiebt mich praktisch zu ihrem Mann. Was ist das nur mit diesen Leuten und dem Drängeln? „Ist sie nicht reizend? Gott, was würde ich nicht dafür geben, so eine makellose Haut zu haben!"

Ich stehe vor einem großen, attraktiven Mann, der mich aufmerksam mustert. Ich habe das Gefühl, dass er von mir erwartet, dass ich ein kleines, schüchternes Ding bin, also achte ich darauf, mein Kinn hochzuhalten und ihm direkt in die Augen zu sehen. Jedenfalls, wenn seine Augen endlich den Weg zu meinem Gesicht finden. Je länger ich hier stehe, desto mehr sehe ich, wie sehr er seinem Sohn ähnelt. Dieser Preston ist im Grunde Kingston in dreißig Jahren.

Ich widerstehe dem Drang, zusammenzuzucken, als er meine Hand ergreift und sie für einen Kuss zu seinem Mund führt. „Aber ja, Vanessa. Sie ist eine *sehr* hübsche junge Frau. Es ist schön, dich kennenzulernen, Jasmine."

Mir kommt die Galle hoch, als er mit seinem Zeigefinger über die Unterseite meines Handgelenks streicht.

Ich ziehe meine Hand schnell zurück und mache einen Schritt rückwärts. „Danke."

Ich blicke auf und sehe seinen Sohn von hinten kommen. Wenn ich mich nicht irre, scheint Kingston im Moment nicht gut auf seinen Vater zu sprechen zu sein.

„Vater, würdest du bitte zur Seite gehen, damit ich mich setzen kann."

Sein Vater lacht. „Natürlich, natürlich. Bitte verzeihe mir, dass ich einen Stau verursacht habe. Du weißt, wie unwiderstehlich ich eine schöne Frau finde."

Der Samenspender klopft dem Perversen auf die Schulter. „Das passiert den Besten unter uns, Preston."

Alle im Raum kichern, nur ich nicht. Korrektur – Kingston ist zu sehr damit beschäftigt, die bernsteinfarbene Flüssigkeit zu schlucken, die ihm eines der Dienstmädchen gerade vorgesetzt hat.

Ich setze mich zum Glück auf einen Platz, der weit von Mr. Davenport entfernt ist. Leider ist der einzige freie Platz mit Essen neben dem anderen Davenport Mann. Ich riskiere einen Blick auf ihn und seine Lippen verziehen sich zu einem Lächeln, als wüsste er, wie unwohl ich mich fühle.

Fick dich, sagen meine Augen.

Er zieht auf eine absurd sexy Art eine Augenbraue

hoch, bevor er mir ins Ohr flüstert. „Hast du etwas auf dem Herzen, *Jazz*? Du wirkst angespannt. Möchtest du, dass ich dir helfe, dich *zu entspannen*?"

Was soll's? Diese Bemerkung hätte ich von seinem geilen Freund erwartet, aber ich hätte nicht gedacht, dass Kingston Davenport zu einem Flirt fähig ist. Das muss eine neue Form der Quälerei sein, denn er hat klargemacht, dass das sein Ziel ist. Das Spiel beginnt, Arschloch.

Ich flüstere ihm ins Ohr. „Ich kann mich auch hervorragend allein entspannen. Wenn ich einmal Hilfe benötige, wird dein Freund Bentley sicher gerne einspringen." Kingston spannt sich an, als ich meine Nägel in seinen Unterarm grabe. „Ich muss zugeben, ich neugierig bin, ob seine Beule wirklich so beeindruckend ist, wie sie im Literaturunterricht aussah."

„Halt dich von Bentley fern", knurrt er.

„Warum sollte ich ...?"

„Baby", wimmert Peyton und zerrt an seinem anderen Arm. „Hast du mir zugehört?"

Ich lehne mich in meinem Stuhl zurück und nehme wie beiläufig einen Schluck Wasser.

Kingston blickt mich noch einmal an, bevor er sich meiner Stiefschwester zuwendet. „Was willst du, Peyton?"

Sie fährt mit einem Finger an seinem Arm entlang. „Ich habe gefragt, ob du nach dem Essen noch eine Weile bleiben willst. Ich vermisse dich, Baby."

Die Muskeln in seinem Kiefer zucken. „Wie oft müssen wir das noch besprechen? Es wird *nicht* passieren."

Peyton blickt zu mir, wahrscheinlich um zu sehen, ob ich zuhöre.

Ich hebe eine Augenbraue. „Oh, lasst euch nicht stören. Ich bin nur wegen des Essens hier."

Sie faucht. „Halt dich da raus, Hure."

Ich halte meine Hände in die Höhe. „Es ist mir völlig egal, was ihr macht."

Peyton drückt ihre riesigen Brüste in Kingstons Seite. „Komm schon, Baby, lass mich dich verwöhnen. Es ist schon *so* lange her. Du darfst ihn mir sogar *du weißt schon wo hinstecken*."

Sie sieht mich dabei direkt an, als würde sie denken, ich wäre eifersüchtig oder so. Man könnte meinen, Analsex sei ein ziemlich gewagtes Thema für Peyton, um es vor den Eltern anzusprechen, aber wir sitzen am anderen Ende eines Tisches, an dem mindestens dreißig Personen sitzen können. Es ist die Version eines Kindertisches für Reiche, nehme ich an. Sie ist so leise, dass ihre Stimme nicht wirklich zu hören ist, aber es ist offensichtlich, dass sie will, dass ich das, warum auch immer, mitbekomme.

Kingston lacht. „Eher würde mein Schwanz abfaulen, als dass ich ihn *jemals* wieder in dich stecke."

Ich versuche nicht einmal, mein Lachen zu verbergen, was Peyton noch wütender macht. Ich glaube nicht, dass sie mit einer so bissigen Reaktion gerechnet hat, und sie wollte sicher nicht, dass ich Zeuge davon werde.

Sie zeigt mir diskret den Mittelfinger, bevor sie sich wieder Kingston zuwendet. „Vielleicht gehe ich zu Lucas Gale. Er ist *immer* interessiert."

Kingston rollt mit den Augen. „Tu dir keinen Zwang an. Sag ihm, dass ich ihm mein Beileid ausspreche."

Peyton lehnt sich zurück und verschränkt die Arme vor der Brust. „Ach, was soll's."

Mann, was zum Teufel ist mit den beiden los? Ich schätze, Ainsley hatte recht – ihre *Beziehung* ist nur zum Schein. Meine Frage ist, warum sich die Mühe machen?

Wenn ich dachte, dass das Abendessen an meinem ersten Abend hier unangenehm war, so war es nichts im Vergleich zu diesem. Während des restlichen Essens lehne ich mich zurück und sammle Informationen. Ich bin gut darin, Menschen zu beobachten – das war schon immer so. Man kann eine Menge über das wahre Wesen eines Menschen erfahren, wenn man einfach nur aufmerksam ist. Und *diese* Leute versuchen definitiv, etwas zu verbergen. Zum Glück sind sie alle so sehr mit sich selbst beschäftigt, dass niemand merkt, dass ich mich nicht an den Gesprächen beteilige, und sie auch nicht versuchen, mich in ein Gespräch zu verwickeln.

Es ist so offensichtlich, dass sie sich gegenseitig nicht ausstehen können. Wenn Charles und Mr. Davenport über das Bootfahren, das Golfen oder den Erfolg ihrer Geschäfte sprechen, kann man sehen, wie ihre Köpfe arbeiten, um herauszufinden, was sie als Nächstes sagen müssen, um den anderen zu übertreffen. Die beiden Ehefrauen am Tisch lächeln und lachen, aber wenn Mrs. Davenport wegschaut, verdreht Madeline die Augen, starrt den Samenspender an oder wirft Mr. Davenport sehnsüchtige Blicke zu. Mrs. Davenport hat ihre eigenen wandernden Augen, wenn sie denkt, dass niemand zuschaut, obwohl ihre auf ihren Stiefsohn gerichtet sind. Hm. Das ist ... *interessant.*

Was Peyton und Kingston betrifft, so sind die beiden

wohl die Schlimmsten. Jedes Mal, wenn Peyton den Mund aufmacht, ballt Kingston die Faust in seinem Schoß. Wenn sie ihm eine Frage stellt, antwortet er mit so wenigen Worten wie möglich. Wenn sie sich über etwas beschwert oder jemanden herabwürdigt – was praktisch ständig der Fall ist -, lacht Kingston sie aus oder ignoriert sie schlicht-weg. Peyton scheint nicht zu bemerken, dass er sich nicht die geringste Mühe gibt, während sie weiter plappert. Oder vielleicht ist es ihr einfach egal. Beides würde mich nicht überraschen.

Ich kann nach dem letzten Gang gar nicht schnell genug auf mein Zimmer verschwinden. Gott, warum sollte jemand freiwillig so leben wollen? Das ist alles derart toxisch! Sind Äußerlichkeiten wirklich so wichtig?

Nachdem ich geduscht habe, gehe ich aus dem Bad und schreie auf, als ich die massige Gestalt auf meinem Bett sitzen sehe. Seine Lippen verziehen sich zu einem selbstge-fälligen Grinsen, denn er ist offensichtlich zufrieden mit sich selbst, weil er mich erschreckt hat. Mein Blick fällt auf seine muskulösen Arme, die er hinter seinem Kopf verschränkt hat und entspannt da liegt, als hätte er ein Recht darauf, auf meinem Bett zu liegen. Gott, er ist wirk-lich ein perfektes Exemplar der männlichen Spezies. Breite Schultern, durchtrainierter Körper, volle Lippen und ein Kiefer, der Henry Cavill neidisch machen würde. Wie kann jemand, der von innen so hässlich ist, von außen so schön sein?

Kingstons haselnussbraune Augen sind sein auffäl-
ligstes Merkmal. Nicht, weil sie von tiefschwarzen
Wimpern umrahmt sind, für die Frauen viel Geld bezahlen
würden, sondern weil sie so viel Tiefe haben. Zweifellos
trägt dieser Typ einige mächtige Dämonen mit sich herum.
Nachdem ich vorhin seinen Vater getroffen habe, würde ich
wetten, dass dieser Mann einen großen Teil davon
ausmacht. Als Kingstons Blick die Tatsache erfasst, dass ich
nur ein Handtuch trage, läuft mir ein Schauer über den
Rücken. Hass kämpft mit Lust, während er mich weiter
anstarrt, was nur noch mehr verwirrende Gefühle auslöst.

Ich weigere mich jedoch, mich von diesem Idioten
einschüchtern zu lassen, also richte ich mich auf und erwidere seinen frostigen Blick. „Was machst du hier, Kingston?
Woher wusstest du überhaupt, welches Zimmer meines
ist?"

Er sieht mich mit einem so finsteren Blick an, dass ich
fast Angst bekomme. „Wir müssen uns unterhalten."

Ich bemühe mich, locker zu wirken, während ich zu
meinem Kleiderschrank gehe und nach einem Schlafanzug
suche. „Wenn du dich nicht dafür entschuldigen willst, dass
du ein Arschloch bist, habe ich keine Lust, mir anzuhören,
was auch immer du zu sagen hast."

Ich versteife mich, als er seinen harten Körper gegen
meinen drückt. Verdammt, wie konnte er sich so lautlos
durch den Raum bewegen?

„Das wird *nie* passieren. Wir können das genauso gut
vergessen."

Ich werfe meinen Kopf über meine Schulter. „Gut,
dann kannst du ja gehen."

Bevor ich überhaupt registrieren kann, was passiert, hat Kingston mich umgedreht und gegen die Rückwand meines Kleiderschranks gedrückt. Er fährt mit der Fingerspitze über mein entblößtes Schlüsselbein und streicht über die Wassertropfen, die vom Duschen übriggeblieben sind. Ich verkneife mir ein Stöhnen, als mein ganzer Körper zu kribbeln beginnt und meine Zehen sich krümmen.

Er beugt sich herunter, sodass wir uns gegenüberstehen, und hält mich mit seinem Blick gefangen. Ich fordere ihn mit meinem trotzigen Blick heraus und starre ihn an, ohne zu blinzeln. Ich kann den Alkohol in seinem Atem riechen, während die Hitze seines Körpers auf den meinen trifft. Ich bin mir sehr bewusst, dass nur ein dünnes Handtuch meinen Körper bedeckt, während er mich förmlich einkesselt. Ein Inferno baut sich in mir auf, während wir uns gegenseitig anstarren und wortlos etwas mitteilen ... obwohl ich noch nicht genau weiß, *was* das sein könnte.

Kingston packt mein Kinn und beugt sich weiter vor, bis sein Gesicht nur noch Zentimeter von meinem Mund entfernt ist. „Hör mir gut zu, denn ich werde das nicht zweimal sagen. Geh mir verdammt noch mal aus dem Weg. Ich habe zu lange und zu hart gearbeitet, um mir das von einem Bastard vermasseln zu lassen, der plötzlich auf der Bildfläche erschienen ist."

„Wovon zum Teufel redest du?" Ich zucke zusammen, als sein Griff fester wird. Ich bin mir fast sicher, dass ich fingerspitzenförmige blaue Flecken zurückbehalten werde. „Warum kannst du *mich* nicht einfach in Ruhe lassen, verdammt?"

Kingstons Nasenlöcher blähen sich. „Weil du mich ablenkst."

„Weil ich *dich* ablenke? Und inwiefern ist das meine Schuld?"

Seine Augen verengen sich zu Schlitzen. „Tu nicht so, als wüsstest du nicht, was du tust."

Mir fällt die Kinnlade herunter. „Ich habe *nichts getan*! In was für einer beschissenen Welt lebst du, dass du jemanden einfach so schikanieren oder mit Anschuldigungen um dich werfen kannst? Bist du in Peytons Auftrag hier? Will sie, dass ich verschwinde? Ist es das, worum es hier geht?"

„Das hat nichts mit Peyton zu tun. Es ist mir scheißegal, was sie will."

Ich rolle mit den Augen. „Wow ... warte bloß nicht auf die Auszeichnung zum Freund des Jahres."

Er grinst. „Ich bin nicht ihr Freund, und das ist uns allen bewusst."

„Na ja ... Ich glaube nicht, dass sie das auch so sieht. Sie wirkte beim Abendessen ziemlich besitzergreifend."

Kingstons Blick senkt sich für einen kurzen Moment auf meine Lippen. „Letzte Warnung, *Jazz*."

Ich lache spöttisch. „Oder was? Du verstehst nicht ..."

Ich werde mitten im Satz unterbrochen, als seine Lippen meine aggressiv bedecken und seine Zunge Einlass verlangt. Ich schnappe nach Luft, was ihm die Möglichkeit gibt, in meinen Mund einzudringen. Da regt sich etwas in mir – etwas rein Primitives – und bevor ich mich versehe, erwidere ich seinen Kuss, hart und heiß, und brenne mich praktisch auf seinen Lippen ein.

Kingston schlingt seine Arme um mich und klemmt seine kräftigen Oberschenkel zwischen meine. Unsere Körper werden aneinandergepresst, seine harten Kanten gegen meine zarten, weichen Rundungen. Unsere Atemzüge vermischen sich, während sich unsere Zungen umschlingen. Dieser Kuss hat so viel Kraft, als ob wir versuchen, eins zu werden. Er ist voll Hunger und Begierde. Betäubend und schwindelerregend. Ich hatte keine Ahnung, dass ein einfaches Zusammentreffen der Lippen zweier Menschen so verdammt stark sein kann.

Das Verlangen pulsiert in mir, als seine weichen Lippen sich einen Weg an meinem Kiefer entlang bahnen und seine Zähne an meinem Nacken kratzen. Kingston murmelt einen Fluch, hebt mich hoch und schlingt meine Beine um seine Hüften. Seine Hose spannt sich und seine Erektion reibt sich an mir.

Kingston beißt in die Stelle, wo mein Hals in meine Schulter übergeht. „Gefällt dir das?"

Meine Wirbelsäule biegt sich. „Ja."

Er stöhnt, als seine Finger unter das Handtuch gleiten und mein heißes Fleisch finden. „Du willst mehr?"

Mein Kopf fällt zurück und meine Augen schließen sich. „Ja."

Wenn ich jetzt zu rationalen Gedanken fähig wäre, würde mich sein düsteres Kichern vielleicht stören, aber ich *kann im Moment nicht* denken – ich kann nur fühlen. Ich war in den letzten Wochen so gefühllos, dass ich mich an diesem Hochgefühl festklammere, als wäre es meine Rettungsleine. Ich erschaudere, als er mit seinen Fingern durch meine Nässe streicht. Ich stöhne auf, als er einen langen Finger in mich einführt. Kingstons Atem stockt, als er mit seinem Finger ein- und ausfährt und dabei den Handballen an meiner Klitoris reibt.

Ich beiße mir auf die Unterlippe, als er einen zweiten Finger hinzufügt. Gemeinsam entwickeln wir einen Rhythmus, der aus Verzweiflung und Hunger geboren ist. Er studiert mein Gesicht, registriert sorgfältig jedes Merkmal. Kingston ist so perfekt auf mein Wimmern und Stöhnen eingestellt, dass er Winkel, Druck und Geschwindigkeit so anpasst, dass er mir die größte Freude bereitet. Es ist so intensiv, dass ich in Rekordzeit komme. Er verlangsamt seine Bewegungen, während ich mich gegen ihn winde, bevor er sich ganz zurückzieht. Es ist schockierend, wie ... verlassen ich mich plötzlich fühle, als er sich zurückzieht und meine Füße wieder auf festen Boden stellt.

Als sich unsere Blicke treffen, sieht er genauso fassungslos aus, wie ich mich fühle. Sein sandfarbenes Haar ist zerzaust, sein Atem geht schwer und der Blick seiner Augen ist wild. Seine Hose ist deutlich ausgebeult, aber das scheint ihn nicht weiter zu stören. Bevor ich auch nur ein Wort sagen kann, marschiert Kingston aus meinem Zimmer und knallt die Tür hinter sich zu. In dem Moment, in dem er weg ist, gleite ich die Wand hinunter, meine Beine sind zu wackelig, um stehenzubleiben. Während ich mir mit den Händen durch die Haare fahre, lasse ich die letzten zehn Minuten in meinem Kopf Revue passieren.

Was zur Hölle war das denn?

Kapitel Acht

JAZZ

„Was läuft da zwischen dir und meinem Bruder?", fragt Ainsley während des Mittagessens. „Er hat Peyton den ganzen Morgen ignoriert und er hört nicht auf, dich anzustarren."

Ich verschlucke mich fast an meiner Pasta Primavera. *„Es läuft nichts* zwischen deinem Bruder und mir."

Ainsley wirft mir einen skeptischen Blick zu. „Jazz, im Ernst. Sag mir nicht ‚nichts', denn meine Zwillingssinne kribbeln schon. Gestern hat sich Kingston dir gegenüber wie ein Arschloch verhalten, und jetzt sieht er so aus, als wolle er gleich über dich herfallen. Dazu kommt, dass er nicht einmal versucht, seine Verachtung gegenüber Peyton zu verbergen. Was zum Teufel ist gestern Abend beim Essen passiert?"

Ich zucke mit den Schultern. „Es ist *nichts* passiert."

„Das ist Blödsinn. Er will etwas von dir." Sie hält einen

Moment inne. „Oder er hat schon etwas von dir *bekommen*."

Ich versuche, dagegen anzukämpfen, aber ich weiß, dass ich erröte. Ich kann nur hoffen, dass es unter meinem gebräunten Teint nicht zu sehen ist. Ich kann nicht aufhören, darüber nachzudenken, was letzte Nacht in meinem Zimmer passiert ist. Ich war schon vorher keine Jungfrau mehr, aber ich bin auch kein Mädchen, das einfach so mit jemandem ins Bett springt. Ich habe nur mit einem Mann geschlafen, und der war mein Freund. Die Tatsache, dass ich Kingston erlaubt habe, mich so anzufassen, obwohl ich ihn gerade erst kennengelernt habe, ist völlig untypisch für mich. Warum fühle ich mich so verdammt stark zu ihm hingezogen? Und warum hat es sich so gut angefühlt?

Ainsley schnappt nach Luft. „Oh mein Gott, das ist es, nicht wahr?" Sie beugt sich vor und senkt ihre Stimme noch mehr. „Habt ihr beide letzte Nacht miteinander geschlafen?"

„Nein, wir haben nicht miteinander geschlafen!", flüstere ich so laut ich kann. „Lass es bitte gut sein, Ainsley."

Sie schaut mir über die Schulter. „Oh, das dürfte gut werden."

Ich drehe mich um. „Was soll denn ..."

Meine Frage wird beantwortet, als ich sehe, wie Peyton und Kingston eine hitzige Diskussion führen. Ihr Gesicht ist verkniffen und sie fuchtelt mit den Armen. Ich drehe mich wieder um, als sie von ihrem Stuhl aufspringt und direkt auf mich zugeht.

Ainsley lächelt zuckersüß, als Peyton an unserem Tisch ankommt. „Oh, hey, Peyton. Wie geht's?"

Peyton stemmt eine Hand in die Hüfte und starrt mich an. „Halt dich da raus, Ainsley. Ich habe ein Problem mit *dieser Schlampe*."

Hat Kingston ihr erzählt, was gestern Abend passiert ist?

Ich verschränke die Arme und versuche, desinteressiert zu wirken. „Pass auf, wen du Schlampe nennst, *Schlampe*."

Ich will es nicht, aber ich schaue zurück zu Kingston. Er beobachtet unsere Interaktion aufmerksam, macht aber keine Anstalten, sich einzumischen.

Sie ahmt meine Pose nach. „Hör auf, meinen Freund anzustarren. Das ist erbärmlich."

„Erbärmlich?" Ich spotte. „Was *erbärmlich* ist, ist die Tatsache, dass du so wahnhaft bist, dass du nicht sehen kannst, dass *ich* nicht diejenige bin, die starrt. Du solltest diese Diskussion mit deinem sogenannten Freund führen."

Ihre blauen Augen blitzen vor Zorn und ihr Gesicht rötet sich. „Kingston gehört *mir*, du Hure. Halte dich von ihm fern."

Ich grinse. „Ich habe kein Interesse daran, in der Nähe von Kingston zu sein. Du solltest *ihm* sagen, dass er sich von *mir* fernhalten soll."

„Ja, klar. Als ob das nötig wäre." Peyton schüttelt den Kopf und dreht ihren Finger in meine Richtung. „Trash ist nicht sein Typ."

Ich ziehe die Augenbrauen hoch und ignoriere ihre Bemerkung. „Bist du dir da sicher?"

Ich kann sehen, wie der Zweifel einsetzt, bevor sich ein breites Grinsen auf ihrem Gesicht ausbreitet. „Weißt du was? Du hast ja recht. Warum führen wir dieses Gespräch überhaupt? Du bist meine Schwester. Das Letzte, was wir tun sollten, ist, uns wegen eines dummen Jungen zu streiten."

Ich fahre mir mit der Hand übers Gesicht. Ist diese Tussi verrückt? Erinnerte sie sich nicht daran, dass sie mich in den ersten Minuten nach unserem Treffen gewarnt hat, mich von ihrem Freund fernzuhalten?

„Jazz, sieh nach o-", versucht Ainsley, mich zu warnen, aber es ist bereits zu spät.

Ich hebe meinen Kopf gerade noch rechtzeitig, um zu spüren, wie eiskaltes Wasser auf mich herabregnet. Gelächter hallt durch den Saal, so laut, dass es fast ohrenbetäubend ist. Peyton steht grinsend mit meinem nun leeren Glas in der Hand vor mir. Okay, das war's; ich habe endgültig genug.

Ich springe von meinem Stuhl auf und schlage Peyton mitten ins Gesicht. Meine Lippen kräuseln sich bei dem befriedigenden Knacken, das meine Faust verursacht. Ein Schrei ertönt, als Blut aus Peytons Nase spritzt und kleine Spritzer auf unseren beiden blütenweißen Hemden landen.

„Ich habe nur diese Nase, du Schlampe!" Sie stürzt sich auf mich, aber meine Reflexe sind auf den Punkt und ich weiche aus.

Der Boden ist rutschig von dem verschütteten Wasser und wir fallen beide hin. Peyton und ich ringen miteinander, bis ich es schaffe, auf sie zu klettern und mich auf ihre Brust zu setzen. Dass dabei mein Rock hochrutscht, ist mir völlig egal. Aus dem Publikum ertönen „Zickenkrieg"-Rufe, aber ich gebe mir alle Mühe, mich nur auf das eigentliche Ziel zu konzentrieren. Ich verpasse Peyton einen schnellen Schlag auf die Wange, bevor ich ihre Bluse in meiner Hand festhalte.

Ihre Augen weiten sich vor Panik, als ich Druck auf ihre Brust ausübe und ihr direkt ins Gesicht sehe. „Ich habe dich gewarnt, du Schlampe, aber du hast nicht zugehört. Ich war bereit, dich in Ruhe zu lassen, aber wenn du mich verarschen willst, *werde* ich zurückschlagen, und zwar *richtig*."

Ein paar starke Arme schlingen sich unter meine Achseln und ziehen mich von ihr herunter.

„Das reicht!", knurrt eine tiefe Stimme.

Ich befreie mich aus Kingstons Umklammerung und starre ihm in die Augen. „Fass mich nicht an!"

„Das wirst du mir büßen!", schreit Peyton und steht auf. „Du bist verdammt noch mal tot, du blöde Fotze!"

Ich stürze mich wieder auf sie, aber ich werde von einem anderen Paar Arme zurückgehalten. „Ganz ruhig, Kätzchen. Zieh die Krallen ein."

Ich schaue über meine Schulter und sehe Bentley, dessen braune Augen amüsiert funkeln. „Lass. Mich. Los."

Er zieht seinen Griff fester an. „Nein, mir gefällt das so."

Ich stoße ihm wiederholt mit der Ferse gegen das Schienbein, was ihm ein „Autsch" entlockt, aber der Bastard lässt nicht von seinem Griff ab.

Peyton versucht ebenfalls, zu mir zu gelangen, während Kingston sie zurückhält. Sie stößt alle möglichen Drohungen aus, aber ich blende sie aus.

„Genug!", dröhnt eine laute, autoritäre Stimme.

„Jemand muss Miss Devereux zur Krankenstation begleiten." Der glatzköpfige Mann um die fünfzig kommt auf
mich zu und wirft mir einen missbilligenden Blick zu.
„Und Sie, Miss Callahan, machen Sie sich frisch und
melden Sie sich sofort in meinem Büro."

Ich werfe meine Hände hoch, als Bentley mich loslässt.
„Was? Sie hat angefangen. Und wer zum Teufel sind Sie
überhaupt?"

Ein Kichern geht durch die Menge.

Der Mann verengt seine wachen Augen. „*Ich* bin Schul-
leiter Davis. Und *Sie* haben keinen guten Start, junge
Dame. Sie haben genau zwanzig Minuten, um sich in
Ordnung zu bringen."

Der Mann stürmt ohne ein weiteres Wort aus dem
Speisesaal.

„Scheiße, Mädchen", sagt Bentley, während er seinen
schweren Arm über meine Schulter schwingt. „Das war
echt heiß, aber du steckst tief in der Scheiße. Der Schuldirektor spielt nicht mit, wenn man sich auf dem Campus
prügelt. Du musst dir den Scheiß für später aufheben,
wenn es keine Zeugen gib", flüstert er mir ins Ohr. „Hübsches Höschen, nebenbei bemerkt. Spitze steht dir gut."

Ich stoße seinen Arm weg. „Schwein."

Er zwinkert. „Oink, oink, Baby."

Ainsley schlängelt sich zwischen uns hindurch. „Weg
da, Bentley. Bist du okay, Jazz?"

Ich ziehe mein langes Haar über die Schulter und
wringe es auf dem Boden aus. „Mir geht's gut. Die blöde
Schlampe könnte nicht richtig zuschlagen, wenn ihr Leben
davon abhinge."

Ainsleys Augen weiten sich, als sie ihren Blazer abstreift. „Ich habe eine Ersatzuniform in meinem Spind, die du dir ausleihen kannst. Hier, zieh das erst einmal an."

Ich folge ihrem Blick und stelle fest, dass meine weiße Bluse völlig durchsichtig ist. Und natürlich trage ich einen durchsichtigen, roten BH. Das war kein Problem, solange die Bluse trocken und damit blickdicht war. Als ich Ainsleys Jacke zuknöpfe, mache ich den Fehler, aufzublicken und drei Augenpaare zu entdecken, die auf meine Brust starren.

Ich sehe Kingston, Reed und Bentley mit großen Augen an. „Werdet endlich erwachsen, ihr Schwachköpfe. Das sind Nippel – wir alle haben sie."

Kingston erwidert meinen Blick, Bentley wackelt mit den Augenbrauen und zwinkert, und Reed sieht aus, als wäre ihm sterbenslangweilig, was wohl seine Grundeinstellung ist.

Ich verdrehe die Augen, als ich sehe, wie Whitney und Imogen meine Stiefschwester anhimmeln, während die drei den Raum verlassen. Ich habe keinen Zweifel daran, dass Peyton die Opferkarte ausspielen und die Sache ausschlachten wird, so gut es eben geht.

Nachdem der Streit vorbei ist, kehren die anderen Schüler an ihre Tische zurück und essen weiter, als wäre nichts geschehen.

Ich wende mich zum Gehen, aber Kingston stellt sich vor mich und versperrt mir den Weg. „Dumm gelaufen, Jasmine."

Ich stoße ihn weg. „Fick dich und fick deine beschissene Freundin. Ihr zwei habt einander verdient."

Ich packe Ainsleys Ellbogen. „Lass uns von hier verschwinden."

KAPITEL NEUN

JAZZ

„Ich bin zutiefst enttäuscht von dir, junge Dame. Es ist schon schlimm genug, dass du deine Schwester verletzt hast, aber du hast diese Familie in Verlegenheit gebracht." Der Samenspender runzelt die Stirn. „Wie soll ich erklären, warum eine meiner Töchter sich so verhalten hat?"

Charles hat mich sofort in sein Arbeitszimmer gerufen, als er nach Hause kam. Er hat mir in den letzten fünf Minuten die Leviten gelesen, und ich brauche all meine Beherrschung, um ruhig zu bleiben.

„Oh, ich weiß es nicht. Vielleicht die Tatsache, dass Peyton damit angefangen hat, indem sie mich mit Eiswasser überschüttet hat."

Charles lehnt sich in seinem Stuhl zurück. „Sie sagte, es war ein Unfall."

Ich lache laut auf. „Wirklich? Sie hat *aus Versehen* mein Wasserglas in die Hand genommen, es *aus Versehen* über meinen Kopf gehoben und es *aus Versehen* umgedreht? Das glaubst du doch selbst nicht."

„Warum sollte sie lügen? Peyton war noch nie gewalttätig." Er öffnet die oberste Schublade seines Schreibtisches und holt eine Akte heraus. „Ganz im Gegensatz zu dir."

Ich recke meinen Hals und versuche zu sehen, was in der Mappe ist. „Was ist das?"

Er blättert in einigen Papieren. „Unterlagen.

Schulakten, Wohnungsnachweise, Polizeizeugnis. Es ist nicht das erste Mal, dass du in der Schule in eine körperliche Auseinandersetzung verwickelt warst."

Was soll der Scheiß? Wer zum Teufel führt eine Akte über sein Kind?

„Ich war *einmal* in der Schule in eine Schlägerei verwickelt, und auch *die* habe ich nicht angefangen."

Eine Tussi an meiner alten Schule mochte es nicht, wie ihr Freund mich ansah, also beschloss sie, mir mitten im Sportunterricht an den Kragen zu gehen.

Er starrt mich mit einem eisigen Blick an. „Du hast Glück, dass Schulleiter Davis so viel Verständnis für deine Situation hat und zustimmt, deine Bestrafung auf das Nachsitzen zu beschränken. Die Windsor Academy zeigt normalerweise Null Toleranz bei Gewalt. Ich musste eine großzügige Spende machen, um ihn zu überzeugen, wegzuschauen. Du wirst *keine* weitere Chance bekommen, also schlage ich vor, dass du irgendwie einen Weg findest, dich aus Schwierigkeiten herauszuhalten. Wenn du von Windsor verwiesen wirst, muss ich dich in ein Internat schicken."

Mir fällt die Kinnlade herunter. „Warum kann ich nicht

einfach auf eine öffentliche Schule gehen? Es ist ja nicht so, dass das Schulsystem hier beschissen ist."

„Keines meiner Kinder wird je auf eine *öffentliche Schule* gehen." Die letzten beiden Worte sagt er mit einem säuerlichen Gesichtsausdruck. „Entweder du gehst auf die Windsor Academy oder ich schicke dich weg. Ich habe Kontakte zu einer Schule in Connecticut. Ich bin sicher, wir könnten dich dort unterbringen."

Ich schüttle den Kopf. „Ich kann LA nicht verlassen. Ich werde meine Schwester *nicht* verlassen. Meine *echte* Schwester."

Charles schenkt mir ein verächtliches Lächeln. „Nun, dann wirst du dich wohl benehmen müssen, nicht wahr? Haben wir uns verstanden, Jasmine?"

Ich kreuze meine Finger hinter meinem Rücken. „Ja, haben wir."

Offenbar bist du ein noch größeres Arschloch, als ich ursprünglich dachte.

Er nickt. „Gut. Und jetzt verschwinde aus meinem Büro, damit ich weiterarbeiten kann."

Mit Vergnügen, du Arschloch.

Ich muss unbedingt Belles Stimme hören, also nehme ich mein Telefon und rufe die Kontaktdaten ihres Vaters auf.

Er antwortet nach dem dritten Klingeln. „Ja?"

„Hey, Jerome. Hier ist Jazz."

„Was willst du?", lallt er.

Na toll. Er hat getrunken.

Ich setze mich auf die Kante meines Bettes. „Ich hatte gehofft, ich könnte mit Belle sprechen."

„Das geht nicht. Monica badet sie gerade und so."

„Wer ist Monica?"

„Meine Frau. Was geht dich das an?"

Wenigstens ist Belle nicht allein mit diesem Verlierer. Hoffentlich ist Monica viel netter als er. Und nüchterner.

„Ähm ... ich vermisse sie einfach und wollte mich noch einmal melden. Ich hatte eine Nachricht hinterlassen, aber du hast nicht zurückgerufen."

„Ich hatte viel zu tun."

Sicherlich damit, den Boden einer Flasche zu finden.

„Arbeitest du immer noch auf dem Bau, Jerome?"

„Nein", sagt er. „Dem Chef gefiel es nicht, als ich eines Tages früher Feierabend machte und sagte mir, ich solle mich nicht mehr blicken lassen."

„Und, was machst du jetzt beruflich?"

„Was geht dich das an?"

„Ich möchte sichergehen, dass meine Schwester gut versorgt ist."

Es klingt, als würde er an einer Zigarette ziehen. „Zerbrich dir nicht deinen hübschen kleinen Kopf über uns, Süße. Monica ist eine gute Frau. Sie kann keine eigenen Kinder haben, also kümmert sie sich sehr gut um Belle."

„Ich würde sie gerne am Wochenende sehen. Ich kann zu dir kommen, wenn das einfacher ist."

„Sicher, sicher. Ruf mich einfach an und wir vereinbaren einen Termin."

Ich runzle die Stirn. „Ähm ... können wir nicht gleich etwas vereinbaren, jetzt, wo ich dich am Telefon habe?"

„Nein, das geht nicht. Ich bin hier sehr beschäftigt. Wir reden später."

„Warte!", rufe ich noch, bevor die Verbindung unterbrochen wird.

Ich überlege, ob ich zurückrufen soll, aber ich weiß, dass Jerome den Anruf einfach ignorieren würde. Ich habe nie verstanden, wie er und meine Mutter überhaupt zusammengekommen sind. Sicher, er ist der Inbegriff eines großen, dunklen und gutaussehenden Mannes, aber er ist ein Säufer und ein Idiot. Mom schwört, dass er nüchtern war, als sie sich kennenlernten, und dass er sehr charmant war. Angeblich hat er erst mit dem Trinken angefangen, als sie schwanger war. Ich persönlich glaube, dass er es vorher einfach besser verstecken konnte.

Jetzt, wo ich darüber nachdenke, frage ich mich auch, was zum Teufel sie in meinem Samenspender gesehen hat. Bis jetzt habe ich noch keine guten Eigenschaften gesehen. Mom hat mir einmal erzählt, dass sie für ihn gearbeitet hat, aber mehr wollte sie nicht preisgeben, weil sie Angst hatte, mir Informationen zu geben, die seine Identität preisgeben könnten. Ich war schockiert, als ich erfuhr, dass sein Name in meiner Geburtsurkunde eingetragen war.

Meine Sozialarbeiterin, Davina, hatte ein gutes Argument: Wenn meine Mutter wirklich nicht wollte, dass ich ihn finde, warum hätte sie das zulassen sollen? Die Dinge passen einfach nicht zusammen. Ich muss mich mit Charles zusammensetzen und seine Version der Geschichte hören.

Es ist wahrscheinlich das Beste, wenn ich ihm etwas Zeit gebe, sich zu beruhigen. Wenn es Peytons Nase besser geht, ist er vielleicht eher bereit, mit mir darüber zu reden. Ich muss es zumindest versuchen. Es ist ja nicht so, dass ich Mutters Grab befragen kann.

Kapitel Zehn

JAZZ

Der Rest der Woche ist ein einziges Durcheinander. Es scheint, als ob sich, außer Ainsley, die ganze Schule gegen mich verschworen hat. Ich wurde von Leuten, die ich noch nie getroffen habe, mit allen möglichen Schimpfwörtern beschimpft, unzählige andere haben versucht, mir ein Bein zu stellen, mir die kalte Schulter zu zeigen oder mir in die Haare zu spucken. Die einzige Zeit, in der nicht auf mir herumgehackt wird, ist während des Mittagessens. Die Tatsache, dass Schulleiter Davis seit dem Kampf ständig Runden durch den Speisesaal dreht, hat wahrscheinlich auch etwas damit zu tun.

Am Freitag kann ich es kaum erwarten, dass die letzte Glocke ertönt, damit ich diesem Höllenloch für eine Weile den Rücken zuwenden kann. Ich freue mich sogar auf das Wochenende. Ich überlege, ob ich den Pool ausprobieren soll, da ich das riesige Haus praktisch für mich allein habe. Charles ist wieder geschäftlich verreist und Madeline und

Peyton sind in ein Spa in San Francisco gefahren, oder was auch immer sie da tun. Zu Hause gibt es nur die Angestellten und mich, die so gut wie unsichtbar sind, es sei denn, man benötigt etwas von ihnen. Jerome hat mich immer noch nicht zurückgerufen, aber ich werde es weiter versuchen, bis er es macht. Im schlimmsten Fall rufe ich unsere Sozialarbeiterin an und versuche, sie zu überreden, mir Belles Adresse zu geben.

Wenn man bedenkt, wie abweisend alle zu mir waren, bin ich verblüfft, als Bentley kurz vor der ersten Stunde zu meinem Spind kommt und seinen Arm um mich legt. „Jazzy Jazz, wie geht es dir an diesem wundervollen Morgen?"

Ich versuche, mich loszureißen, aber er packt mich an der Schulter und hält mich fest. „Lass mich los."

Er beugt sich herunter und flüstert: „Ach, komm schon Baby, sei nicht so. Du hast Kingston in diese hübsche Muschi reingelassen. Meinst du nicht, ich sollte auch mal probieren?"

Moment ... was?

Ich weiche zurück und bin sicher, dass meine Verwirrung offensichtlich ist. „Wovon redest du?"

Er drückt seine freie Hand auf sein Herz. „Oh, du dachtest, er würde das für sich behalten? Als ob es ihm vielleicht etwas bedeuten würde? Das ist reizend."

Ich fauche. „Verpiss dich."

Bentley lacht. „Weißt du noch, was ich über dein schmutziges Gerede gesagt habe? Das macht mich scharf."

Ich werfe ihm einen bösen Blick zu. „Alles, was Titten hat, macht dich scharf."

Er schüttelt sich. „Stimmt nicht. Mir fallen einige Frauen in meinem Leben ein, die das Gegenteil bewirkt haben. Ms. Henderson, zum Beispiel. Ein echter Liebestöter."

Ich schnaube. Ms. Henderson hat blaugraues Haar, lederne Haut und ist ungefähr hundertachtzig Jahre alt. Ich gehe weiter den Flur entlang, sein schwerer Arm drückt mich nieder. Mir entgehen nicht die schmutzigen Blicke, die mir so ziemlich jedes Mädchen in der Umgebung zuwirft. Als wir zu meiner Klasse kommen, bleibe ich stehen.

„Bentley, ich muss zum Unterricht."

Gerade als ich glaube, er würde mich tatsächlich loslassen, zieht er mich noch näher an sich. Meine Nase wird gegen seine Brust gepresst, während er mich wie ein Bär umklammert. Ich bin nicht stolz darauf, es zuzugeben, aber ich mache keinen Versuch, mich dem zu entziehen. Jeder braucht manchmal eine Umarmung, und meine ist definitiv überfällig.

Er küsst mich auf die Wange. „Bis später, Babe."

Ich lege meine Hand auf die Stelle, die seine Lippen gerade berührt haben, während ich ihm hinterhersehe. Ich muss wie betäubt gewesen sein, denn ich bemerke nicht, dass sich mir jemand nähert, bis ich grob an die Schulter gestoßen werde.

„Geh aus dem Weg, Schlampe", höhnt Whitney, als sie an mir vorbeigeht, um ihren Platz einzunehmen.

Na toll. Jetzt hat eine weitere von den ‚Queen Bs' ein Problem mit mir. Ich setze mich auf meinen Platz, schaue starr vor mich hin und warte darauf, dass der Unterricht beginnt. Ich spüre, wie die anderen mich anstarren, aber ich ignoriere sie. Verdammt, ich habe mich schon daran gewöhnt, so traurig das auch ist.

Ich fahre herum, als jemand gegen meinen Stuhl tritt.

Das Mädchen, das hinter mir sitzt – Jessica, glaube ich, – lächelt. „Ups, mein Fehler."

Ich verdrehe die Augen, und wende mich wieder nach vorne. Den gesamten Unterricht hindurch lassen Whitney und einigen anderen in der Klasse geflüsterte Beleidigungen in meine Richtung los. Unsere Lehrerin scheint nichts davon mitzubekommen, aber ich frage mich, ob sie nicht einfach nur so tut. Diese Schlampen sind nicht gerade leise. Schlampe, Abschaum, Wichseimer – ihre Beleidigungen übertönen sie zwar durch falsches Niesen oder Husten, aber die Worte sind trotzdem deutlich zu verstehen.

Ich bleibe sitzen, als die Glocke läutet, und warte darauf, dass die anderen Schüler nach draußen gehen, damit ich nicht mitten unter ihnen den Raum verlassen muss.

Whitney hält neben meinem Schreibtisch an und grinst. „Wenn du dich nicht von den Kings fernhältst – hauptsächlich von Bentley – ist das erst der Anfang, Hure." Sie stößt meinen Rucksack von meinem Stuhl und schlendert mit etwas mehr Schwung zur Tür hinaus.

Ich knirsche wütend mit den Zähnen, während sie das Klassenzimmer verlässt. Ich erinnere mich daran, dass ich ihr nicht hinterherlaufen darf, sonst droht mir ein Schulverweis. Und wenn ich von der Schule fliege, wird Charles mich nach Connecticut schicken, wo ich keine Chance mehr habe, meine Schwester zu sehen.

Ainsley stürzt sich praktisch auf mich, sobald ich mich zum Mittagessen hinsetze. „Heute Abend findet eine Party statt und du kommst mit."

Ich lache. „Äh ... nein, das werde ich nicht. Ich habe keine Lust, zusätzliche Zeit mit diesen Arschlöchern zu verbringen."

Sie schmollt. „Komm schon, Jazz, das wird lustig! Donovan, der Typ, der die Party schmeißt, ist witzig und sexy und süß. Und das Beste ist, dass er schon auf dem College ist, also bezweifle ich sehr, dass viele Schüler von der Highschool da sein werden."

Ainsley bekommt einen verträumten Ausdruck in den Augen, als sie diesen Donovan erwähnt.

„Du magst ihn, nicht wahr?"

Sie lächelt. „Das tue ich wirklich. Er ist Erstsemestler an der UCLA, aber er war vorher auf der Windsor, und so habe ich ihn kennengelernt. Letztes Jahr war ich total in ihn verknallt, aber er hatte eine Freundin. Ich habe ihn gestern im Commons getroffen und er hat mich eingeladen. Und jetzt kommt's: Er hat zufällig erwähnt, dass er jetzt Single ist! Das muss doch ein Zeichen sein, oder etwa nicht?"

„Das klingt, als ob er auf dich steht", stimmte ich zu. „Was sind die Commons?"

„Oh, das ist so etwas wie der zentrale Treffpunkt in der Nähe. Nach dem Ballett hatte ich total Lust auf Sushi, also habe ich gestern Abend dort zu Abend gegessen. Die haben den *besten* Sushi-Laden. Donovan war auch da, er sah sogar noch heißer aus als letztes Jahr, und wir haben zwei Stunden lang zusammengesessen und geredet." Sie legt ihre Hände in eine Gebetshaltung. „Bitte, bitte, bitte komm mit mir, Jazz. Ich will nicht allein auftauchen, nur für den Fall, dass ich ihn falsch eingeschätzt habe. Wenn wir dort ankommen und es dir absolut nicht gefällt, verspreche ich dir, dass wir sofort gehen werden."

Ich seufze. „In Ordnung."

Sie strahlt. „Ich hole dich um sechs Uhr ab. Wir können bei mir zu Hause essen und uns fertig machen. Du kannst sogar bei mir schlafen, wenn du willst. Mach dir keine Sorgen wegen meines trotteligen Bruders; er wohnt im Poolhaus und ist an den Wochenenden normalerweise bei Reed oder Bentley."

„Warum genau muss ich mich *fertig machen*?"

Ainsley wirft mir einen Blick zu, der deutlich sagt: *Bist du bescheuert?* „Weil es dort einen Haufen heißer College-Typen geben wird! Betrachte das als deine Chance, dich auszutoben und dich deinem Alter entsprechend zu verhalten. Trinke ein paar Drinks, flirte vielleicht mit ein paar Typen. Lass den ganzen Scheiß für einen Abend hinter dir und hab Spaß. Ich glaube wirklich, dass du das jetzt brauchen kannst, Jazz. Du kannst nicht die ganze Zeit traurig oder wütend sein. Das ist nicht gesund."

„Bin ich so leicht zu durchschauen?"

Sie schenkt mir ein trauriges Lächeln als Antwort.

Ich hole tief Luft. „Okay, du hast recht. Was kann es schon schaden, sich für eine Nacht gehen zu lassen? Ich bin dabei."

KAPITEL ELF

JAZZ

Berühmte letzte Worte.

Das ist das Erste, was ich denke, als ich den Raum betrete, in dem die Party stattfindet. Das reinste Pandämonium breitet sich vor mir aus. Donovans Laden ist vollgepackt mit Leuten, alle in verschiedenen Rauschzuständen. Ich bin in den letzten Jahren auf vielen Partys gewesen, aber das hier ist eine ganz andere Ebene. Ich habe noch nie so viel Exzess an einem Ort erlebt.

In der einen Ecke ist eine aufwendige Bar aufgebaut, in der anderen eine DJ-Kabine, die Beats durch eine super Soundanlage pumpt. Spärlich bekleidete Mädchen tanzen auf einer behelfsmäßigen Tanzfläche, umgeben von einer Gruppe von Männern, die ihnen anerkennend zusehen. Paare knutschen auf jeder verfügbaren Fläche – einige scheinen sogar mehr zu tun, als sich nur zu küssen, ohne Rücksicht auf ihr Publikum. Eine Rauchwolke umgibt eine Gruppe von Leuten, die an einer Wasserpfeife ziehen, während andere, die bei ihnen sitzen, Linien von weißem Pulver mit zusammengerollten Geldscheinen schnupfen.

Ich schüttle den Kopf, als der Song wechselt und Kendrick Lamar anfängt, über Bescheidenheit zu rappen. Das wäre das letzte Wort, das mir angesichts dieser Menschen einfallen würde.

„Das ist doch toll, oder?", schreit Ainsley mir ins Ohr und schaut sich aufgeregt um.

„Ja ... sicher."

Sie zeigt auf den Barbereich. „Holen wir uns einen Drink."

Wir gehen zur Bar, wo ein echter Barkeeper Dienst schiebt.

Seine grünen Augen funkeln vor Interesse, als er mich mustert. „Was kann ich euch hübschen Damen bringen?"

Ainsley lächelt. „Gib mir einen Screwdriver."

Der Barkeeper dreht sich zu mir um. „Und du, meine Schöne?"

„Dasselbe für mich."

„Kommt sofort." Er schnappt sich zwei rote Solobecher und gießt in jeden eine großzügige Menge Wodka, bevor er etwas O-Saft hinzufügt. Seine Fingerspitzen streifen meine, als er mir meinen Drink reicht, und ich werde rot. „Ich bin Kyle. Sagt mir einfach Bescheid, wenn ihr noch etwas haben wollt." Kyle sieht aus, als wäre er Anfang zwanzig, also vermute ich, dass er dies nur als ein Teilzeitjob macht, während er auf dem College ist.

Ich beiße mir auf die Lippe, bevor ich einen Schluck nehme. „Danke, Kyle. Ich bin Jazz."

Er hebt eine Augenbraue. „Bist du wegen jemand Bestimmtem hier? Oder *mit* jemandem?"

Ainsley lächelt wissend. „Willst du wissen, ob meine Freundin hier noch zu haben ist?"

Kyle lacht. „So etwas in der Art." Sein Blick verweilt auf mir, während er ihre Frage beantwortet. „Also ... bist du noch zu haben, Jazz?"

„Oh, ähm ... Ich schätze, du ..."

„Ich bin mir ziemlich sicher, dass du dafür bezahlt wirst, Drinks zu mixen, und nicht, um Frauen aufzureißen", knurrt eine allzu vertraute tiefe Stimme von meiner rechten Seite.

Kingston hat sich zwischen mich und Ainsley gestellt und sieht für meinen Seelenfrieden viel zu gut aus. Sein marineblaues T-Shirt spannt sich über deutlich sichtbare Muskeln, und seine dunklen, enganliegenden Jeans sitzen tief an seinen Hüften. Er trägt ein Paar weiße Jordans, die keinen einzigen Kratzer haben. Es würde mich nicht wundern, wenn er sie gerade erst aus der Schachtel geholt hätte.

Kyle richtet sich auf und räuspert sich. „Was kann ich dir bringen, Mann?"

„Macallan." Kingston wirft Kyle einen bösen Blick zu. „Und beeil dich."

„Hör auf, so ein Arschloch zu sein!" Ainsley schlägt ihrem Bruder auf den Arm. „Was zum Teufel machst du überhaupt hier?"

Kingston ignoriert sie und wirft dem Barkeeper einen bösen Blick zu, während der den Drink zubereitet. Als Kyle ihm den Scotch reicht, würdigt Kingston ihn nicht einmal eines Blickes. Er kippt den Schnaps hinunter und stellt den Becher wieder hin.

Kingston packt sowohl mich als auch Ainsley am Ellbogen und führt uns weg.

„Hey!", rufe ich.

„Was zum Teufel?", schimpft Ainsley gleichzeitig.

Er lässt uns erst los, als wir gut drei Meter entfernt sind. „Die bessere Frage ist, was zum Teufel macht ihr zwei hier?"

Ainsley verschränkt die Arme vor der Brust. „Wir wurden eingeladen."

Kingstons Lippen kräuseln sich, als er sich mir zuwendet. „Sieh mal einer an, der Abschaum spielt Verkleiden."

Abgesehen von der Beleidigung hat er in einer Hinsicht recht – ich sehe im Moment definitiv nicht wie ich selbst aus. Als Ainsley mit mir fertig war, hatten meine Augen rauchgraue Ränder, meine langen Haare waren kerzengerade geglättet und meine Klamotten waren ... nun ja, sie bewegten sich irgendwie an der Grenze zwischen schmuddelig und sexy. Aber wenn ich ehrlich bin, gefiel mir die Vorstellung, für eine Nacht aus meiner Haut zu schlüpfen. Ich dachte, wenn ich nicht wie ich selbst aussehe, könnte ich vielleicht vorübergehend den ganzen deprimierenden Scheiß in meinem Leben vergessen.

Meine Augen verengen sich zu Schlitzen. „Fick dich."

Sein Gesicht erhellt sich mit einem spöttischen Grinsen. „Nicht einmal, wenn du die letzte Muschi auf Erden hättest, Süße."

Wirklich?, sagen meine Augen. *Neulich Abend sah es nicht so aus.*

Ich habe nicht gehört, dass du dich beschwert hättest, erwidern seine Augen.

Ich muss mich zusammenreißen, unter seinem Blick nicht zu schrumpfen, während er mit seinen Augen gemächlich meinen Körper abtastet. Ich habe keinen Zweifel daran, dass er nur will, dass ich mich unbehaglich fühle, und ich weigere mich, ihm diese Genugtuung zu geben. Als sein Blick auf meiner Brust verweilt, schaue ich nach unten, um mich zu vergewissern, dass sich nichts abzeichnet. Meine Brüste sind nicht groß, etwas weniger als eine Handvoll, aber das enge schwarze Tank-Top, zu dem mich Ainsley überredet hat, hat einen tiefen Ausschnitt und Ausschnitte, die einen kleinen Teil meines Busens an der Seite freilegen.

Die Muskeln in seinem Nacken spannen sich an. „War dein kleines Lieblingsprojekt auch eingeladen?"

Ainsley rollt mit den Augen. „Lass das, Kingston."

„Ich *werde aufhören,* wenn du aufhörst, so stur zu sein ..."

Wir werden unterbrochen, als sich ein Typ zu uns gesellt, der Ainsley genau betrachtet. „Du hast es geschafft!"

Jede Spur von Verärgerung über den Streit mit ihrem Bruder verschwindet. „Donovan!" Sie nickt mir zu. „Das ist meine Freundin, Jazz. Ich hoffe, es ist in Ordnung, dass ich sie mitgebracht habe."

Er zeigt ein strahlendes Lächeln. „Natürlich ist das in Ordnung. Schöne Frauen sind in meinem Haus immer will-kommen." Donovan nickt Kingston zu. „Bist du auch mit deiner Schwester gekommen?"

Kingston schüttelt den Kopf. „Nein, Reed und Bent sind hier irgendwo."

Donovan schwingt seine schweren Arme über meine und Ainsleys Schultern. „Dann macht es dir doch nichts aus, wenn ich diese Schönheiten entführe, oder?"

Kingstons Kiefermuskeln mahlen deutlich. „Tu dir keinen Zwang an, Mann."

Donovan führt uns zu der Wand mit den Glasschiebetüren. „Lasst uns hinten rausgehen. Da draußen ist es viel kühler."

„Hört sich gut an", kichert Ainsley.

Ich entziehe mich seinem Griff – was er nicht zu bemerken scheint – und folge den beiden nach draußen. Wir machen uns auf den Weg zu einer großen Feuerstelle, die von langen Holzbänken umgeben ist. Donovan zieht Ainsley auf seinen Schoß und vergräbt seine Nase in ihrem Nacken. Ich lächle, als ich sehe, wie vergnügt meine Freundin in diesem Moment ist. Dieser Kerl steht definitiv auf sie, und zeigt das auch ziemlich offensichtlich.

Ein anderer Typ setzt sich zu meiner Linken. „Du bist neu hier in der Gegend. Ich hätte mich daran erinnert, jemanden gesehen zu haben, der so schön ist wie du."

Ich nehme einen Schluck von meinem Getränk, bevor ich antworte. Der Typ sieht gut aus, auf eine adrette Art und Weise. Groß, braune Haare, grüne Augen, nettes Lächeln.

„Das stimmt. Bist du ein Freund von Donovan?"

„Bin ich." Sein Lächeln wird breiter und lässt zwei Grübchen hervortreten, die die Ausstrahlung eines netten

Jungen von nebenan noch verstärken. „Ich heiße Lawson. Und du bist ...?"

Ich lächle zurück. „Jazz."

Lawson nimmt meine Hand und drückt mir einen Kuss auf die Stirn. „Es ist schön, dich kennenzulernen, Jazz. Also, woher kommst du?"

„LA. Die Gegend um Watts, um genau zu sein."

Lawson zieht überrascht die Augenbrauen hoch. „Ein ziemliches Upgrade."

„Kommt darauf an, wen du fragst, nehme ich an." Ich zucke mit den Schultern. Wenn ich an zu Hause denke, denke ich an meine Mutter, also wechsle ich schnell das Thema. „Gehst du auf die UCLA?"

Er nickt. „Ja, ich bin im ersten Jahr. Was ist mit dir?"

„Äh ... Ich bin auf der Windsor Academy. Abschlussjahr."

„Ich kenne Windsor gut. Ich hab letztes Jahr meinen Abschluss dort gemacht." Er rückt ein wenig näher. „Wie gefällt es dir bis jetzt?"

„Die Schule scheint in Ordnung zu sein. Der Großteil der Schüler nicht so sehr."

Lawson lacht. „Doch so gut, hm? Ich kann mir nicht vorstellen, dass ein hübsches Mädchen wie du Probleme hat, sich anzupassen."

„Nun, dann wirst du überrascht sein."

Lawson und ich plaudern eine Weile, bevor er den Kopf nach rechts neigt. „Hast du Lust, im Whirlpool zu baden?"

Am anderen Ende der Terrasse steht ein riesiger Whirlpool unter einer mit Mini-Edison-Glühbirnen bestückten Pergola. Es ist nur ein Pärchen darin, aber sie treiben es ziemlich wild und heftig.

Ich deute auf sie. „Ich weiß nicht, ob sie sich über die Gesellschaft freuen würden."

Er folgt meinem Blick und lacht. „Ich bin mir ziemlich sicher, dass sie nicht einmal merken würden, dass wir da sind."

Ich ziehe die Augenbrauen hoch, als das Mädchen sich zurücklehnt und ich einen Blick auf ihre Gesichter erhasche. Sie reibt sich an dem Kerl unter ihr – Gott allein weiß, ob einer von ihnen etwas unter der Wasserlinie trägt. Paare, die auf einer Party Sex haben, würden mich normalerweise nicht stören, aber in diesem Fall, wenn der Mann Kingston Davenport und das Mädchen ganz sicher *nicht* Peyton ist, erregt das meine Aufmerksamkeit. Ich mache mir keine Illusionen darüber, dass das, was neulich in meinem Schrank passiert ist, ihm etwas bedeutet hat, aber verdammt, mit wie vielen Mädchen macht er denn gleichzeitig rum?

Kurz bevor ich den Augen abwenden kann, treffen sich unsere Blicke. Ich kann sehen, wie sich die Muskeln in seinen Armen anspannen, so wie damals, als er seine Hand unter meinem Handtuch hatte. Die Brünette, die sich auf seinem Schoß windet, stöhnt jetzt laut und lässt keinen Zweifel daran, was seine Hand unter dem Wasser macht. Ich laufe vor Wut – und vielleicht auch ein wenig vor Erregung – rot an, denn mein Körper erinnert sich genau daran, wie geschickt seine Finger sind.

Kingstons Lippen verziehen sich zu einem schmutzigen

Grinsen, als ich ihm in die Augen schaue. Ich könnte schwören, dass er mich gerade herausfordert – dass er das aus irgendeinem Grund tut, um ein Zeichen zu setzen. Warum zum Teufel sollte es mich interessieren, mit wem er sich abgibt? Er ist nicht mein Freund und ich will auch nicht, dass er das *jemals* wird. Erwartet er etwa, dass ich hinübergehe und sie an den Haaren von ihm wegzerre?

Ich nehme den letzten Schluck meines Getränks und stelle das Glas auf die Bank. Ich wende mich an Lawson und sage: „Weißt du was? Ich glaube, ich würde mir lieber noch einen Drink holen. Gehst du mit mir zur Bar zurück?"

Lawson steht auf und reicht mir die Hand. „Das ist eine hervorragende Idee."

Ich will Ainsley sagen, wohin ich gehe, aber sie ist zu sehr damit beschäftigt, mit Donovan zu knutschen.

Lawson führt mich zurück ins Haus, wobei er immer noch meine Hand festhält. Kyle, der Barkeeper, verzieht das Gesicht, als er sieht, dass wir uns ihm gemeinsam nähern.

„Jazz, so schnell zurück! Noch einen Srewdriver?"

Ich lächle. „Ja, bitte."

Kyle nickt Lawson zu. „Und du, Kumpel?"

„Noch ein Bier wäre toll."

Das Bild von Kingston und seinem geheimnisvollen Mädchen geht mir nicht mehr aus dem Kopf. Ich glaube, ich benötige einen kurzen Moment, um mich zu beruhigen.

Ich tippe Lawson auf die Schulter. „Hey, würdest du mir bitte meinen Drink nehmen, wenn er fertig ist? Ich mache mich auf die Suche nach einer Toilette."

„Kein Problem." Er deutet den langen Flur rechts hinunter. „Die nächste Toilette ist dort unten, die zweite Tür auf der linken Seite."

Ich nicke. „Danke. Ich bin gleich wieder da."

In der Schlange stehen einige Leute, also stelle ich mich mit dem Rücken an die Wand und atme tief durch. Als ich endlich an der Reihe bin, schließe ich die Tür hinter mir und halte meine Handgelenke unter kaltes Wasser.

Ich schaue mir mein Spiegelbild an. „Lass dich von dem Arschloch nicht ärgern, Jazz. Er versucht, dich zu provozieren. Lass ihn nicht gewinnen."

Nach dem aufmunternden Selbstgespräch gehe ich schnell pinkeln und wasche mir die Hände, bevor ich den Raum verlasse. Lawson wartet direkt vor der Tür auf mich, zwei Drinks in der Hand.

„Ihr Drink, Mylady." Er zwinkert, als er den Becher überreicht.

„Danke." Ich nehme einen kleinen Schluck. „Sollen wir wieder nach draußen gehen?"

Er winkelt seinen Ellbogen an und bietet ihn mir an. „Gerne."

Als wir durch die Tür treten, versuche ich bewusst, meinen Kopf nicht in Richtung des Whirlpools zu drehen. Lawson und ich gehen zurück zur Feuerstelle, aber Ainsley und Donovan sind nirgends mehr zu finden.

„Sie sind oben in Donovans Zimmer", sagt Lawson. „Deine Freundin hat mich gebeten, es dir auszurichten."

Ich beiße mir auf die Lippe und bin leicht irritiert, dass

Ainsley einfach so weggeht, ohne mir Bescheid zu sagen. Dann erinnere ich mich daran, dass ich das Gleiche mit ihr gemacht habe, weil ich die Knutscherei nicht stören wollte. Sie konnte ja nicht wissen, dass ich nur ein paar Minuten weg sein würde.

„Okay", seufze ich.

Wir nehmen beide Platz und trinken etwas, während wir uns unterhalten.

Nachdem der zweite Drink leer ist, stupst er mich an. „Hey, willst du tanzen?"

„Sicher."

Als ich mich auf den Weg zum Haus mache, ergreift Lawson meine Hand, um mich zu stützen. Verdammt, ich spüre den Alkohol wirklich. Normalerweise brauche ich mindestens drei oder vier, bevor ich mich so angeheitert fühle. Kyle muss die zweite Runde ein wenig stärker gemacht haben.

„Ich hatte gehofft, wir könnten unsere eigene kleine Tanzparty veranstalten." Als ich zögere, fügt er hinzu: „Einfach drüben beim Poolhaus. Wir werden die Musik immer noch hören können, sie wird nur nicht so laut sein."

Ich schaue mich um und sehe, dass sich die Partygäste überall verteilt haben. Ich weiß, dass ich nicht mit einem Kerl allein sein sollte, den ich gerade erst kennengelernt habe, aber wir würden dort bestimmt auch nicht allein sein.

„Okay."

Lawson führt mich zu einem kleinen Gartenstück neben dem Poolhaus. Das Lied wechselt zu einem langsamen, sinnlichen Beat, gerade als er mich in seine Arme zieht.

Sein Mund drückt sich an mein Ohr. „Hallo."

Ich erschaudere, weil sein heißer Atem mir eine Gänsehaut über die Haut jagt. „Hi."

Ein Song nach dem anderen wird gespielt, während Lawson und ich miteinander tanzen. Als er mich herumdreht und seine Vorderseite an meinen Rücken presst, spüre ich, wie sich seine Erektion in meine Wirbelsäule gräbt. Seine großen Hände umklammern meine Hüften, was tatsächlich gut ist, weil sich meine Beine langsam wie Wackelpudding anfühlen.

Ich wimmere, als seine Zunge über meinen Nacken streift. „Warum machen wir das nicht woanders, wo wir ungestörter sind?"

Ich glaube nicht, dass ich Ja gesagt habe, aber Lawson führt mich trotzdem zum Poolhaus. Als ich stolpere, hält er mich mit einer Hand an meinem Ellbogen fest.

„Halte durch, Baby, wir sind fast da."

„Lawson, ich fühle mich nicht so gut. Ich denke, wir sollten nicht …"

Er dreht den Türgriff. „Es ist alles in Ordnung, Jazz. Du kannst dich einfach hierhin legen, bis es vorbei ist."

Ich schüttele den Kopf. „Ich weiß nicht. Ich…"

Bevor ich meinen Satz beenden kann, taucht ein anderer Typ neben ihm auf.

„Danke, Mann." Bentley begrüßt Lawson mit einem spielerischen Fausthieb. „Ich kann jetzt übernehmen."

Lawson zwinkert mir zu. „Sie gehört ganz dir, Fitzgerald."

Was zum Teufel ist hier los?

„Bentley, was ist los?"

Mein Kopf fühlt sich plötzlich zu schwer an, also lege ich ihn auf die Seite.

Er hockt sich hin und streicht mir ein paar Haare aus dem Gesicht. „Komm, hübsches Mädchen, wir bringen dich rein. Du bist besoffen."

Ich schüttle den Kopf. „Bin ich nicht."

Er gluckst. „Wie viele Drinks hattest du denn?"

Ich versuche, zwei Finger hochzuhalten, aber es dauert einen Moment, bis ich es schaffe. „Nur zwei, aber ich bin kein Leichtgewicht. Ich glaube, Kyle hat meinen zweiten Drink zu stark gemacht."

Er zieht die Augenbrauen zusammen. „Wer zum Teufel ist Kyle?"

„Der Barkeeper." Warum lalle ich?

Bentley hebt mich wie eine Braut auf. „Komm schon, Prinzessin. Lass uns ein bisschen Spaß haben."

Ich schlinge meine Arme um ihn und vergrabe meine Nase in seinem Nacken. „Mmm, du riechst gut." Meine Zunge fährt heraus und schmeckt seine Haut. Sie ist salzig von einem leichten Schweißschimmer, aber nicht unangenehm. „Schmeckt auch gut."

Er stöhnt, als er die Tür mit den Schultern aufstößt und mich absetzt. Er lässt mich aber nicht los, was gut ist, denn ich habe Schwierigkeiten zu stehen. In diesem Moment sehe ich, dass wir nicht allein sind. Kingston und Reed stehen beide im Wohnbereich.

Ich starre Kingston an. „Warum bist *du* hier?"

Er ist jetzt angezogen, aber sein Haar ist feucht und er sieht für meinen Geschmack viel zu gut aus.

Kingston grinst mich verrucht an. „Ich bin hier, um zu feiern. Warum sollte ich sonst hier sein? Das ist doch eine Party, oder?"

Ich wende mich wieder Bentley zu. „Wovon redet dieser Idiot?"

Bentley beginnt, meine Schultern zu massieren, was mir ein Stöhnen entlockt. „Wie er sagte, wir feiern eine Party. Unsere eigene kleine Privatparty."

Mir fällt die Kinnlade herunter, als ich die Bedeutung seiner Aussage begreife. „Ihr seid alle verrückt, wenn ihr glaubt, dass etwas passieren wird."

Bentley streicht mein Haar beiseite, während seine Daumen zwischen meinen Schulterblättern kneten. „Komm schon, Jazzy, sei nicht so schüchtern. Kingston hat uns erzählt, wie heiß du auf ihn warst. Wie klatschnass. Wie fest deine hübsche rosa Muschi seine Finger umklammert hat." Seine Erektion gräbt sich in meinen Rücken, als er sich von hinten an mich presst. „Wir wollen sehen, wie gut diese Muschi unsere Schwänze festhalten kann." Bentleys Zunge zeichnet eine Spur in meinem Nacken. „Wie hübsch du aussehen würdest, wenn alle drei Löcher gefüllt wären."

Oh, Gott. Das Bild, das er mir gerade in meinem Kopf entsteht, ist so heiß, dass mein ganzer Körper errötet. Aber es gibt keine Chance, dass ich das wirklich durchziehen könnte. Oder?

Richtig?

„Ich weiß nicht ..." Ich schüttele den Kopf und versuche, den Nebel zu vertreiben. „Ich glaube ..."

Bentley rückt zu mir nach vorne, während jemand anderes seinen Platz im hinteren Teil einnimmt. Ich weiß, dass es Kingston ist, als seine kräftigen Hände meine Hüften umfassen, bevor sie meinen Bauch hinaufwandern.

Bentley umschließt mein Gesicht mit seinen Händen. „Denk nicht nach, Jazzy. Konzentriere dich einfach darauf, wie gut du dich mit uns fühlen wirst."

Bentley presst seine Lippen auf meine, als Kingstons Hände meine Brüste umschließen. Ich zucke zusammen, als Kingston durch den dünnen Stoff meines Oberteils in meine Brustwarzen kneift, was Bentley ausnutzt, indem er seine Zunge in meinen Mund schiebt. Da mein Top mit seinen Ausschnitten keinen BH zulässt, ist es das Einzige, was zwischen Kingstons Fingern und meiner Haut steht.

Bentley verzehrt meinen Mund wie ein ausgehungerter Mann, und ich gebe so viel, wie ich bekomme. Meine Hände gleiten unter sein T-Shirt und zeichnen die muskulösen Flächen seiner Brust nach. Die Erektion, die sich in meinen Bauch presst, zuckt, als meine Fingernägel über seine Brustwarze streichen. Hinter mir sind Kingstons Hände überall, was mein Verlangen auf ein fast unerträgliches Maß steigert. Er hebt meine Arme gerade über meinen Kopf. Mein Kuss mit Bentley wird unterbrochen, als er mir mein Tank-Top über den Kopf zieht und zur Seite wirft.

Bentley stöhnt, als er meinen nackten Oberkörper betrachtet. „Scheiße, Jazz."

Kingstons große Hände umfassen meine Brüste und drücken sie zusammen, wobei er meine Brustwarzen zwischen Zeige- und Mittelfinger rollt.

Mein Kopf fällt zurück auf seine Brust. „Oh, Gott."

„Wechsel", ruft Kingston, bevor er zu mir nach vorne kommt, während Bentley sich hinter mich stellt. Kingstons Augenlider sind vor Lust geschlossen, als er mit seinem Finger meine Brustwarze umkreist. Mein Atem stockt, als er mit seinem Daumen über meine Unterlippe streicht. Er starrt auf meinen Mund, als meine Zunge herausschnellt und seine Fingerspitze umspielt. „Scheiße."

Kingston ergreift mein Gesicht und ohne lange zu überlegen, treffen unsere Lippen aufeinander. Bentleys Zunge wandert meinen Hals hinunter, während meine Zunge mit der von Kingston spielt. Kingston unterdrückt mein Stöhnen, als Bentley zubeißt und weiter meinen Körper hinabwandert. Ich bin von der Taille aufwärts nackt, aber sie sind beide noch vollständig bekleidet. Das hat etwas seltsam Erotisches an sich, aber ich will mehr. Ich brenne vor Verlangen, ihre Haut an meiner zu spüren.

Ich ziehe an dem Saum von Kingstons T-Shirt. „Zieh das aus." Ich drehe mich, bis ich Bentley gegenüberstehe. „Du auch. Zieh das Hemd aus."

Bentley zwinkert. „Das musst du mir nicht zweimal sagen."

Zwei weitere Hemden landen auf dem Boden, bevor ich Kingston in den Nacken greife und ihn in einen Kuss ziehe. Als wir uns aneinander reiben, Haut an Haut, sind wir ein Tornado aus schlampigen Küssen, Stöhnen und tiefen Atemzügen. Aus den Augenwinkeln sehe ich, wie Reed sein Handy in unsere Richtung hält, aber ich bin zu sehr von der Lust überwältigt, um das zu hinterfragen.

„Gott, du bist so verdammt heiß." Bentley massiert meine Brüste und leckt an meiner Ohrmuschel.

Kingston löst sich von meinem Mund und schiebt Bentleys Hand weg, bevor er sich einen Weg zu meiner linken Brust küsst. Ich erschaudere, als seine Zunge die Spitze umspielt, bevor er sie in seinen Mund saugt. Meine Knie geben nach, als mich eine Welle des Schwindels überrollt.

Kingston fasst mich an den Hüften, als er sich zurückzieht. „Bist du okay?"

Ich schüttle den Kopf und versuche, den Nebel der Lust zu vertreiben. „Ja ... äh ..." Jetzt dreht sich der Raum. „Vielleicht sollte ich mich eine Minute hinsetzen."

Kingston und Bentley tauschen einen seltsamen Blick über meine Schulter hinweg aus, bevor sie mich zu der nahegelegenen Couch führen. Mann, warum bin ich auf einmal so schläfrig? Als mein Rücken auf die weichen Kissen trifft, lege ich mich auf die Seite.

Meine Augenlider fallen zu. „Gib mir nur eine Minute und ich werde..."

Das ist das Letzte, woran ich mich erinnere, bevor ich ohnmächtig wurde.

KAPITEL ZWÖLF

KINGSTON

„Sie ist hinüber", sagt Bentley. „Scheiße. Das ist völlig außer Kontrolle geraten. Ich hätte nie gedacht, dass sie so abgeht."

Ich streiche mir mit den Händen durch die Haare. „Ich auch nicht. Wie viele Drinks hat Lawson ihr verabreicht?"

„Sie sagte nur zwei", antwortet Bentley.

Ich ziehe die Brauen zusammen. „Das sah nicht nur nach zwei aus."

Er zuckt mit den Schultern. „Vielleicht waren sie wirklich stark."

Ich gehe im Zimmer umher, um mich von Jasmine zu distanzieren. Als wir unseren kleinen Plan ausheckten, sollte Lawson sie zu uns bringen, wenn sie kurz davor war, ohnmächtig zu werden. Wir dachten, sie würde einschlafen, wir bekämen die Bilder, die wir brauchten, und könnten gehen. So sah es auch noch aus, als sie durch die Tür kam, aber als Bent anfing, sie zu küssen, kam sie wieder zu sich. Ich hatte nie vor, es so weit kommen zu lassen, aber als ich sah, wie sehr sie sich darauf einließ, verabschiedete sich die Vernunft mit einem großen Sprung aus dem Fenster.

Meine Fäuste ballen sich bei dem Gedanken an Bentleys Hände und Lippen auf ihr. Ich weiß nicht, was zum Teufel mein Problem ist – wir haben in der Vergangenheit schon einige Frauen geteilt – aber mit Jasmine ist es anders. *Sie ist* anders. Da ist ein offensichtlicher Funke zwischen den beiden, der sich heute Abend in ein Inferno verwandelt hat. Es bringt die Bestie in mir dazu, alles zu zerstören, was sich ihr in den Weg stellt.

„Ich wollte gerade eingreifen und euch daran erinnern, warum wir eigentlich hier sind", murrt Reed. „Ihr verdammten Idioten lasst eure Schwänze das Sagen haben."

Ich schnauze ihn an. „Verpiss dich, Mann. Ich hätte es gestoppt, bevor es noch weitergeht."

„Genau." Er lacht und hält sein Handy hoch. „Wenn du das Video siehst, änderst du vielleicht deine Meinung."

Bentley richtet sich mit einem Zucken auf. „Mein Ständer will nicht runtergehen. Habe ich Zeit für einen Quickie?"

Ich werfe ihm einen schiefen Blick zu, während ich meinen eigenen Schwanz in eine bequemere Position bringe. „Finde dich damit ab, Arschloch. Wir müssen hier verschwinden."

Bentley wirft einen kurzen Blick zu Jasmine. „Was machen wir jetzt?"

Ich deute auf die schlafende Schönheit auf der Couch.

„Lass uns ins Schlafzimmer gehen. Zieh ihr die Jeans aus und mache ein paar Aufnahmen für das Video. Wir müssen uns beeilen, falls meine Schwester nach ihr sucht."

Jasmine rührt sich leicht, als ich ihr die Hose ausziehe, aber sie schläft weiter. Mein Schwanz zuckt, als ich ihr rotes Spitzenhöschen und den offensichtlichen feuchten Fleck darauf erblicke. Scheiße. *Konzentriere dich auf deine Aufgabe, Arschloch.*

Reed schießt ein paar strategisch platzierte Fotos von mir und Bentley im Bett mit Jasmine, bevor wir sie mit der Decke zudecken. Bevor wir gehen, hole ich Jasmines Handy heraus. Sie hat ein älteres Modell, das keine Gesichtserkennung hat. Zu meinem Glück habe ich ihren Pincode gesehen, als sie es neulich im Unterricht entsperrt hat. Ich schreibe Ainsley eine kurze SMS, damit sie weiß, wo sie Jasmine finden kann, bevor ich es auf den Nachttisch lege.

„Lass uns gehen."

Ich lasse Reed und Bentley vor mir gehen, bevor ich die Tür abschließe und das Poolhaus selbst verlasse. Mindestens ein Dutzend Leute sehen uns mit einem wissenden Lächeln im Gesicht zu. Sie gehen davon aus, dass wir sie da drin gefickt haben, und wenn diese Bilder durchsickern, wird sich das bestätigen. Jasmine Callahan wird den Tag verabscheuen, an dem sie jemals einen Fuß in die Windsor Academy gesetzt hat.

Kapitel Dreizehn

JAZZ

„Jazz, wach auf."

Ich stöhne auf, als mich jemand schüttelt.

„Jazz, komm schon."

Ich reiße meine Augen auf und blinzle gegen das viel zu grelle Sonnenlicht an, das durch das Fenster eindringt. Wo zum Teufel bin ich?

„Jazz!"

Ich drehe meinen Kopf und sehe Ainsley neben dem Bett stehen, in dem ich liege. „Wo bin ich?"

Sie kneift die Augenbrauen zusammen. „Im Poolhaus von Donovan. Du erinnerst dich nicht?"

Ich reibe mir die Schläfen und will, dass meine Kopfschmerzen verschwinden. Igitt, ich fühle mich beschissen. „Ich erinnere mich an kaum etwas." Meine nackte Haut reibt an den Laken und lässt mich aufschrecken. Ich schaue unter die Decke und stelle fest, dass ich nur ein Höschen anhabe. „Warum bin ich praktisch nackt?"

Ainsley runzelt immer noch die Stirn. „Du erinnerst dich wirklich an nichts? Wie viel hast du getrunken?"

Ich setze mich mühsam auf und drücke die Bettdecke an meine Brust. „Nur zwei, aber der Zweite muss wirklich stark gewesen sein. Ich erinnere mich, dass ich mit einem Typen gesprochen habe, nachdem du mit Donovan weggegangen bist, und sonst nicht viel."

Sie hebt mein Handy vom Nachttisch auf. „Du hast mir gegen ein Uhr nachts geschrieben, dass du dich im Poolhaus   einschließt,   um   den   Alkoholrausch auszuschlafen."

Ich nehme ihr mein Handy aus der ausgestreckten Hand und rufe meine Nachrichten auf. Ja, das habe ich definitiv getan. „Daran kann ich mich gar nicht erinnern."

Ihre Augen weiten sich. „Hast du dich mit jemandem getroffen?"

„Was? Nein!" Ich würde es spüren, wenn ich Sex gehabt hätte, oder? Ich schüttle den Kopf und begutachte meinen Körper von innen. Nein, ich bin definitiv nicht wund da unten und mein Höschen ist immer noch an, also ist das ein gutes Zeichen. Hitze durchflutet mein Inneres, als ich mich daran erinnere, dass ich jemanden geküsst habe ... aber das war wahrscheinlich nur ein Traum. Hoffentlich.

Ainsley seufzt. „Gott sei Dank warst du so klug, die Tür abzuschließen, bevor du ohnmächtig wurdest. Man kann nie vorsichtig genug sein."

Ich streiche mein widerspenstiges Haar glatt. „Wie bist du hier reingekommen?"

Sie lässt einen Schlüsselanhänger an ihrer Hand baumeln. „Donovan hat ihn mir gegeben."

Ich sehe mich im Zimmer um und entdecke meine Kleider, die auf dem Stuhl in der Ecke hängen. „Könntest du mir eine Minute geben, damit ich mich anziehen kann?"

Ainsley nickt. „Lass dir Zeit. Ich warte vorne auf dich."

Während ich mich anziehe, schaue ich mich im Zimmer um und versuche, mich an irgendetwas zu erinnern, aber da ist nichts. Ich hatte noch nie einen Blackout, schon gar nicht nach nur zwei Drinks. Hat der Typ, mit dem ich geredet habe, etwas in meinen Drink getan? Ainsley hatte recht; Gott sei Dank war ich so vernünftig, mich hier einzuschließen. Wer weiß, was hätte passieren können?

Als ich mich mit Ainsley treffe, schaue ich auf die Uhrzeit auf meinem Handy und sehe, dass es Viertel nach sieben ist. Scheiße, wie soll ich erklären, dass ich die ganze Nacht unterwegs war? Der Samenspender ist nicht in der Stadt, aber Ms. Williams hätte sicher versucht, mich zu erreichen. Sie haben nie eine Ausgangssperre festgelegt – oder Regeln im Allgemeinen, die nichts mit dem äußeren Erscheinungsbild zu tun haben – aber trotzdem. Meine Mutter vertraute auf mein Urteilsvermögen; wenn ich lange wegbleiben wollte, tat ich das, aber sie verlangte immer zu wissen, wo ich war und mit wem ich zusammen war. Sie sagte, es beruhige sie, zu wissen, dass sie mich jederzeit erreichen könnte. Ist es Charles wirklich egal, was mit mir passiert? Ich denke, ich werde es herausfinden, wenn ich nach Hause komme.

Als ich durch die Eingangstür gehe, nachdem Ainsley mich abgesetzt hat, ist niemand in Sicht.

„Hallo? Ist hier jemand?"

Ich erschrecke, als Ms. Williams wie aus dem Nichts auftaucht. Sie mustert mich mit ihrem üblichen Abscheu, während sie meine zerknitterten Kleider und das Make-up von gestern Abend betrachtet. „Miss Jasmine. Guten Morgen."

„Guten Morgen", wiederhole ich zögernd. „Ist Charles schon zurück in der Stadt?"

Sie schüttelt den Kopf. „Nein. Er wird morgen Abend zurückerwartet."

„Ist er nicht ein Anwalt? Warum ist er immer verreist? Das kommt mir merkwürdig vor."

„Es ist nicht meine Aufgabe, den Aufenthaltsort von Mr. Callahan zu hinterfragen." Ms. Williams verengt ihre Augen. „Und Ihre Aufgabe ist das auch nicht. Wenn man bedenkt, dass Sie die ganze Nacht damit verbracht haben, Gott weiß was mit Gott weiß wem zu tun, glaube ich kaum, dass Sie sich ein Urteil erlauben können."

„Wow", spotte ich. „Ich habe *niemanden* verurteilt, ich war nur neugierig. Aber bei Ihnen ist das anders."

Ms. Williams war deutlich verärgert. „Wenn Sie nicht nach Hause kommen würden, als hätten Sie die ganze Nacht am Straßenstrich verbracht, hätte ich es vielleicht nicht getan. Ihr Vater wird nicht erfreut sein, wenn er hört, dass Sie sich so aufgeführt haben."

„Na, dann kann er es ja mit mir besprechen, wenn er zurückkommt." Ich rolle mit den Augen, während ich die Treppe hochmarschiere.

In meinem Zimmer wähle ich erneut Jeromes Nummer, aber er geht immer noch nicht ran. Ich würde gerne meine Schwester an diesem Wochenende sehen, aber er macht mir das ausgesprochen schwer. *Warum* er es so schwierig macht, ist mir ein Rätsel. Ich rufe die Kontaktdaten meiner Sozialarbeiterin Davina auf und drücke die Anruftaste.

Sie antwortet sofort. „Jasmine, wie läuft's denn so? Ich hatte dich heute in meinem Terminkalender, aber du bist mir zuvorgekommen."

„Hey, Davina." Ich atme tief ein. „Es ist alles okay. Ziemlich ereignislos, größtenteils."

„Nun, ereignislos ist gut, würde ich meinen, alles in allem". Ich kann das Lächeln in ihrer Stimme hören. „Wie lebst du dich in deiner neuen Familie ein? Gibt es irgendwelche Probleme?"

„Nein", lüge ich. „Alle sind ... nett, denke ich. Wir sind immer noch dabei, uns gegenseitig kennenzulernen."

Ich werde ihr auf keinen Fall erzählen, wie ich in der Schule gemobbt werde oder wie kalt Charles zu mir ist. Sosehr ich meinen leiblichen Vater oder diese Schule auch hasse, ich gebe zu, dass es der beste Ort ist, um mein Ziel zu erreichen, das Sorgerecht für Belle zu bekommen.

„Das freut mich zu hören, Jazz. Da du mich angerufen hast, nehme ich an, du hast etwas auf dem Herzen? Sprich mit mir, Schatz."

„Ich hatte gehofft, du könntest mir Belles Adresse geben. Ich habe mehrmals versucht, ihren Vater anzurufen. Er hat einmal abgenommen und gesagt, es wäre okay, wenn ich vorbeikomme, aber seitdem hat er mich ignoriert. Ich

muss sie mit meinen eigenen Augen sehen. Um sicherzuge-
hen, dass es ihr gut geht."

Davina seufzt. „Schatz, du weißt, dass ich das nicht tun
kann."

„Aber ..."

„Moment mal. Ich war noch nicht fertig. Wie ich schon
sagte, kann ich dir ihre Adresse nicht geben, aber ich kann
versuchen, ein Treffen zu organisieren. Ich habe nächste
Woche einen Termin bei ihr. Dann kann ich nachfragen."

„Danke, Davina. Ich weiß das wirklich zu schätzen. Ich
vermisse sie so sehr."

„Ich bin sicher, sie vermisst dich auch, Schatz. Ich
melde mich bei dir, sobald ich kann, okay?"

Ich nicke. „Okay. Wir sprechen uns später."

Ich beende den Anruf, entmutigt, dass ich Belles
Adresse nicht bekommen habe. Ich weiß aber, dass Davina
ihr Bestes tun wird. Ich nehme an, das ist alles, worauf ich
im Moment hoffen kann.

Kapitel Vierzehn

JAZZ

Am Montagmorgen bin ich emotional ziemlich angespannt. Jeder meiner Versuche, Belle zu kontaktieren, blieb unbeantwortet. Als Charles von seiner Reise zurückkam, erwartete ich eine weitere Schelte, aber was ich stattdessen bekam, war völlig ignoriert zu werden, was meinen Verdacht bestätigt, dass er sich einen Dreck um mich kümmert.

Ich bin an dem Punkt angelangt, an dem ich akzeptiert habe, dass dies meine neue Realität ist – eine Welt ohne meine Mutter oder meine Schwester. Ich lebe in einer Villa mit den frigidesten, oberflächlichsten Menschen, die ich je getroffen habe. Ich bin von mehr Menschen umgeben als je zuvor, aber ich habe mich noch nie so einsam gefühlt.

„Hey, geht es dir gut?", fragt Ainsley, als sie auf ihren

normalen Parkplatz vor der Schule einfährt. „Du bist so still."

Da unsere Häuser in der gleichen Wohnanlage liegen, fährt sie mich jeden Morgen zur Schule. Frank holt mich zwar immer noch an den meisten Nachmittagen ab, da sie direkt zum Ballett geht, aber es ist schön, gleich am Morgen ihr freundliches Gesicht zu sehen. Das habe ich heute besonders nötig.

Ich starre aus dem Fenster und sauge meine Gefühle in mich auf. „Mir geht's gut. Nur müde. Ich habe letzte Nacht nicht sehr gut geschlafen." Wenigstens der letzte Teil war keine Lüge.

Wir steigen aus ihrem Lamborghini Huracan aus und treffen uns am Kofferraum. Die Unterrichtsräume unserer ersten Klassen befinden sich in verschiedenen Gebäuden, also trennen wir uns normalerweise hier.

Sie zieht mich in eine Umarmung. „Du siehst aus, als würdest du das jetzt brauchen."

Ich drücke ihren Rücken und versuche so gut es geht, nicht zu weinen. „Das tue ich auch. Ich danke dir."

Sie lächelt. „Wir sehen uns beim Mittagessen, okay?"

Ich nicke. „Ja. Wir sehen uns dann."

Wenn ich nicht so in mich gekehrt wäre, hätte ich vielleicht die Blicke bemerkt, die mir zugeworfen wurden, als ich die Lincoln Hall betrat. Ich hörte das zunehmende Geplapper und das Kichern auf meine Kosten. Peyton, die erst gestern nach Hause gekommen ist, stellt sich vor mich und versperrt mir den Weg.

Ich ziehe die Augenbrauen hoch. „Entschuldige bitte."

Sie lacht spöttisch, als Whitney und Imogen sie flankieren. „Dafür gibt es keine Entschuldigung. Was du getan hast, ist unverzeihlich."

Ihre Nase zu brechen ist unverzeihlich? Nachdem sie damit angefangen hat? So eine Dramaqueen!

Ich versuche, um sie herumzugehen, aber sie versperren mir weiter den Weg. Ich schiebe meinen Rucksack höher auf meine Schulter und verschränke die Arme vor der Brust. Da ich weiß, wie sehr Schulleiter Davis hier darauf achtet, Gewalt zu vermeiden, habe ich keine Angst, dass sie versucht, mich zu schlagen, aber sie *kann* dafür sorgen, dass ich zu spät zum Unterricht komme, wenn sie nicht endlich ihren Hintern bewegt.

„Weg da, Peyton. Du hast dich klar genug ausgedrückt."

Ihre eisblauen Augen verengen sich zu Schlitzen. „Ich glaube nicht, dass ich das habe, aber ich werde es tun. Gib mir einfach Zeit."

Bevor ich ein weiteres Wort sagen kann, treten alle drei Mädchen zur Seite und lassen mich durch. Ich gehe zu meinem Spind und frage mich, warum zum Teufel alle noch herumstehen. Sollten sie nicht in den Unterricht gehen? Ein paar Leute versuchen auf erbärmliche Weise, mir ein Bein zu stellen, andere werfen mit Beleidigungen um sich. Einer fasste mir sogar an den Hintern und fragte, wie viel ich für einen Handjob verlange. Ich ignoriere sie größtenteils, bis ich die Menschenmenge erreiche, die sich um meinen Spind versammelt hat und darauf wartet, meine Demütigung zu sehen. Sie gehen auseinander, als ich näherkomme, und da sehe ich es.

Mit   strahlend   weißer   Sprühfarbe   ist   das

Wort *Hure* senkrecht über die gesamte Länge der Holztür geschrieben. An dem Glanz und den starken Dämpfen erkenne ich, dass die Farbe noch feucht ist, was bedeutet, dass das jemand gerade erst gemacht haben muss. Ich gebe mir alle Mühe, nicht zu reagieren, während ich meine Kombination eingebe und die Tür öffne. Als ich meinen Taschenrechner aus dem obersten Regal nehme, stoße ich mit der Hand auf ein Blatt Papier. Mir fällt die Kinnlade runter, als ich es herausziehe und das Foto sehe, das darauf gedruckt ist. Zwei Jungs und ein Mädchen machen einen Dreier – oder zumindest den Auftakt dazu. Einen Moment später klingelt mein Handy, ich krame es aus meiner Tasche und sehe, dass ich einen Instagram-Alarm habe.

In meinen Nachrichten warten ein Videoclip und mehrere Fotos von einem offensichtlich gefälschten Konto. Als ich die dazugehörige Nachricht lese, habe ich das Gefühl, dass ich mich übergeben muss.

Diese Nachricht wurde vor zehn Minuten an die gesamte Schülerschaft verschickt. Jetzt wissen sie alle, was für eine Hure du wirklich bist.

Ich drehe mich um und suche die Gegend nach den Leuten ab, von denen ich weiß, dass sie dafür verantwortlich sind. Kaum habe ich sie entdeckt, denke ich nicht mehr nach, sondern stürme einfach hinüber und schlage Kingston das Stück Papier gegen die Brust.

„Was zum Teufel ist das?" Ich koche vor Wut.

Kingston wirft einen Blick auf das Foto und wirft es auf den Boden. „Es scheint mir ziemlich selbsterklärend zu sein."

„Wie ist das passiert? Wer hat diese Fotos gemacht?"

Bentley und Reed bleiben rechts und links von ihm stehen, ohne dass ihre Mienen etwas verraten.

Kingston zuckt mit den Schultern. „Da weißt du so viel wie ich. Es sieht so aus, als ob Donovan Bradshaws Poolhaus versteckte Sicherheitskameras hat. Jemand muss das Bildmaterial weitergegeben haben."

„Das glaube ich dir nicht." Ich schüttle den Kopf. „Ich kann mich nicht einmal daran erinnern. Wann ist das passiert?"

„Oh, meine Liebe, das hat gesessen." Bentley legt seine Handfläche auf sein Herz. „Wie kannst du den besten Schwanz deines Lebens vergessen?"

Ich starre ihn an. „Ich habe nicht ...", ich senke meine Stimme. *„Es wurde nicht gepoppt.* Ich würde mich daran erinnern, wenn ich Sex mit dir gehabt hätte. Vor allem mit euch *beiden.*"

Bentley zieht eine Augenbraue hoch. „Diese Fotos zeigen etwas anderes. Willst du leugnen, dass du das Mädchen aus dem Video bist, das uns sagt, wir sollen unsere Hemden ausziehen? Du konntest uns gar nicht schnell genug auf die Pelle rücken, Schätzchen."

Ich beiße mir auf die Zunge. Es lässt sich definitiv nicht leugnen, dass ich das in dem Video bin.

Kingston beugt sich zu mir herüber. „Weißt du, woran mich das erinnert? Ich weiß noch, wie verdammt heiß du aussahst, als du an meinem Schwanz gewürgt hast." Er zieht sich zurück und grinst. „Hör zu, Prinzessin, mir gefällt es genauso wenig wie dir, dass diese Bilder im Umlauf sind, aber was geschehen ist, ist geschehen. Und wie wir dir am Freitagabend gesagt haben, war das eine einmalige Sache.

Du bist nicht annähernd gut genug, um eine Wiederholung zu rechtfertigen."

Ein Chor von „Oooohs" und „Aaaahs" schallt durch die Menge.

Meine Augen füllen sich mit Tränen, aber ich weigere mich, dass diese Arschlöcher mich weinen sehen. „Fick. Dich."

Kingston schüttelt den Kopf. „Habe ich nicht gerade gesagt, dass das nicht passieren wird?"

Ich hebe meine geballte Faust, aber Kingston sieht sie schon von Weitem kommen und stößt mich weg. Das Gelächter verzehnfacht sich, als ich rückwärts stolpere und auf meinen Hintern falle. Ich weiß, dass ich gleich zusammenbreche, also stehe ich auf, ducke mich in die nächste Toilette und schließe mich in einer Kabine ein. Ich weiß nicht, wie viele Minuten vergehen, bis die Tür zur Mädchentoilette sich öffnet und mehrere Leute hereinkommen. Ich halte den Atem an, weil ich sie nicht auf mich aufmerksam machen will.

„Oh mein Gott, hast du ihr Gesicht gesehen?", lacht ein Mädchen. „Unbezahlbar!" Sie klingt wie Peyton, aber ich bin mir nicht sicher.

„Die Wahrheit tut weh", sagt ein zweites Mädchen. „Ich habe gehört, sie wollte, dass Reed auch mitmacht, aber er hat sie abblitzen lassen und nur zugesehen. Ich weiß nicht einmal, warum Bentley oder Kingston sie gefickt haben, wenn sie uns hätten haben können. Sie ist nicht mal besonders hübsch und eine totale Schlampe. Offensichtlich."

„Oh, Whit, tu nicht so, als würdest du nicht alle drei ficken, wenn du die Chance dazu hättest", sagt das erste

Mädchen. „Ich weiß, ich würde es tun." Ja, das ist eindeutig Peyton.

„Sie ist immer noch eine Hure", schimpft Whitney.

Ein drittes Mädchen sagt: „Sie wird sehr schnell lernen, sich nicht mit uns anzulegen. Wenn diese Fotze denkt, sie kann Peyton die Nase brechen, unsere Männer klauen und damit durchkommen, dann hat sich getäuscht." Ich versuche, durch den Spalt in der Kabine zu schauen, um das andere Mädchen zu identifizieren, aber wie alles in diesem Gebäude sind sie nicht aus dem üblichen billigen Metall. Sie sind aus dickem Holz und gehen bis zum Boden. An den Rändern gibt es fast keinen Spalt. Das muss Imogen sein. Die drei scheinen immer zusammen zu sein.

„Wie auch immer", fährt Peyton fort. „Wenigstens haben die Könige ihren Fehler offiziell zugegeben und sie gemieden. Jetzt wird niemand mehr diese Abtrünnige anfassen. Und wenn die Könige mit ihr fertig sind, wird sie sich wünschen, nie einen von uns getroffen zu haben. Wenn ich Glück habe, rennt sie zurück auf die Straße und lebt bei ihrem Zuhälter oder so."

Ich bereue es jetzt schon, euch Arschlöcher getroffen zu haben.

„Ich kann es kaum erwarten, zu sehen, wie sich alles entwickelt. Sie wird es nicht einmal kommen sehen." Ich glaube, es war Whitney, die das gesagt hat.

Das ist es also, was ihr Dummköpfe denkt. Ein bisschen Schikane und Sprühfarbe werden mich nicht verscheuchen. Nicht, wenn so viel auf dem Spiel steht.

〜

Ainsley und ich essen in der Bibliothek zu Mittag. Meine letzten beiden Kurse waren so schrecklich, dass ich einfach eine Pause benötigte. Vor allem, wenn man bedenkt, dass ich in der nächsten Stunde neben den drei Schwachköpfen sitzen muss.

„Okay, erklär mir das noch einmal." Ainsley beißt von ihrem Sandwich. Zum Glück gibt es in der Bibliothek ein kleines Café, sodass wir für zumindest keinen Hunger leiden müssen.

„Ich habe dir schon alles gesagt. Du hast die Bilder gesehen."

Sie schüttelt den Kopf. „Es tut mir so leid, dass ich die Nachrichten nicht gesehen habe, bevor wir das Gebäude betreten haben. Ich hätte dir die ganze Peinlichkeit ersparen können, wenn mein Telefon nicht auf lautlos gestellt gewesen wäre."

„Es ist nicht deine Schuld. Ich musste schließlich zu meinem Spind gehen. Ich bin sicher, diese Geier hätten so lange gewartet, wie es sein musste." Ich beiße in meinem eigenen Sandwich, obwohl mein Magen immer noch verkrampft ist.

Ainsley starrt mich an und beißt sich konzentriert auf die Unterlippe. „Okay ... Ich werde es einfach sagen. Diese Bilder – und vor allem das Video – sind ziemlich eindeutig, Jazz. Es lässt sich nicht leugnen, dass du das Mädchen bist, mit dem sie zusammen sind."

Mit einem Stöhnen schlug ich meinen Kopf auf den Tisch. „Ich weiß."

„Du hattest also Sex mit ihnen – Bentley und meinem

Bruder – zur gleichen Zeit. Und du erinnerst dich wirklich an nichts davon?"

Ich setze mich wieder auf und schüttle den Kopf. „Ich kann mich an gar nichts erinnern. Könnte es sein, dass mir jemand etwas in den Drink getan hat?"

Ihre Augen weiten sich. „Einen Roofie etwa?"

Ich nicke. „Ja, oder so ähnlich."

Ainsley schüttelt den Kopf. „Ich weiß es nicht, Jazz. Ich meine, es ist möglich, weil so viele Leute da waren, aber ich weiß, dass mein Bruder oder Bentley das nicht getan hätten. Die haben es nicht nötig, ein Mädchen unter Drogen zu setzen, um Sex zu haben."

Ich seufze. „Es ergibt einfach keinen Sinn. Ich weiß, die Bilder sehen schlimm aus, aber ich habe nicht das *Gefühl*, dass ich in dieser Nacht Sex hatte. Es ist schon eine Weile her, dass ich es getan habe. Meinst du nicht, ich wäre wund gewesen, zumindest ein bisschen?"

Ainsley zuckt mit den Schultern. „Ich habe keine Ahnung. Hast du es jemals mit mehreren Männern gleichzeitig gemacht? Ich meine, abgesehen von der einen Nacht?"

„Nein. Ich will niemanden verurteilen, aber so etwas ist einfach nicht mein Stil."

Sie zieht die Augenbrauen hoch. „Du schienst *wirklich begeistert* zu sein."

„Ich gebe dem Alkohol und meiner Schwäche für böse Jungs die Schuld." Ich zucke mit den Schultern. „Vor allem bei diesen beiden ... Ich weiß es nicht. Sie haben einfach etwas an sich. Sie sind beide Arschlöcher, und ich kann sie nicht ausstehen, aber man müsste schon blind sein, um nicht zu erkennen, wie außergewöhnlich attraktiv sie sind. Kingstons düstere und grüblerische Art hat es mir angetan, und Bentley kann wirklich charmant sein, wenn er nicht gerade ein Arsch ist."

„Wann ist Bentley *kein* Arsch?" Ainsley lacht. „Was ist mit Reed? Fühlst du dich zu ihm hingezogen?"

Ich schüttle den Kopf. „Er ist heiß, sicher, aber ich spüre nicht dieselbe Chemie mit ihm wie mit den anderen beiden."

Sie denkt einen Augenblick lang darüber nach. „Nun ... Ich glaube nicht, dass er irgendwelche Informationen preisgeben wird, aber ich werde Kingston bearbeiten, um herauszufinden, was wirklich passiert ist. Was den Rest der Arschlöcher hier angeht, musst du einfach abwarten. Wir sind hier an der Highschool – es gibt immer irgendein Drama, das hinter der nächsten Ecke wartet. Sobald ein neuer Skandal auftaucht, werden sie vergessen, dass diese ganze Sache jemals passiert ist."

So gern ich ihr auch glauben würde, ich glaube nicht, dass es so einfach sein wird. Nun, die Zeit wird es zeigen.

KAPITEL FÜNFZEHN

KINGSTON

„Was zum Teufel hast du dir dabei gedacht?", schreit Peyton.

Ich habe sie den ganzen Tag ignoriert, aber sie ist mir nach der Schule nach Hause gefolgt, also konnte ich sie nicht mehr ignorieren. Ich bin wild entschlossen, sie nicht ins Haus zu lassen, also haben wir diesen Streit in meiner Garage.

Ich werfe ihr einen trockenen Blick zu. „Wir sind nicht wirklich zusammen, also verstehe ich nicht, was dein Problem ist."

Sie starrt mich an. „Wir hatten eine Vereinbarung, dass du *diskret* bist. Erst muss ich mir anhören, dass du mit Ariana Romero im Whirlpool rummachst, und in derselben Nacht hast du einen *Dreier* mit diesem Stück Dreck?"

„Du willst von Diskretion reden? Du hältst die Tatsache, dass du Lucas Gale regelmäßig fickst, nicht gerade geheim. Was denkst du, wie ich dabei aussehe?"

Sie verschränkt die Arme vor der Brust. „Es gibt keine Beweise dafür, die im Cyberspace kursieren. Und du bist nicht mit ihm verwandt, es ist also eine völlig andere Situation."

Ich winke abweisend mit der Hand. „Die Bilder sind weg – das Konto, von dem sie stammen, wurde gelöscht."

Peyton rollt mit den Augen. „Ja, *nachdem* die gesamte Schülerschaft sie gesehen hat. Wer weiß, wie viele Screenshots es da draußen gibt?"

Ich ziehe die Augenbrauen hoch. „Worauf willst du hinaus?"

„Warum kann ich es nicht sein?" Sie wirft ihre Hände hoch. „Wenn du ficken willst, dann *fick mich*!"

Ich habe genug von dieser Schlampe. Ich drücke sie an die Seite meines Range Rover und lege meine Hand in ihren Nacken. Peytons Wirbelsäule krümmt sich, und ihre Brustwarzen verhärten sich unter der Bluse ihrer Schuluniform. Verdammter Mist, natürlich würde sie das anmachen.

Ich drücke fester zu. „Vielleicht hätten wir uns gar nicht erst getrennt, wenn du nicht hinter meinem Rücken herumgevögelt hättest."

Peyton und ich waren fast zwei Jahre lang zusammen gewesen. Ich hatte sie nicht geliebt, aber es hat mir Spaß gemacht, sie zu ficken, und sie hat mich nicht annähernd so sehr genervt, wie sie es jetzt tut. Nachdem ich herausgefunden hatte, dass sie in den letzten sechs Monaten unserer Beziehung für die halbe Footballmannschaft die Beine breit gemacht hatte, trennte ich mich von ihr. Keine Schlampe fickt hinter meinem Rücken herum und kommt damit durch.

Als ich der Versöhnung zustimmte – zumindest was die Öffentlichkeit betraf – machte ich klar, dass ich dieses Mal *kein* Mann für eine Frau sein würde. Das gefiel ihr nicht, aber sie akzeptierte es unter einem Vorbehalt. Sobald wir verlobt waren, würde keiner von uns jemand anderes ficken. Ich hoffe für mich, dass dieser Tag nie kommen wird.

Peyton krallt sich an meiner Hand fest, Panik macht sich breit. „Es tut mir leid!" Sie holt tief Luft, als ich meinen Griff lockere. „Wenn ich wirklich gedacht hätte, dass du so wütend werden würdest, hätte ich es nie getan."

Ja, richtig.

„Das glaube ich genauso, wie ich glaube, dass deine Titten während deines Sommerurlaubs in Frankreich um drei Körbchengrößen gewachsen sind."

Sie strahlt. „Ich habe nicht gehört, dass du dich beschwert hast, als du sie gefickt hast."

Ich trete zurück und kneife mir in den Nasenrücken. „Peyton, können wir jetzt bitte Schluss machen? Bentley und Reed werden jeden Moment hier sein. Du musst gehen."

Peyton setzt ein Lächeln auf, als hätte es die letzten fünf Minuten nie gegeben. „Klar, Baby. Ich treffe mich sowieso mit den Mädels zum Einkaufen. Vielleicht kann ich dir später einen blasen? Du brauchst mich nicht einmal anzufassen."

Mein Kiefer kribbelt. Wenn sie glaubt, ich würde ihr erlauben, ihr vermeintliches Revier zu markieren, ist sie noch dümmer, als ich dachte. „Das wird nicht passieren, Peyton. Es wird *niemals* passieren."

Sie stampft mit dem Fuß auf, von einem Lächeln keine Spur mehr. „Wenn du glaubst, dass ich einfach danebenstehe und dich meine nuttige Stiefschwester ficken lasse, liegst du falsch!"

Ich spotte. „Und warum glaubst du, dass du in dieser Angelegenheit überhaupt *etwas* zu sagen hast?"

„Wenn du Jasmine noch einmal anfasst, ist unsere Abmachung hinfällig." Peyton sieht selbstzufrieden aus, weil sie denkt, dass sie mich in die Enge getrieben hat. Sie ahnt nicht, dass ich an einem Ersatzplan arbeite, bei dem ich sie nicht mehr benötige.

„Ach ja?", grinse ich. „Vergiss nicht, dass du mich auch noch für etwas brauchst."

Peyton ballt die Fäuste an ihrer Seite. „Wage es nicht, deinen Schwanz noch einmal in diese Schlampe zu stecken, Kingston. Wenn du das tust, werden wir beide ein großes Problem miteinander haben."

Ich packe sie an den Haaren und ziehe sie so weit zurück, dass sie vor Schmerz zusammenzuckt. „Du weißt, dass ich auf Drohungen nicht gut reagiere, also überlege es dir gut, bevor du damit um dich wirfst. Sind wir uns einig?"

Tränen steigen ihr in die Augen. „Ja."

Ich lasse sie los und gebe ihr einen kleinen Schubs. „Verpiss dich, Peyton, bevor ich richtig wütend werde. Wer weiß, was ich dann mit dir mache."

Auf einmal kann sie kann nicht schnell genug von mir wegkommen. Peyton weiß, wozu ich fähig bin. Vor ein paar Jahren machte ich eine selbstzerstörerische Phase durch, nachdem ich herausgefunden hatte, was mein Vater und Callahan machen. Bevor ich beschloss, diese Wut zu kanalisieren, um die beiden zu Fall zu bringen, war ich ein wütendes Arschloch. Abgesehen von der Panikmache würde ich nie absichtlich eine Frau verletzen – dazu habe ich meinen Vater zu oft in meinem Leben dabei beobachtet –, aber ich habe in einem illegalen Kampfring Dutzende von Männern blutig geprügelt.

Als Peytons Ferrari aus der Einfahrt fährt, halten Bent und Reed an.

Ich nicke, als sie Reeds neuen DB 11 verlassen. „Alles klar?"

Beide Jungs stoßen spielerisch die Fäuste gegeneinander, bevor wir durch das Haus hindurch nach hinten gehen.

„Ist Daddy Davenport da?", fragt Bentley.

„Nein." Ich gebe ihnen ein Zeichen, mir zu folgen. Das Poolhaus ist für das Personal tabu, es sei denn, ich bin in der Schule, also ist es einer der einzigen Orte, an denen ich mich sicher genug fühle, diese Diskussion zu führen.

Als wir dort ankommen, schaltet Reed den Großbildschirm ein und stellt auf den Football-Kanal, während Bent sein Telefon an die Lautsprecher anschließt und irgendeinen Scheiß abspielt.

Ich öffne den Kühlschrank und werfe jedem von ihnen ein Bier zu.

„Warum war die kleine Miss Priss hier?" fragt Bentley. „Ich dachte, du hättest den Scheiß vor einer Weile beendet."

„Das habe ich auch." Ich nehme ein paar Schlucke Bier.

„Das hält sie aber nicht davon ab, mir bei jeder Gelegenheit ein Ohr abzukauen."

Reed bricht in Gelächter aus. „Was ist denn jetzt ihr Problem?"

„Einmal darfst du raten." Ich lasse mich auf die Couch fallen und lege meine Füße auf den Couchtisch.

„Ah, eifersüchtig auf Jazzy Jazz, was?" Er wirft den Kopf zurück und stöhnt. „Verdammt, ich bekomme dieses Mädchen nicht aus dem Kopf."

Ich auch nicht.

Ich ziehe ihm eins über den Kopf. „Hör auf, mit deinem Schwanz zu denken, Dumpfbacke."

Reed lacht. „Oh, verpiss dich, Davenport. Du bist genauso besessen. Jeder, der das Video gesehen hat, kann deutlich sehen, wie sehr ihr *beide* sie wollt. Deshalb flippt Peyton auch so aus. Zum Pech für euch Arschlöcher war die Zielscheibe auf Jazz' Rücken ein todsicherer Weg, um sicherzustellen, dass das nie passiert."

Ich zeige auf ihn. „Du bist auch nicht gerade ein Unschuldslamm."

Er grinst. „Vielleicht nicht … aber ich will sie nicht ficken."

„Nur weil du mit ihrer neuen besten Freundin schmusen willst", lacht Bentley.

Diesmal schlage ich ihm auf den Arm. „Halt die Klappe."

Bentley reibt sich den Bizeps. „Warum hast du das getan? Es ist doch wahr!" Er dreht sich zu Reed um. „Sag es ihm, Kumpel."

Reed hält seine Handflächen nach oben. „Ich sage gar

nichts." Er nickt mir zu. „Also, was läuft da zwischen deinem Dad und Callahan? Hat dein Typ irgendwas herausbekommen?"

Ich atme schwer. Ich habe einen Privatdetektiv angeheuert, der ein wenig herumschnüffelt, und bisher sehen Charles und mein Vater blitzsauber aus. Sie waren vorsichtig genug, keine Spuren zu hinterlassen.

„Nichts Brauchbares. Ich muss selbst in Callahans Büro. Er muss dort Unterlagen aufbewahren. Bei mir zu Hause konnte ich nichts finden."

„Wie soll das gehen?" fragt Bentley. „Immer, wenn du in Casa Callahan bist, sitzt dir Peyton die ganze Zeit im Nacken. Deine einzige Ausrede, um in diesem Haus zu sein, ist, sie zu sehen."

Ich lächle, als mir eine Idee in den Sinn kommt. „Nicht die *einzige* Ausrede."

Reed zieht die Augenbrauen hoch. „Jazz?"

„Ganz genau. Bevor Peyton ging, erwähnte sie, dass sie einkaufen geht, also wird sie wahrscheinlich für Stunden weg sein." Ich nehme meine Schlüssel vom Tisch und stehe auf. „Was du heute kannst besorgen, das verschiebe nicht auf morgen."

„Scheiße."

Ich schalte mein Auto in die Parkposition und ziehe die E-Bremse. Das Auto meines Vaters parkt in Callahans Einfahrt direkt vor meinem. Ich werde mich nicht in sein

Büro schleichen können, aber wenn ich schon mal hier bin, kann ich auch gleich ein bisschen Aufklärung betreiben.

Die Hausverwalterin, Ms. Williams, öffnet die Tür, als ich klingle. „Mr. Davenport, ich fürchte, Miss Peyton ist im Moment nicht da. Ihr Vater ist mit Mr. Callahan hier. Möchten Sie ihn sprechen?"

„Nein, ich bin eigentlich hier, um Jasmine zu sehen, falls sie Zeit hat." Ich lächle und setze meinen Charme ein. „Wir sind im selben Literaturkurs und ich wollte mit ihr über eine Aufgabe sprechen."

Sie tritt zur Seite und lässt mich eintreten. „Oh, bitte, kommen Sie herein. Ich glaube, sie ist noch im Fitness-Raum. Wissen Sie, wo das ist?"

„Ja, allerdings. Danke, Ms. Williams."

Sie nickt. „Sehr gut. Bitte lassen Sie mich wissen, wenn Sie etwas brauchen."

Das Fitnessstudio der Familie befindet sich im Untergeschoss, also gehe ich die Treppe hinunter, vorbei an einem Kinosaal, dem Hauptspielzimmer und einem weiteren Wohnzimmer, bevor ich mein Ziel erreiche. Ich halte kurz inne, als ich Jasmine auf einem Laufband laufen sehe. Verdammt noch mal. Sie dreht mir den Rücken zu, sodass ich einen perfekten Blick auf ihren herzförmigen Hintern habe, der in winzigen Trainingsshorts läuft. Sie hat Beats-Kopfhörer über den Ohren, also hat sie mich nicht eintreten hören. Das nutze ich aus und beobachte sie eine Weile, während sie ein beeindruckendes Tempo vorlegt. Die Rückseite ihres Sport-BHs ist schweißnass, sie muss also schon eine Weile gelaufen sein. Jasmines karamellfarbene Haut glänzt vor Anstrengung, kleine Perlen laufen ihren entblößten Rücken hinunter. Ihr dunkler Pferdeschwanz schaukelt hin und her, während sie mit den Armen pumpt. Scheiße, wie gerne würde ich dieses Haar um meine Faust wickeln, während ich sie von hinten ficke.

Als mein Schwanz es nicht mehr aushält, trete ich weiter ins Zimmer und in ihr Blickfeld.

Jasmine stolpert rückwärts, als sie mich sieht. „Verdammte Scheiße!" Sie drückt den Not-Aus-Knopf. „Was zum Teufel machst *du* hier?"

Ich mache mir nicht die Mühe zu verbergen, dass ich sie von Kopf bis Fuß mit den Augen abtaste. „Ich bin gekommen, um dich zu sehen."

Ihre Brust hebt sich, während sie versucht, ihre Atmung zu regulieren. Mein Blick fällt auf ihre frechen kleinen Titten, ich erinnere mich daran, wie sich diese hellbraunen Nippel auf meiner Zungenspitze anfühlten.

Sie legt eine Hand auf ihre Hüfte. „Ich habe dir nichts zu sagen, also verpiss dich."

„Bist du dir da sicher?" Ich trete näher und lächle, als sie sich zurückzieht. Ich gehe weiter, bis sie gegen den Arm des Laufbands gepresst wird, von dem sie gerade heruntergesprungen ist.

„Ja, ich bin sicher!" Ihre Schokoladenaugen springen zwischen meinen Lippen und meinen Augen hin und her. „Geh, Kingston."

Ich greife nach ihr und ziehe ihre Unterlippe etwas nach vorne „Ist es das, was du wirklich willst?"

Ich drücke meinen Körper in voller Länge an ihren, damit sie meinen Ständer spüren kann. Scheiße, was hat dieses Mädchen nur an sich, dass mein Schwanz die Führung übernimmt?

Ihr Atem stockt. „Ja, das ist es, was ich wirklich will." Jasmines Augenlider flattern, als ich mit meinem Nasenrücken an ihrem Hals entlangfahre. Sie riecht nach Vanille und frischem Schweiß, und ich würde sie am liebsten verschlingen. „Ich kann nicht glauben, dass du dich überhaupt traust, dein Gesicht zu zeigen, nach dem, was du heute mit mir gemacht hast."

Sie zittert, als ich ihre salzige Haut schmecke. „Ich sagte doch, ich bin nicht derjenige, der es hat durchsickern lassen."

Jasmine legt ihre Handflächen auf meine Brust und stößt mich weg. „Und ich habe dir gesagt, dass ich dir nicht glaube. Außerdem, was ist mit ‚Das war eine einmalige Sache'?" Beim letzten Satz imitiert sie mich voll Hohn.

Meine Lippen verziehen sich. „Das ist vielleicht nicht ganz richtig. Ich wäre bereit für eine Wiederholung, wenn du versprichst, darüber zu schweigen."

Wenn ich vorher dachte, sie sei sauer, war das nichts im Vergleich zu dem Blick, den sie mir jetzt zuwirft.

„Zu schweigen?", schreit Jasmine. Wären wir nicht so weit in den Eingeweiden dieses riesigen Hauses, würde ich mir Sorgen machen, dass ihre Lautstärke Aufmerksamkeit erregen könnte. „Ist das dein verdammter Ernst?" Sie schubst mich wieder, was ich zulasse. Seien wir doch mal ehrlich, ich wiege locker 50 Kilo mehr als sie – wenn ich mich nicht bewegen wollte, würde sie mich nicht von der Stelle bekommen. „Für wen zum Teufel hältst du dich? Du hast ja Wahnvorstellungen! Du bist so daran gewöhnt, dass man dir jede Laune erfüllt, dass du keine Ahnung hast, wie es ist, in der realen Welt zu leben! Du kannst nicht einfach jemanden wie Scheiße behandeln und erwarten, dass er damit einverstanden ist! Es gibt Konsequenzen für dein Handeln! Wo ich herkomme, kann man ermordet werden, wenn man jemanden so respektlos behandelt, wie du es bei mir getan hast. Die Welt ist nicht immer schön oder entgegenkommend, aber du hast keine Ahnung, weil du in einem Fantasiereich lebst."

„Du hast *keine verdammte Ahnung*, wie *mein* Leben aussieht, Prinzessin", schnauze ich zurück. „Glaub mir, ich *weiß sehr wohl*, wie hässlich und ungerecht diese Welt sein kann. Ich lebe verdammt noch mal *jeden gottverdammten Tag* mit den Konsequenzen." Als sie versucht, mich zu schlagen, halte ich beide Handgelenke mit meiner Hand fest.

Wir sind beide heftig am Schnaufen. Es brodelt. Ich fühle mich, als würde ich implodieren, wenn ich nicht ein Ventil für diese Aggression finde. Ich lasse ihre Handgelenke los und trete einen Schritt zurück, weil ich mir selbst nicht traue, aber Jasmine packt den Stoff meines Hemdes und zieht mich wieder an sich.

Ich runzle die Stirn. „Was machst du ...?"

„Klappe halten." Jasmine stellt sich auf die Zehenspitzen, greift mir in den Nacken und presst ihre Lippen auf meine.

Unsere Zähne kollidieren und unsere Zungen verheddern sich in einem Rausch von kaum angeleinter Gewalt. Mein Schwanz zuckt, als sie mir in die Unterlippe beißt, so fest, dass kurz Blut fließt, bevor sie den es wegsaugt. Ich hebe ihren schlanken Körper an und schlinge ihre Beine um meine Taille, bevor ich sie mit dem Rücken gegen die nächste Wand drücke.

„Scheiße", stöhne ich und drücke meinen Schwanz an ihr Inneres. „Du machst mich verrückt."

Jasmine stöhnt auf, als ich ihr in den fleischigen Teil des Halses beiße. „Gleichfalls."

Ich zische, als sie sich fester an mich drängt. Ich kann die Wärme ihrer Muschi durch meine Hose spüren, während sie ihren Körper auf und ab gleiten lässt und mich streichelt.

„Wenn du so weitermachst, Süße, wirst du gefickt werden."

Sie sieht aus, als würde sie es tatsächlich in Erwägung ziehen. Oh Gott.

Doch einen Moment später löst Jazz langsam meine Hände von ihren Schenkeln und lässt sich auf den Boden fallen. „Raus hier."

Mein Körper kämpft mit meinem Kopf. Ich weiß, dass sie mich genauso sehr will wie ich sie. Ihre Haut ist vor Erregung gerötet, ihre Brustwarzen sind hart, und ihre Lippen sind leicht geschürzt.

Jasmines Augen verengen sich. „Ich meine es ernst, Kingston. Hau. Verdammt. Noch. Mal. Ab."

Ich halte meine Hände hoch. „Beruhige dich, verdammt. Ich bin ja schon weg."

Ich gehe in den Kinosaal und werfe mich in einen der Plüschsessel und warte darauf, dass sich mein Schwanz beruhigt. Stöhnend richte ich mich auf. *Was zum Teufel war das?* Bevor ich Jasmine kennengelernt habe, habe ich meinem Schwanz nie – und das meine ich wirklich so – so die Kontrolle überlassen. Gott sei Dank war sie so vernünftig, dem Desaster Einhalt zu gebieten, bevor es noch weitergehen konnte.

Denn ich hätte das ganz sicher nicht.

Kapitel Sechzehn

JAZZ

Ich rubble meine Haare mit einem Handtuch und gehe zu meinem Kleiderschrank, um mich anzuziehen. Als ich von der Schule nach Hause kam, hatte ich so viel aufgestauten Frust vom Tag in mir, dass ich etwas brauchte, um ihn abzubauen. Laufen war schon immer ein Ventil für mich gewesen, und da ich mich in der Gegend noch nicht so gut auskenne, dachte ich mir, dass ich das große Fitnessstudio im Haus nutzen könnte. Natürlich hat Charles Callahan nur die besten Geräte. Ich habe eine Weile gebraucht, um herauszufinden, wie man das verdammte Laufband überhaupt einschaltet, aber als ich es dann geschafft hatte, war es ziemlich einfach, eine vorprogrammierte Strecke auszuwählen.

Ungefähr nach vier Kilometern erreichte ich diesen Punkt in meinem Kopf, an dem ich mich nur noch auf das Brennen in meinen Muskeln konzentrierte. Darauf, wozu mein Körper fähig war. Es ist ein glücklicher Ort, an dem alles, was in deinem Leben vor sich geht, keine Rolle spielt. Gerade als ich den dringend benötigten Frieden verspürte, tauchte Kingston auf und machte mich sofort wieder wütend. Und erregt.

Was hat er nur, dass ich ihm nicht widerstehen kann?

Ja, er ist wahrscheinlich der schärfste Typ, den ich je getroffen habe, aber er ist auch ein elitäres Arschloch. Ein Tyrann. Irgendetwas in mir sagt mir jedoch, dass da mehr ist. Dass ich, wenn ich genau hinsehe, den wahren Grund für sein Verhalten finden würde. Ich habe ein Aufflackern von Schmerz gesehen, als er auf mich losging und sagte, er müsse mit den Konsequenzen leben. *Was für* Konsequenzen? Das würde ich gerne wissen. Ainsley erwähnte, dass ihre Mutter starb, als sie acht waren. Schmerzt ihn das immer noch, fast zehn Jahre später, oder ist da noch etwas aus jüngerer Zeit?

Er sollte mir eigentlich völlig egal sein, aber ich möchte wissen, wie er tickt. Mehr noch, ich habe das Gefühl, ich *muss* es wissen. Während ich mein nasses Haar flechte, sehe ich etwas vor meinem Schlafzimmerfenster.

Was zum Teufel ist da los?

Mein Zimmer liegt an der Vorderseite des Hauses, sodass ich einen direkten Blick auf die kreisförmige Einfahrt habe. Dieselbe Einfahrt, auf der Kingstons Auto geparkt ist. Was macht er noch hier? Es ist schon fast eine Stunde her, seit ich ihm gesagt habe, er soll gehen.

Ich trete aus meinem Zimmer und beschließe, dem auf die Spur zu gehen. Ich suche das gesamte Kellergeschoss ab, da ich ihn dort zuletzt gesehen habe, aber er ist nirgends zu finden. Das Gleiche gilt für die Hauptebene. Er muss in Peytons Zimmer sein, was mich viel mehr beunruhigt, als ich zugeben möchte. Nachdem ich gesehen habe, wie sie miteinander umgehen, hatte ich keinen Zweifel daran, dass er es ehrlich meint, wenn er sagt, dass sie nicht zusammen sind. Natürlich bedeutet das nicht, dass sie nicht immer noch etwas Körperliches miteinander haben, trotz seiner Sticheleien beim Abendessen letzte Woche. Soweit ich das beurteilen kann, war er von unserer Knutscherei so erregt, dass er beschlossen hat, sie zu benutzen, um den Job zu beenden. Sie hat ihre Bereitschaft in dieser Hinsicht deutlich gemacht und Kingstons Moral scheint bestenfalls fragwürdig zu sein.

Gerade, als ich zurück in mein Zimmer gehen will, sehe ich ihn in Richtung des Samenspenders schleichen.

Was hat er vor?

Ich schleiche hinter Kingston her und achte darauf, dass ich nicht von Mitarbeitern entdeckt werde, die mich verraten könnten. Kingston versteckt sich in einer Nische direkt vor dem Arbeitszimmer meines Vaters. Als ich ihn erreiche, sieht er nicht im Geringsten überrascht aus, als hätte er gewusst, dass ich ihm folge.

„Was sind ...", fange ich an.

Ich schreie auf, als er seine Arme um meinen Oberkörper schlingt und eine Hand auf meinen Mund legt, um meine Proteste zu unterdrücken.

„Klappe!", knurrt er mir ins Ohr. „Glaube mir, wenn ich sage, dass keiner von uns beiden jetzt hier erwischt werden will."

Die Tür zu Charles' Büro ist nur etwa fünf Meter

entfernt. Ich höre leises Gemurmel, aber ich kann nichts verstehen.

Ich winde mich in seinen Armen und versuche, die wachsende Erektion in meinem Rücken zu ignorieren.

Kingston zieht seinen Griff fester an. „Hör auf, dich zu bewegen, verdammt noch mal. Versuchst du, mir blaue Eier zu verpassen? *Schon wieder*?" Ich stelle sofort jede Bewegung ein. „Wenn ich dich jetzt loslasse, versprichst du, still zu sein?"

Ich nicke zustimmend und schnappe nach Luft, als er seine Hand von meinem Mund nimmt.

Er legt einen Finger auf die Lippen, während er sich dem Arbeitszimmer nähert. Erst als wir direkt vor der Tür sind, schnappe ich die ersten Worte auf.

„Denkst du, sie weiß es?"

„Das bezweifle ich", antwortet Charles. „Ich bin mir ziemlich sicher, dass ihr Verhalten reine Teenager-Rebellion ist, aber ich behalte es im Auge, nur für den Fall."

Kingston schüttelt langsam den Kopf, als er die Fragen sieht, die mir über die Lippen kommen.

„Sie sieht genau wie ihre Mutter aus", sagt Preston. „Verdammt *genau* wie sie. Sie war ungefähr im gleichen Alter, als du sie hergebracht hast, richtig?"

„Ja", antwortet mein Vater. „Nur etwa zwei Monate Unterschied. Die Ähnlichkeit ist … beunruhigend, wenn man bedenkt, dass sie meine gottverdammte Tochter ist. Ich mag sie zwar jung, aber auch ich habe Grenzen."

„Nun, sie ist nicht *meine* Tochter, also stört mich das nicht im Geringsten". Kingstons Vater lacht.

Moment … was? Kingstons Augen weiten sich warnend,

als er meinen Schock sieht. Sprechen sie über mich? Und meine Mutter? Peyton sieht Madeline sehr ähnlich, aber ich bin ein perfektes Abbild meiner jugendlichen Mutter.

„Schade, dass du ihre Mutter im ersten Monat geschwängert hast", sinniert Preston. „Sie wäre sehr gefragt gewesen."

Gefragt wofür?

„Ich weiß." Der Gestank von Zigarrenrauch dringt durch den Spalt am unteren Ende der Tür, bevor Charles wieder spricht. „Wenn ich mich recht erinnere, hätte es genauso gut dir passieren können. Du warst auch nicht gerade vorsichtig beim Verhüten, und deine Frau war zu der Zeit mit Zwillingen schwanger."

„Was soll ich sagen? Sie war verdammt noch mal unwiderstehlich. So schön. Jung. Naiv. Genau wie ich sie mag." Kingstons Kiefer krampft sich zusammen, als sein Vater in schallendes Gelächter ausbricht. „Ich kann immer noch nicht glauben, dass du sie nicht gezwungen hast, es loszuwerden, und ihr obendrein einen verdammt seriösen Job gegeben hast."

Mein Vater lacht. „Mahalia war sicherlich etwas Besonderes. Außerdem war sie, als das Kind ins Spiel kam, doppelt so verzweifelt und bereit, uns zu Diensten zu sein. Wir beide haben eine Menge Spaß aus ihr herausgeholt."

Damit ist die Möglichkeit, dass sie über eine unbekannte dritte Tochter gesprochen haben, hinfällig. Ich weiß allerdings immer noch nicht, *wovon* sie reden. Abgesehen von der Tatsache, dass beide Männer offenbar Sex mit meiner Mutter hatten. Bei dem Gedanken steigt mir die Galle auf.

„Ich erinnere mich", sagt Preston liebevoll. „Verdammt, wenn Jennifer einverstanden gewesen wäre, hätte ich ihr einen Job als Kindermädchen gegeben. Die verdammte Frau hat darauf bestanden, dass wir keins benötigen."

Kingstons Fäuste sind so fest geballt, dass seine Knöchel weiß hervortreten.

„Nun", beginnt Preston. „Diese Reise in die Vergangenheit hat Spaß gemacht, aber ich muss jetzt los. Ich habe in weniger als einer Stunde eine Telefonkonferenz mit einem meiner Zulieferer."

Kingston ergreift meine Hand und zerrt mich mit Gewalt den Flur hinunter in ein Gästebad. Wir hören, wie die beiden sich voneinander verabschieden und warten einen Moment, bis sein Vater gegangen ist. Sobald es sicher ist, zerrt er mich aus dem Bad.

„Dein Schlafzimmer. Jetzt."

„Was?" Ich muss schnell laufen, um mit ihm Schritt zu halten. „Was ist hier los?"

„Sei einfach still, bis wir in deinem Zimmer sind."

Ich will ihm eigentlich sagen, dass er sich verpissen soll, aber ich bin auch neugierig, was zum Teufel wir gerade gehört haben, also folge ich ihm. Die Tür ist kaum hinter uns ins Schloss gefallen, als Kingston den Bluetooth-Lautsprecher auf meinem Schreibtisch einschaltet und auf die Tasten seines Telefons drückt, bis „The Drug in Me is You" von Falling in Reverse zu spielen beginnt.

Er beginnt, im Kreis herumzulaufen. „Du kannst kein Wort von dem weitergeben, was du gerade gehört hast."

Ich setze mich auf die Kante meines Bettes. „Ich weiß nicht einmal, *was* zum Teufel ich gerade gehört habe."

Die Muskeln in seinem maskulinen Kiefer zucken. „Es ist besser, wenn das so bleibt."

„Was bedeutet das ..." Ich schnappe nach Luft, als es mir klar wird. „Heilige Scheiße, du weißt, wovon sie gesprochen haben, oder?"

Kingston fährt sich mit den Händen über den Kopf, bis ihm die Haare zu Berge stehen. „Jasmine, ich meine es verdammt ernst. Frag nicht weiter nach und erzähl vor allem *niemandem* davon."

„Sie haben über meine Mutter gesprochen! Ich habe jedes Recht zu wissen, warum. Und warum regst du dich nicht über die Tatsache auf, dass dein Vater offenbar eine Affäre mit meiner Mutter hatte? Es hörte sich so an, als hätten unsere Väter beide gleichzeitig mit ihr geschlafen. Das ist einfach ... *ekelhaft*. Und so ganz anders als die Frau, die ich kannte."

Er hört auf, hin und her zu gehen und tritt auf mich zu. Ich liege auf dem Rücken und er bleibt erst stehen, als er gewissermaßen über mir schwebt. Mir entgeht nicht, wie sich der Halbmond in meinen Oberschenkel drückt.

Seine Hand legt sich um meinen Hals, aber er übt keinen Druck darauf aus. „Ich weiß, dass dein Gehirn gerade in Rekordgeschwindigkeit läuft, aber du hast keine Ahnung, womit du es hier zu tun hast."

Wir stöhnen beide auf, als er sein hartes Glied zwischen meinen Schenkeln positioniert und sein Gewicht auf mich legt. Ich trage eine dünne Jogginghose, sodass ich jeden Zentimeter von ihm spüre, während er sich an meiner Klitoris reibt, die mit jeder Bewegung größer wird.

„Kingston", keuche ich. „Hör auf, mich abzulenken. Ich benötige Antworten."

Er hebt sein Gesicht von meinem Hals und stützt sich mit den Armen ab. „Ich weiß. Und ich werde sie dir geben, wenn die Zeit reif ist." Er legt seine Hand auf meinen Mund, als ich versuche, zu sprechen. „Jazz, ich gebe dir mein Wort. Ich weiß, du hast keinen Grund, mir zu vertrauen, aber du musst es trotzdem tun. Wenn du deinen Mund aufmachst, bringst du dich in Gefahr. Unsere Väter sind keine guten Menschen. Sie haben viel Scheiße gebaut, und du willst *nicht* auf ihrem Radar auftauchen."

Meine Augen weiten sich. Er hat recht, ich habe absolut keinen Grund, ihm zu vertrauen. Aber die Überzeugung in seiner Stimme, die Tatsache, dass er jetzt tatsächlich verängstigt aussieht, sagt mir, dass ich es kann. Zumindest bei dieser Sache.

Er nimmt seine Hand von meinem Mund weg, als ich nicke. „Okay."

Kingston sucht meine Augen. „Okay?"

„Ja." Ich drücke gegen seine Brust, bis er von mir heruntersteigt. „Aber ich werde nicht ewig warten."

„Das ist nur fair." Er holt sein Handy aus der Tasche und fährt mit den Daumen über den Bildschirm. Als er damit fertig ist, klingelt mein Handy mit einer SMS-Benachrichtigung. Woher hat er meine Nummer? „Ich muss los. Du hast meine Nummer, wenn du mich erreichen willst. Wir sehen uns dann morgen früh."

Nachdem er gegangen ist, nehme ich mein Handy und überprüfe die Nachrichten. Und tatsächlich, da ist eine neue Nachricht von einer unbekannten Nummer.

Unbekannt: Sei nicht dumm. Halte den Mund.

Ich programmiere seinen Namen in mein Telefon und schicke eine schnelle Antwort.

Ich: *Mittelfinger-Emoji*

Ich öffne mein Fenster, als er sich seinem Auto nähert. Kingston holt sein Handy aus der Tasche und schaut auf den Bildschirm.

Nachdem er die Nachricht gelesen hat, blickt er in meine Richtung. Aus dieser Entfernung kann ich nicht sicher sein, aber ich schwöre, dass er kurz gezwinkert hat, bevor er in sein Auto stieg und wegfuhr.

In was für eine Scheiße bin ich da nur hineingeraten?

Als ich am nächsten Morgen vor die Tür trete, um Ainsley zu treffen, ist sie nirgends zu sehen. Stattdessen ist ein mattschwarzer feuchter Traum von einem Auto direkt vor dem Haus geparkt, an dem ein verdammt sexy Typ lehnt.

„Was machst du hier?"

Kingston grinst voll Begierde. „Ich fahre dich zur Schule."

Ich schüttle vehement den Kopf. „Wohl kaum. Du musst mich mit Peyton verwechseln."

Er lässt sich Zeit, meinen Körper von Kopf bis Fuß zu mustern, bevor er antwortet. „Glaub mir, Süße, ich könnte dich *niemals* mit Peyton verwechseln."

Ich ignoriere, was dieser Blick mit meinem Höschen

anstellt und ziehe mein Handy heraus, um Ainsley eine SMS zu schreiben.

„Mach dir keine Mühe", sagt Kingston. „Ainsleys Auto wird gerade gewartet. Reed nimmt sie mit, und ich habe ihr gesagt, dass ich dich abholen werde."

Ich stecke mein Handy in meinen Rucksack. „Warum kannst *du* sie nicht fahren, wo ihr doch zusammenwohnt? Ich frage einfach Frank, ob er mich fährt."

„Weil ich wollte, dass *du* mit mir fährst, nicht meine Schwester. Und Pech gehabt, Schätzchen, aber Frank hat heute frei."

Ich seufze und merke, dass ich diesen Streit nicht gewinnen kann. „Woher willst du das wissen?"

Ein teuflisches Grinsen erhellt sein Gesicht. „Ich habe meine Quellen."

Kingston öffnet die merkwürdige Tür. Sie klappt nach vorne, bis das ganze Ding senkrecht über dem Boden steht. „Steig ins Auto, Prinzessin."

„Ich würde lieber zu Fuß gehen."

Das ist eine totale Lüge. Ich würde *wirklich* gerne in diesem Auto mitfahren, aber ein Mädchen muss auch etwas Stolz haben.

Er wirft mir einen schiefen Blick zu. „Du würdest lieber *fünfzehn Kilometer* laufen?"

Ich stemme eine Hand in meine Hüfte. „Vielleicht traue ich dir am Steuer dieses Dings nicht über den Weg."

Kingston streichelt liebevoll das Dach des Fahrzeugs. „Das *Ding* ist ein Koenigsegg Agera RS. Sie ist eine zwei bis fünf Millionen Dollar teure Hochleistungsmaschine, die in zwei bis neun Sekunden von null auf hundert springt. Pass auf, wie du über sie sprichst. Du willst doch nicht ihre Gefühle verletzen."

Mir fällt die Kinnlade runter. Ich kann mir nicht vorstellen, so viel Geld für ein Auto zu bezahlen. „Wow ... du gibst dem Wort ‚verwöhnt' eine neue Bedeutung. Dein Vater muss dich von ganzem Herzen lieben."

Er verengt seine Augen. „Eigentlich war es ein Geschenk von mir zu meinem achtzehnten Geburtstag." Kingston ergreift meine Hand und zieht mich an sich, bevor er flüstert. „Damit das klar ist: Ich würde mir von diesem Bastard *nichts schenken lassen*. Nicht, dass ich mich vor dir rechtfertigen müsste, aber meine Mutter hat mir ein beträchtliches Erbe hinterlassen. Es ist altes Familiengeld von ihrer Seite. Ich bekomme alles an meinem einundzwanzigsten Geburtstag, aber der Treuhänder hat eine Ausnahme gemacht und das Geld freigegeben, um das hier zu kaufen. Zwei Millionen sind *nichts* im Vergleich zu dem, was noch auf mich wartet."

Ich ziehe mich von ihm zurück und unterdrücke einen Schauer, weil ich seinen heißen Atem an meinem Ohr spüre. „Soll mich das beeindrucken, reicher Junge?"

Kingston grinst. „Nein. Ich weiß, dass es dich *nicht* beeindruckt, deshalb habe ich es dir ja gesagt. Es ist nicht gerade etwas, womit ich herumprotze. Ich bin kein Idiot – das würde nur Ärger bedeuten. Die Sache mit dem Vertrauen geht in beide Richtungen, Jazz."

Scheiße. Dazu fällt mir nichts mehr ein.

Er lacht. „Deinetwegen kommen wir noch zu spät, wenn du deinen Arsch nicht *endlich* ins Auto bewegst. Jetzt *steig schon ein!*"

Ich hasse es, wie mein Körper auf seinen Befehlston reagiert.

„Gut", schnaufe ich. „Aber den Weg nach Hause finde ich selbst."

Als er meine Tür schließt, sagt er: „Das glaubst du nur, Süße".

Kingston umrundet die Vorderseite des Fahrzeugs und steigt auf der Fahrerseite ein.

Scheiße, das ganze Auto riecht nach Leder und seinem würzigen Parfüm. Es setzt alles in mir in Ekstase, und ich hasse ihn dafür.

Er drückt einen Knopf, um den Motor zu starten, und schnallt sich an. „Bist du bereit?"

Ich halte meinen Rucksack als Schutzschild auf meinem Schoß. „Fahr einfach das verdammte Auto. Je schneller ich aus diesem Ding rauskomme, desto besser."

Ich kann mir aber ein Lächeln nicht verkneifen, als er ein tiefes Lachen von sich gibt.

Kingston lässt den Motor aufheulen. „Halt dich fest, Schatz."

Sobald Kingston losfährt, klebe ich an meinem Sitz. Er navigiert wie ein Profi über die Hügel und Kurven der Straße. Ich hätte mir nie träumen lassen, dass ich einmal in so einem edlen Stück Ingenieurskunst sitzen würde. Der Innenraum ist ebenfalls mattschwarz – abgesehen von der verchromten Mittelkonsole – und mit dezenten orangefarbenen Verzierungen versehen. Ich war nie ein Fan von auffälligen Autos, aber wenn ich in diesem Auto sitze und die Kraft dahinter spüre, kann ich den Reiz durchaus erkennen. Ich presse meine Oberschenkel zusammen, als das kehlige Grollen des Motors meinen Sitz zum Vibrieren bringt. Gott sei Dank habe ich meinen Schulblazer an, denn ich bin mir ziemlich sicher, dass meine Nippel jetzt hart sind. Scheiße, dieses Ding ist Sex auf Rädern.

Kingston grinst mich wissend an, als ich mir auf die Lippe beiße, um mir ein Stöhnen zu verkneifen. „Geht es dir gut da drüben, Prinzessin? Du bist ganz rot geworden."

Ich verdrehe die Augen, als das Auto um eine weitere enge Kurve auf den Bürgersteig fährt. „Verpiss dich, Davenport. Nur weil ich zufällig das Auto mag, heißt das nicht, dass der Fahrer auch nur annähernd so attraktiv ist."

Sein eingebildetes Grinsen sagt mir, dass er weiß, dass das totaler Blödsinn ist. „Red dir das ruhig weiter ein, Schätzchen."

Ich starre geradeaus und blende ihn für den Rest der kurzen Fahrt aus. Ich seufze erleichtert auf, als wir durch die Tore der Windsor Academy fahren, weil ich weiß, dass ich aus diesem verdammt sexy Auto rauskomme, das noch erregender riecht, weil Kingstons Aftershave in der Luft hängt. Meine Erleichterung ist jedoch nur von kurzer Dauer, denn ich bemerke, dass alle Augen auf uns gerichtet sind, während wir uns langsam zu einem Parkplatz vorarbeiten. Ich drücke mich tiefer in meinen Sitz und möchte mich am liebsten in ein Loch verkriechen und verstecken. Warum habe ich nicht früher daran gedacht? Ich hätte ihn bitten sollen, mich direkt vor dem Schulgelände abzusetzen.

Ich stöhne.

Kingston bringt den Wagen zum Stehen und schaut in meine Richtung. „Stimmt etwas nicht?"

„Das wird nicht gut ausgehen."

„Entspann dich, Jazz. Ich habe dich nur mitgenommen. Keine große Sache."

„Du hast leicht reden." Ich erschaudere, als ich sehe, wie Peyton sich dem Auto nähert. „Ich kann dir garantieren, dass Peyton eine große Sache daraus machen wird."

Er lacht. „Peyton kann sich selbst ficken."

Ich schüttele den Kopf, als ich die Tür öffne. „Wir können es genauso gut hinter uns bringen."

In dem Moment, in dem ich aus dem Auto steige, ertönt erschrecktes Keuchen und Geschnatter auf dem Parkplatz.

„Was zum Teufel ist hier los?", schreit Peyton auf.

„Komm mal wieder runter, Peyton", knurrt Kingston.

„Was zum Teufel glaubst du, was du da tust?", schreit sie. „Sag mir nicht, dass ich mich beruhigen soll, wenn ich diese Schlampe aus deinem Auto steigen sehe!"

Kingston drückt einen Knopf an seinem Schlüsselanhänger und verriegelt das Fahrzeug. Er scheint sich ein Beispiel an Reed zu nehmen, der wieder einmal dasteht, als wäre er zu Tode gelangweilt. „Tu nicht so, als würdest du mich besitzen, Peyton. Du bist *Luft* für mich. *Uns* gibt es nicht."

Die Bemerkung führt zu noch mehr Schnappatmung und Geplapper.

Die Aufmerksamkeit der Menge ist nun voll und ganz auf sie gerichtet, also nutze ich die Gelegenheit, um zu entkommen, solange ich kann. Ich schaue starr auf den Bürgersteig, während ich auf das Hauptgebäude zusteure, in dem mein erster Kurs stattfindet. Gerade als ich denke, dass ich es unbeschadet geschafft habe, ruft Kingston meinen Namen.

Ich erstarre und schaue über meine Schulter. „Was?"

Das Arschloch zwinkert sogar. „Wir sehen uns beim Mittagessen."

Und schon ist die Aufmerksamkeit aller wieder auf mich gerichtet. Ich höre, wie der Wichser lacht, als ich ihm auf dem Weg ins Gebäude sage, was ich davon halte.

Kapitel Siebzehn

KINGSTON

Mein neuer Plan läuft sogar besser, als ich dachte. Nach dem, was gestern Abend passiert ist, habe ich beschlossen, dass ich Jasmine genau im Auge behalten muss, um sicherzustellen, dass sie nicht weiter herumschnüffelt. Die einzige Möglichkeit, wie ich mir das vorstellen kann, ist, einen anderen Gang einzulegen und diese verrückte Chemie zwischen uns als Druckmittel zu nutzen. Ich weiß, dass sie zu klug ist, um sich nur darauf zu verlassen, also muss ich sie ein wenig einbeziehen und ihr eine Seite von mir zeigen, die nur wenige Menschen kennen. Wenn ich sie dazu bringen kann, mich zu mögen, wird sie viel leichter zu kontrollieren sein. Und wenn ich sie dabei überreden kann, mich zu ficken, umso besser.

Zuerst musste ich mich um die Situation mit Peyton kümmern, die es mir leicht gemacht hatte, als sie vor der Hälfte der Schülerschaft ausflippte. Am Ende der ersten Stunde wird es sich auch bei der anderen Hälfte herumgesprochen haben. Ich wusste, dass ich Jazz nie überzeugen könnte, wenn Peyton und ich noch zusammen wären, selbst wenn es nur um den Schein ginge. Jetzt wird nicht nur die gesamte Schülerschaft wissen, dass Peyton und ich uns getrennt haben, sondern es werden auch Gerüchte über Jasmine und mich die Runde machen. Die Leute werden darüber spekulieren, ob ihr angeblicher König sich für das neue Mädchen interessiert oder nicht.

Bentley und Reed kommen auf mich zu, als sich die Menge der Gaffer endlich auflöst.

Bentleys Lippen verziehen sich zu einem Grinsen. „Darf ich auch wissen, worum es da ging?"

Ich fordere sie auf, mich zu begleiten, damit wir nicht zu spät zu unserer ersten Stunde kommen. „Planänderung."

„Was genau ist gestern Abend zwischen dir und Jazzy Jazz passiert?" Bentley wackelt mit den Augenbrauen. „Hast du es getan?"

Ich rolle mit den Augen. „Nein, Dumpfbacke. Jedenfalls noch nicht."

„Das heißt also, sie ist immer noch Freiwild?"

Ich zucke mit den Schultern und versuche, meine Verärgerung zu verbergen. „Selbst wenn ich sie gefickt *hätte*, wäre sie immer noch Freiwild. Es ist ja nicht so, dass es mich wirklich interessiert. Sie ist nur ein Mittel zum Zweck."

Wenn ich mir das immer wieder einrede, werde ich es vielleicht irgendwann glauben.

Reed lacht. „Genau. Hältst du uns für so dumm? Wir

kennen dich besser als jeder andere, Mann. Hör auf mit dem Scheiß."

„Das ist kein Blödsinn." Ich klopfe Bentley auf den Rücken, vielleicht ein wenig fester als nötig. „Wenn du es ausprobieren willst, bitte sehr. Aber komm mir nicht in die Quere, wenn ich das auch will. Sie muss mir vertrauen, damit das funktioniert."

Reed runzelt die Stirn. „Wie soll das denn gehen, wenn man sie vögelt?"

Ich spotte. „Bitte. Wir alle wissen, dass Frauen keinen Sex ohne Gefühle haben können, egal, wie vehement sie es abstreiten. Wenn Jazz eine Art von emotionaler Bindung zu mir spürt – irgendeine Bindung, wirklich – wird sie viel eher bereit sein, mir zu vertrauen. Und was noch wichtiger ist: Sie wird mir nicht in die Quere kommen. Wenn ich sie mit Gefühlsduseleien füttern muss, um das zu erreichen, dann soll es so sein. Das ist nicht gerade eine harte Aufgabe."

Bentley stößt mir die Faust in die Seite. „Zur Hölle, Ja! Operation ‚die Neue wird flachgelegt' ist offiziell gestartet!"

Reed schüttelt den Kopf. „Ich hoffe, du weißt, was du tust, Mann."

Ja, ich auch, Kumpel. Ich auch.

Als das Mittagessen ansteht, läuft alles noch reibungslos. Alle Gespräche verstummen, als die Jungs und ich den Speisesaal betreten. Wir hatten es bereits besprochen, also sind Reed und Bentley nicht im Geringsten überrascht, als ich an unserem üblichen Tisch vorbeigehe, aber der Rest des Raumes ist es, einschließlich Peyton und ihrer Schlampengruppe. Ich höre, wie alle drei hörbar zusammenzucken, als Bentley und ich die Stühle auf beiden Seiten von Jasmine herausziehen und Reed den neben meiner Schwester nimmt.

Jasmine ist ebenso schockiert und starrt mich mit offenem Mund an. Ich kämpfe gegen den Drang an, meine Lippen auf ihre zu pressen und lege stattdessen meinen Zeigefinger unter ihr Kinn und drücke sanft nach oben, bis sich ihr Mund schließt.

„Ich wollte nicht, dass du anfängst zu sabbern, Prinzessin."

Ich knirsche mit den Zähnen, als Bentley sie an seine Seite zieht und sie auf die Wange küsst. „Hey, Jazzy Jazz. Was gibt's zum Mittagessen?"

Sie stößt ihn weg. „Wen interessiert das? Und was machst du hier?"

„Ich bin mit Jazz hier", sagt meine Schwester. „Was zum Teufel habt ihr vor? Warum sitzt ihr nicht bei den anderen Royals?"

Reed schmunzelt, als sie Anführungszeichen verwendet, und rollt beim letzten Wort mit den Augen.

Bentley stößt seine Schulter an die von Jasmine. „Ich wollte bei dir sein, Baby."

Sie schüttelt den Kopf und sieht Reed erwartungsvoll an.

Er zuckt mit den Schultern. „Es ist mir scheißegal, wo ich sitze, solange ich etwas zu essen vor mir habe."

Reed und Ainsley tauschen einen seltsamen Blick aus. Ich notiere mir, dass ich ihn später danach fragen muss.

Jazz richtet ihren Blick auf mich. „Was ist mit dir?"

„Ich hatte Lust, hier zu essen." Ich hebe eine Augenbraue. „Hat jemand ein Problem damit?"

Sie blickt zu unserem normalen Tisch hinüber und sieht drei Augenpaare mit falschen Wimpern, die sie durchbohren. Ja, *sie* haben definitiv ein Problem damit. Meine Lippen zucken, als Jazz herausfordernd eine Augenbraue hebt, was sie nur noch mehr aufregt.

Sie wendet sich wieder mir zu. „Gut. Du kannst bleiben. Aber nur, weil ich weiß, dass es diese falschen Schlampen verrückt macht."

Ich werfe ihr einen schiefen Blick zu. „Wie großmütig von dir."

Sie zuckt mit den Schultern. „Ich gebe mein Bestes."

Wir fünf stürzen uns auf unser Essen. Die Jungs und ich nahmen Steak und Kartoffeln, Ainsley eine California Roll und Jazz wählt den Cheeseburger auf einem handgemachten Brötchen mit Trüffelpommes. Das ist eine Sache, die mir an ihr aufgefallen ist – sie isst kein Kaninchenfutter wie die meisten Mädels an dieser Schule. Das Mädchen hat einen der straffsten Körper, die ich je gesehen habe – ich habe keine Ahnung, wo sie das alles hinsteckt. Sie geht wohl häufig laufen.

„Jazz, was machst du heute Nachmittag?", fragt Ainsley. „Magst du bei meiner Probe zusehen? Danach können wir etwas essen gehen"

Sie nickt. „Geht klar."

Meine Zwillingsschwester spielt die Hauptrolle in der

Aufführung von Cinderella in ihrem Ballettstudio. Tanzen ist ihr Leben – sie hat in den letzten zehn Jahren vier Tage pro Woche Unterricht genommen. Nach dem Tod unserer Mutter war es wohl zunächst eine Art der Trauerbewältigung, aber es wurde zu etwas, das sie wirklich liebt. So sehr, dass sie nach ihrem Abschluss auf die Juilliard School gehen und professionell tanzen möchte. Ich persönlich verstehe ihre Faszination dafür nicht, aber ich bin froh, dass sie etwas hat, das ihr wirklich Freude macht. Außerdem kommt sie dadurch aus dem Haus, was eine gute Sache ist. Ich möchte nicht, dass sie mehr als nötig in der Nähe unseres Vaters ist.

Ainsley strahlt. „Toll! Ich kann dich nach Hause fahren, damit du dich umziehen kannst, und dann können wir ..."

„Sie hat Pläne", unterbreche ich. „Mit mir."

Jasmine verschränkt die Arme vor der Brust. „Das habe ich ganz sicher *nicht*."

Meine Augen bohren sich in ihre. „*Doch*. Hast du."

Sie lacht auf. „Und was wären das für Pläne?"

Mein Lächeln verheißt alle möglichen schmutzigen Dinge. „Das ist eine Überraschung."

Ainsleys Augen hüpfen zwischen uns hin und her. „Äh ... was habe ich verpasst? Was läuft da zwischen euch beiden?" Sie dreht sich zu mir um. „Und nicht, dass ich mich beschweren will, aber was hat es damit auf sich, dass du heute Morgen Peyton auf dem Parkplatz den Laufpass gegeben hast? Das ist praktisch das einzige Thema, worüber hier alle reden."

Bentley lacht, während Reed weiter sein Essen inhaliert.

In der Zwischenzeit befinden sich Jazz und ich in einem stillen Kampf.

Sie wirft einen Blick in die Richtung meiner Schwester. „Zwischen uns läuft absolut *nichts*."

„Das ist unsere Sache, nicht deine", sage ich gleichzeitig.

Ainsley hält ihre Handflächen nach oben. „O-kay. Mach dir keine Sorgen, Jazz. Wir können das auch an einem anderen Tag machen. Viel Spaß, ihr zwei, bei dem, was ihr an geheimnisvollem Scheiß geplant habt."

Ich lächle siegessicher, während Jazz' Gesicht vor Wut errötet. „Wir treffen uns nach dem Schlussgong vor der Tür. Ich bringe dich nach Hause, damit du dich umziehen kannst und wir uns auf den Weg machen können."

Sie schüttelt den Kopf. „Es tut mir leid, aber seit wann genau bist du mein Boss?"

Ich beuge mich zu ihr hinüber und drücke meine Nase gegen ihr Ohrläppchen. „Stell mich nicht auf die Probe, Jazz. Du kommst auf jeden Fall mit mir mit."

„Gut. Aber du sorgst für das Essen."

„Oh, ich werde dich mit etwas Leckerem füttern, Baby. Ich gebe' dir einen Tipp. Es beginnt mit S und reimt sich auf Tanz."

Sie zittert. „Ich meinte richtiges Essen, du Arschloch."

Ich ziehe mich mit einem Lächeln zurück. „Ich nehme an, das bekomme ich auch hin."

Bentley schaut zwischen uns hin und her. „Kann ich bei der Party mitmachen?"

„Nein!", sagen Jasmine und ich unisono.

„Ich brauche neue Freunde", schmollt Bent. „Wenigstens habe ich noch Reed, der mich unterhält."

„Nein", sagt Reed und beißt in seine Ofenkartoffel. „Ich habe eigene Pläne."

Bentley runzelt die Stirn. „Und die wären?"

Reed zuckt mit den Schultern. „Nur Zeug."

Ich kneife die Augen zusammen, als sowohl er als auch meine Schwester sich plötzlich für die Tischplatte zu interessieren scheinen. Ich weiß, dass er auf Ains scharf ist, aber ich habe ihm mehrfach klargemacht, dass sie tabu ist. Reed ist ein guter Kerl – einer der besten, die ich kenne – aber er ist nicht sehr wählerisch mit seinem Schwanz, seit er mit fünfzehn seine Jungfräulichkeit verloren hat. Meine Schwester hat es nicht nötig, in diese Scheiße verwickelt zu werden.

„Was für Zeugs?", frage ich.

„Ich gehe ins Einkaufszentrum", antwortet er. „Ich muss ein Geburtstagsgeschenk für meine Mutter kaufen, also werde ich wahrscheinlich in diesem verdammten Handtaschenladen vorbeischauen, den sie so mag. Vielleicht schaue ich mir die neuen LeBrons an, wenn ich schon mal da bin. So was in der Art."

Es gibt etwas, das er nicht erwähnt, aber ich lasse es vorerst auf sich beruhen, weil ich vor dem nächsten Unterricht noch ein paar Anrufe tätigen muss.

„Ich bin raus. Ich muss noch ein paar Vorbereitungen treffen, bevor das Mittagessen vorbei ist." Nur so zum Spaß drücke ich Jazz beim Aufstehen einen Kuss auf die Wange. Sie versteift sich, wie ich erwartet hatte, und aus dem

Augenwinkel sehe ich, wie Peyton wütend wird. „Wir sehen uns im Literaturunterricht, Babe."

Ich muss mir das Lachen verkneifen, als ich spüre, wie Jasmine mir hinterher starrt. Wer hätte gedacht, dass es so viel Spaß machen würde, mit ihr zu spielen?

Kapitel Achtzehn

JAZZ

Es scheint, als würde sich das ganze Königreich hinter seinen Königinnen versammeln. Bis zum Mittagessen war ich permanent Spott, ausgestellten Beinen, Beleidigungen und Schulterchecks ausgesetzt. Aus irgendeinem Grund halten sich alle Jungs so weit wie möglich von mir fern, aber es gibt genug Schülerinnen, die das mehr als wettmachen. Fast hätte ich Ainsley eine SMS geschrieben und sie gebeten, sich mit mir zum Mittagessen in der Bibliothek zu treffen, aber dann wurde mir klar, dass sie dann denken würden, dass sie gewinnen, und das wollte ich natürlich nicht.

Ich gebe zu, ich habe mich ein wenig gefreut, als die Jungs sich an unseren Tisch setzten, weil ich wusste, wie sehr es Peyton ärgert. Ich weiß, es ist unbedeutend, aber nach dem, was ich den ganzen Morgen über durchgemacht habe, habe ich kein schlechtes Gewissen. Leider machte Kingstons kleiner Trick das gehässige Verhalten in der zweiten Hälfte des Tages nur noch schlimmer, aber das war es fast wert, wenn ich an den Gesichtsausdruck meiner bösen Stiefschwester denke.

Apropos Kingston ... mein Handy summt mit einer SMS von ihm, die besagt, dass er vor der Tür auf mich wartet. Er hat mich nach der Schule abgesetzt, damit ich mich umziehen kann, und ist nach Hause gefahren, um dasselbe zu tun. Er sagte, ich solle mich leger und bequem anziehen, also trage ich eine Skinny-Jeans, ein einfaches rotes T-Shirt und mein Lieblingspaar Chucks. Glücklicherweise sind weder Madeline noch mein Vater zu Hause – was keine Überraschung ist. Sie würden sich wahrscheinlich beide in Grund und Boden schämen, wenn sie mich in diesem Outfit aus dem Haus gehen sähen. Ich verstehe nicht, was ihr Problem mit der minimalen Garderobe ist, die ich mitgebracht habe, aber sie haben ihre Abneigung überdeutlich gemacht. Sicher, alles außer der Unterwäsche habe ich in einem Secondhand-Laden gekauft, aber es ist alles in gutem Zustand. Es ist ja nicht so, dass ich in kaputten Klamotten herumlaufe. Vielleicht würden sie es gutheißen, wenn ich es Vintage statt Secondhand nennen würde. Bei dem Gedanken muss ich schnauben.

Ich werfe einen letzten Blick in den Spiegel, bevor ich zur Tür hinausgehe, und streiche mir ein paar verirrte Haare aus dem Pferdeschwanz. *Was mache ich hier eigentlich?* Das ist Kingston Davenport, das Arschloch schlechthin. Ich sollte nicht versuchen, für ihn gut auszusehen. Verdammt, ich sollte nicht einmal mit ihm irgendwo hingehen, aber ich muss zugeben, dass ich neugierig bin, wohin er mit mir geht. So einschüchternd er auch anfangs wirkte, ich glaube nicht, dass er mir jemals körperlich wehtun würde. Ainsley liebt ihn zu sehr, als dass er *so* ein Typ sein könnte. Aber ich glaube, dass er in der Lage ist, großen psychologischen Schaden anzurichten, weshalb ich auf der Hut sein muss. Ich darf nicht vergessen, dass es hier nur um das Sammeln von Informationen geht. Meine dummen Hormone müssen sich verziehen und aufhören, mich zu zwingen, ihn zu wollen.

Kingston weiß etwas über meine Mutter. Etwas Wichtiges, vermute ich. Und ich muss wissen, was es ist, also los geht's! Ich trete nach draußen und sehe einen glänzenden weißen Range Rover vor der Tür parken. Kingston sitzt am Steuer und betätigt die Verriegelung, als ich mich der Beifahrerseite nähere.

Ich steige in das hellbraune Lederinterieur, das noch nach Neuwagen riecht. „Wo ist dein Auto?"

Kingstons Ray-Ban rutscht ihm über den Nasenrücken. „Das *ist* mein Auto."

Ich rolle mit den Augen. „Ich meinte das schicke schwarze. Wie viele Autos hast du eigentlich?"

Er setzt ein verruchtes Lächeln auf. „Ich habe das hier, den Agera und eine Ducati."

Ich schnalle mich an und murmle: „Ah, der Lebensstil der Reichen und Verruchten".

Ich war wohl nicht leise genug, denn Kingston lacht. „Ich mag schöne Fahrzeuge. Zeig mich an."

Ich schaue mich in dem Fahrzeug um, als er aus der Einfahrt herausfährt, und entdecke einen Kindersitz auf dem Rücksitz. „Äh ... warum hast du den im Auto? Ich weiß, dass du keine anderen Geschwister hast. Gibt es ein Davenport-Kind, von dem ich noch nichts weiß?"

Kingston runzelt die Stirn. „Wahrscheinlich mehr als eines." Als sich meine Augen weiten, fügt er hinzu: „Aber nicht von mir."

Meine Lippen formen sich zu einem „O", als mir einiges klar wird. „Oh."

Darauf habe ich nichts zu erwidern. Es ist offensichtlich ein heikles Thema für ihn, also belasse ich es dabei.

„Wirst du mir sagen, wohin wir fahren?"

„Du wirst schon sehen." Er biegt auf die Hauptstraße ein und dreht die Musik auf.

Ich wippe mit dem Kopf zu Drakes neuestem Album, während Kingston fährt. Als wir auf den Freeway in Richtung Süden auffahren, gehe ich die Liste der Orte durch, an die er mich bringen könnte. Die Möglichkeiten werden immer weniger, je weiter wir durch LA fahren. Ich bin total verwirrt, als er eine Ausfahrt nach South Central nimmt. Hier bin ich aufgewachsen – ich kenne diese Straßen gut. Wir sind vielleicht drei Meilen von meiner alten Wohnung entfernt. Was ich jedoch nicht weiß, ist, warum wir hier sind.

„Kingston, was ist hier los?"

Er biegt von der Hauptstraße in ein Wohngebiet ab. „Fast da."

„Fast *wo?*"

Kingston hält vor einem kleinen Haus im spanischen Stil am Straßenrand. „Bleib mal kurz hier."

Ich beobachte, wie er durch ein Metalltor tritt und auf einen Mann zugeht, der auf der Treppe vor dem Haus sitzt, die Krempe seines Hutes tief ins Gesicht gezogen, während er eine Zigarette raucht. Die weiße Farbe auf dem Eisenzaun ist ein wenig abgenutzt, aber der Garten ist gepflegt und die Farbe auf den Stuckverkleidungen scheint ziemlich frisch zu sein. Wenn man sich umschaut, sieht die ganze Straße größtenteils so aus.

Kingston schüttelt dem Mann die Hand, dreht sich um und gibt mir ein Zeichen, ihm zu folgen. Ich steige aus und frage mich immer noch, was zum Teufel hier los ist, als Kingston ein wenig zur Seite tritt und mir einen guten Blick auf den Mann gewährt, mit dem er gesprochen hat.

„Heilige Scheiße."

Belles Vater, Jerome, schenkt mir ein schmieriges Lächeln, als ich näherkomme. „Na, sieh mal einer an, Jasmine. Du hast dir einen reichen Freund geangelt, hm? Wenn ich das gewusst hätte, wäre ich auf deine Anrufe eingegangen."

Ich strahle ihn an, als er lacht. „Jerome." Ich schaue zu Kingston hinüber. „Was ist hier los?"

Kingstons Blick richtet sich auf Jerome und seine Fäuste ballen sich, als er sieht, wie der Mann mich mustert. Jerome hat diese Angewohnheit des Anglotzens vor etwa zwei Jahren entwickelt, und das macht mir eine Heidenangst. Kein Mann mittleren Alters sollte einen Teenager so anstarren. „Wir müssen los", knirscht Kingston. „Wirst du deinen Teil der Abmachung einhalten?"

Jerome drückt seine Zigarette unter den Turnschuhen aus und hält die Handflächen nach oben. „Na gut, wenn es weiter nichts gibt. Wartet kurz."

Hoffnung keimt auf, als Jerome das Haus betritt und

den Namen meiner Schwester ruft. Mir gehen gerade so viele Fragen durch den Kopf, aber das Einzige, was ich tun kann, ist, die Tür wie ein Falke zu beobachten und darauf zu warten, dass mein kleiner Lieblingsmensch aus ihr hervortritt.

Belle quiekt, als sie mich sieht. „Jazz!"

Ihr kleiner Körper springt von der Treppe und rennt direkt auf mich zu. Ich hocke mich hin, meine Augen füllen sich mit Tränen, als ich sie in meine Arme schließe.

Nach einer kräftigen Umarmung ziehe ich mich zurück und sehe sie an. Es ist weniger als zwei Monate her, dass wir uns gesehen haben, aber es fühlt sich an wie zwei Jahre. Sie scheint so viel älter geworden zu sein. Das bezaubernde Fett auf ihren Wangen hat seine Fülle verloren und ihr fehlt ein weiterer Milchzahn.

„Hallo, Schatz. Ich habe dich so sehr vermisst." Ich zupfe an einem ihrer Zöpfe. „Du siehst so hübsch aus. Hast du dir gerade die Haare machen lassen?"

Belle nickt enthusiastisch. „Allerdings. Daddys Freundin hat sie mir gestern Abend vor dem Schlafengehen gemacht. Sie hat gesagt, dass sie heute Abend nach der Arbeit rosa und grüne Perlen mit nach Hause bringen will! Sie hatte nur lila, und ich habe ihr gesagt, dass sie rosa und grün sein *müssen*."

Ich lächle. Rosa ist Belles Lieblingsfarbe und Grün ist meine, deshalb hat sie immer auf die gleichen bunten Perlen bestanden. Sie hat das dicke, lockige Haar ihres Vaters, das ich in seinem natürlichen Zustand bewundere, aber für sie ist es schwer zu bändigen. Etwa alle sechs Wochen habe ich ihr die Haare geflochten und mit Perlen versehen, während wir am Samstagmorgen Zeichentrickfilme schauten und Donuts aßen. Da unsere Mutter oft arbeitete, wurde das zu einer besonderen Zeit für uns Schwestern. Mir war nie bewusst, wie selbstverständlich das für mich war, bis jetzt.

Belle bemerkt Kingston und rümpft ihre kleine Nase. „Wer ist der da?"

Ich will gerade antworten, als Kingston sich auf ihre Höhe hinunterbeugt und ihre Hand in seine nimmt. „Ich bin Kingston. Jazz ist meine Freundin."

Belle kichert. „Bist du ihr *Freund*?"

Er lacht. „Nein. Nicht ihr Freund. Jedenfalls noch nicht." Er zwinkert. „Vielleicht kannst du ein gutes Wort für mich einlegen."

Sie kneift ihre großen Schokoladenaugen zusammen und bringt mich zum Lächeln. Meine Schwester ist das süßeste Mädchen, da ist auch etwas Freches an ihr, das gelegentlich zum Vorschein kommt. „Ich weiß nicht ... was ist deine Lieblingseissorte?"

Kingston reibt sein Kinn in gespielter Nachdenklichkeit. „Hmm ... es ist wahrscheinlich ein Unentschieden zwischen Minzschokolade und Keksteig."

Belle denkt einen Moment lang darüber nach. „Okay."

Er zieht eine Augenbraue hoch. „Okay? Heißt das, ich habe den Test bestanden?"

Sie nickt. „Ja. Ihr anderer Freund mochte nicht einmal Eiscreme. Er ist dumm."

Kingston und ich lachen beide. Gott, dieser Moment kommt mir so unwirklich vor. Ich bekomme nicht nur meine Schwester zu sehen, sondern auch eine ganz andere Seite von Kingston. Wenn mir jemand vor einer Stunde gesagt hätte, dass er ein absolutes Naturtalent im Umgang mit Kindern ist, hätte ich ihn für verrückt erklärt.

Jerome öffnet die Fliegengittertür und streckt seinen Kopf heraus. „Sie geht um acht ins Bett, also musst du sie um halb acht nach Hause bringen."

Kingston nickt. „Bis dahin sind wir wieder zurück."

Moment … was?

„Dürfen wir sie mitnehmen?"

„Ich erkläre es dir später", sagt er. Kingston steht auf und geht zum Auto. Als er dort ankommt, öffnet er die hintere Tür. Jetzt macht die Sitzerhöhung Sinn.

Ich nehme Belles Hand und führe sie zum Range Rover. „Komm schon, Süße. Lass uns gehen."

Ich schnalle sie richtig an und setze mich zu ihr auf den Rücksitz. Jetzt, wo ich sie endlich habe, kann ich es nicht ertragen, nicht bei ihr zu sein, selbst wenn es nur um den Sitz im Auto geht.

Kingston stellt mir keine Fragen, als er sich hinter das Steuer setzt und den Zündschlüssel drückt. Belle plaudert angeregt und erzählt mir von ihrer neuen Schule, von ein paar Freunden, die sie gefunden hat, von der Freundin ihres Vaters, die sie, wie sie sagt, sehr mag. Sie scheint besser damit zurechtzukommen, dass ihr ganzes Leben aus den Fugen geraten ist als ich. Es erstaunt mich, wie widerstandsfähig Kinder sind.

Ich achte nicht einmal darauf, wohin wir fahren. Ich bin so vertieft in die Tatsache, dass meine Schwester direkt neben mir sitzt, dass ich alles andere ausblende. Erst als Kingston auf einen Parkplatz fährt, schaue ich mich um.

Oh mein Gott!

Belle quietscht, als sie die vertrauten Wahrzeichen sieht. „Oh! Kriegen wir ein Eis? Und eine Brezel? Und können wir mit den Haifischköpfen fahren?"

Kingstons Blick trifft meinen, bevor er sich ihr zuwendet. „Was immer du willst, Kleines. Das ist dein Tag."

Ich bin sprachlos, als ich Belle aus dem Auto helfe.

Er nimmt meine Hand. „Ist das in Ordnung?"

Ich drücke seine Hand und nicke. „Es ist mehr als in Ordnung."

Sein Gesicht erhellt sich mit einem Lächeln. „Dann lass uns gehen. Wir haben nur ein paar Stunden Zeit."

Zu dritt verlassen wir den öffentlichen Parkplatz und gehen Hand in Hand die Treppe zur Seebrücke hinauf. Wir schlängeln uns durch die Menschenmenge, vorbei an Souvenir- und Essensständen. Als wir den Eingang zum Pacific Park passieren, werfe ich einen Blick auf den metallenen Oktopus über meinem Kopf und erinnere mich an das letzte Mal, als ich hier war. Es ist fast ein Jahr her – mein siebzehnter Geburtstag, um genau zu sein. Belle und ich standen mit unserer Mutter genau an dieser Stelle. Als Belle noch etwas jünger war, hatte sie Angst, durch den Eingang zu gehen, weil sie dachte, die Krake wäre echt und würde sich auf uns stürzen und uns mit den Tentakeln packen, wenn wir unter ihr durchgingen. Als wir sie schließlich davon überzeugen konnten, dass es sich um eine Skulptur handelte, streckte sie ihr die Zunge heraus.

Belle zerrt an meiner Hand, um mich anzuhalten, und streckt mir die Zunge heraus. „Ich habe keine Angst vor dir, du falscher Oktopus."

Mir kommen fast die Tränen bei der bittersüßen Erinnerung. Kingston sieht mich fragend an, und ich spreche die gleichen Worte aus, die er zu mir gesagt hat: *Ich werde es dir später erzählen.*

Er nickt und weiß intuitiv, wie schwer das für mich ist, aber auch, wie unglaublich glücklich ich bin. Ob er wohl weiß, welche Bedeutung dieser Ort für mich hat? Das muss er wohl. Kingston ist offensichtlich einfallsreich, denn er hat nicht nur herausgefunden, wo meine Schwester wohnt, sondern sich auch mit ihrem Vater arrangiert und ihn irgendwie davon überzeugt, dass wir mit ihr den Nachmittag verbringen dürfen. Warum sollte dieser Mann – der sich seit dem Tag, an dem wir uns kennengelernt haben, als ausgesprochen egoistisch erwiesen hat – etwas so unglaublich Selbstloses und Nettes tun? Das ist bei Weitem das Netteste, was je jemand für mich getan hat.

Ich behalte meine Fragen erst einmal für mich und beschließe, die begrenzte Zeit, die ich mit Belle habe, zu genießen. Wir spazieren durch den Park und spielen einige der Spiele auf der Promenade. Kingston beweist seine Talente als Ballspieler und gewinnt ein riesiges Stofftier für Belle, indem er einige Körbe versenkt. Wir fahren mit dem Karussell, bei dem mir immer schlecht wird, aber Belle liebt es so sehr, dass ich auch das ertrage. Wir verschlingen weiche Brezeln, Churros und Zuckerwatte, bevor wir uns Burger zum Abendessen holen. Wir machen sogar eine Fahrt mit dem Riesenrad, und ich schaffe es irgendwie, ohne zu weinen, durchzukommen. Wir schnappen uns ein paar Eiswaffeln und essen sie, während wir am Strand entlang spazieren und den Sonnenuntergang beobachten.

Belle schläft auf der Heimfahrt ein und schläft weiter,

als ich sie aus dem Range Rover hebe. Sie wacht nur kurz auf, als ich sie auf die Stirn küsse, bevor ich sie an ihren Vater übergebe. Kingston und Jerome wechseln ein paar leise Worte, bevor Jerome meine Schwester ins Haus bringt und wir zum Auto zurückgehen.

Ich lehne meinen Kopf gegen das Fenster, als wir wieder losfahren. Als wir an einer roten Ampel anhalten, legt Kingston seine Hand seitlich auf mein Gesicht. Ich drehe mich in seine Handfläche und drücke ihm einen sanften Kuss auf die Handfläche, bevor ich ihn anschaue.

„Danke." Meine Stimme ist kaum mehr als ein Flüstern, aber ich weiß, dass er mich hört.

Er schluckt schwer, während sein Blick den meinen sucht. Als die Ampel grün wird, wendet er seine Aufmerksamkeit wieder der Straße zu. Der Bann ist gebrochen. Als er nicht reagiert, richte ich meine Aufmerksamkeit wieder auf das Fenster.

Ich erschrecke, als er einen Moment später seine Finger mit meinen verschränkt. „Danke, dass ich dabei sein durfte."

Ich drücke seine Hand und lächle. Zum ersten Mal seit Monaten fühle ich mich wirklich glücklich, und das alles nur, weil Kingston Davenport tatsächlich eine Seele hat, und eine verdammt gute noch dazu. Wer hätte das gedacht?

KAPITEL NEUNZEHN

KINGSTON

„Also... Jasmine... Belle... Ich erkenne da einen roten Faden."

Jazz' Lächeln wird breiter. Den ganzen Nachmittag hat sie nicht aufgehört, zu lächeln. Ich hätte es nicht für möglich gehalten, aber sie ist noch schöner, wenn sie das tut.

„Ja, meine Mutter hatte eine Schwäche für Disney-Prinzessinnen. Offensichtlich." Sie lacht. „Jasmine war ihre Lieblingsprinzessin. Sie sagte, sie habe einen Blick auf mich geworfen und gewusst, dass ich unabhängig und ein wenig rebellisch, aber auch süß und mitfühlend sein würde. Alles Eigenschaften, mit denen jemand mein königliches Gegenstück beschreiben würde."

Das ist auch die perfekte Art, sie zu beschreiben.

„Was Belle anbelangt", fährt sie fort. „Das war eigentlich *meine* Lieblingsprinzessin, daher hat sie auch ihren Namen, aber sie ist ihm gerecht geworden, was zum Teil verrückt klingt, wenn ich so darüber nachdenke. Meine Belle ist lieb, fantasievoll, bis zu einem gewissen Grad schrullig, und das Mädchen kann stundenlang vor einem Buch sitzen. Wir haben viel Zeit in der Bibliothek verbracht."

„Sie ist ein tolles Kind."

„Sie ist die Beste." Jazz seufzt, bevor sie ihren Blick auf mich richtet. „Darf ich dich etwas fragen?"

„Du kannst gerne fragen … ich kann aber nicht garantieren, dass ich antworte."

Sie schüttelt den Kopf und gluckst leicht. „Woher wusstest du das? Wie hast du sie gefunden?"

„Du wärst überrascht, wie leicht man in der heutigen Zeit mit genügend Geld und den richtigen Verbindungen an Informationen über alles und jeden herankommen kann."

Ein Privatdetektiv, der einem zur Seite steht, kann auch nicht schaden.

„Gott, wir sind so unterschiedlich aufgewachsen. Ich kann mir kaum ausmalen, wie einfach alles für dich gewesen sein muss."

Mein Kiefer krampft sich zusammen. „Nur weil ich Geld habe, heißt das nicht, dass ich es leicht gehabt habe."

Sie schaut weg. „Du hast recht, es tut mir leid. Das war ziemlich unbedacht von mir."

Ich ziehe die Augenbrauen hoch, weil ich es nicht gewohnt bin, dass jemand so schnell ein Fehlverhalten zugibt. „Das ist schon in Ordnung. Ich bin mir sicher, dass ich einige Annahmen über dich getroffen habe, die auch nicht wahr sind."

„Sicherlich einige." Jasmine lacht. „Darf ich dir noch eine Frage stellen?"

„Schieß los."

„Was ist mit Peyton los?"

Scheiße. Ich hätte nicht gedacht, dass sie das Thema ansprechen würde. „Was meinst du?"

„Was ist denn mit ihrem Vater los? Ihr Nachname ist Devereaux, richtig? Aber sie nennt sich Callahan, und laut Madeline haben sie und Charles geheiratet, als Peyton ein Baby war, und er hat sie seitdem aufgezogen."

Ich grinse. In Wirklichkeit hat eine ganze Heerschar von Kindermädchen Peyton aufgezogen. Weder Madeline noch Charles haben ein Gefühl dafür, wie man Kinder erzieht. Ich vermute, dass sich auch nicht wirklich dafür interessieren.

„Ihr Vater starb, als sie noch ein Baby war – vielleicht zehn oder elf Monate alt, glaube ich."

„Oh." Jazz knabbert an ihrer Lippe, und wenn ich nicht gerade fahren würde, wäre ich versucht, sie mit den Zähnen herauszuziehen. „Wenn ihr Vater tot ist, warum hat Charles sie dann nicht adoptiert und sie offiziell zu einer Callahan gemacht? Alle drei legen sehr viel Wert auf Nachnamen, besonders auf *diesen* Namen."

„Es ist auch dein Name, weißt du", erinnere ich sie.

„Igitt." Sie wirft ihren Kopf zurück in den Sitz. „Nicht, wenn ich etwas dazu zu sagen habe. Weißt du, dass der Bastard meinen Namen ändern lassen möchte, ohne mich zu fragen, was ich davon halte?"

„Das überrascht mich nicht im Geringsten. Falls du es

noch nicht bemerkt hast: Charles Callahan ist ziemlich arrogant."

„Das kannst du laut sagen", murmelt sie. „Weißt du, warum er sie nie adoptiert hat?"

„Ja, eigentlich schon." Ich sehe sie aus den Augenwinkeln an. „Hast du schon mal von Devereaux Broadcasting gehört?"

Sie schüttelt den Kopf.

„Es ist ein riesiges europäisches Medienkonglomerat", erkläre ich. „Das größte, um genau zu sein. Peytons leiblicher Vater, Pierre Devereaux, besaß es, und wenn sie die Bedingungen seines Testaments erfüllt, wird sie die Alleinerbin des gesamten Unternehmens. Es ist über zwanzig Milliarden wert."

„Wow. Weißt du, was sie tun muss, um es zu bekommen?"

Ich nicke. „Es ist sehr spezifisch. Vor allem muss sie den Namen Devereaux beibehalten, da sie die letzte der Blutlinie ist. Auch wenn sie heiratet."

„Das ist seltsam."

Ich zucke mit den Schultern. „So ist das eben in unserer Welt. Wie du schon sagtest, Nachnamen sind *sehr* wichtig."

„Darum geht es also? Sie behält nur ihren Namen und bekommt Milliarden? Er hat Madeline nichts vererbt? Waren sie nicht verheiratet?"

„Das waren sie, aber sie hat keinen Cent bekommen, weil sie weniger als fünf Jahre verheiratet waren." Ich schüttle den Kopf und frage mich, warum zum Teufel ich all diese Informationen preisgebe. Normalerweise gebe ich Informationen nur weiter, wenn es unbedingt sein muss.

„Unter uns gesagt, das ist der Grund, warum Madeline ihre Krallen in deinem Vater versenkt hat. Die Frau ist eine Goldgräberin wie aus dem Lehrbuch, und zu ihrem Pech hatte Pierres Testament diese Fünfjahresklausel. Charles und Madeline haben weniger als sechs Monate nach Pierres Tod geheiratet. Ich bin mir ziemlich sicher, dass sie eine Affäre hatten, *bevor* er starb, da Pierre in Frankreich lebte, während sie und Peyton in Kalifornien waren.

Was Peyton betrifft, so muss sie vor ihrem neunzehnten Geburtstag heiraten, und die Ehe muss rechtmäßig sein. Dann muss sie bis zu ihrem einundzwanzigsten Geburtstag einen Erben zeugen und sicherstellen, dass dieses Kind – und alle zukünftigen Erben – ebenfalls den Namen Devereaux tragen."

„Warum so jung? War ihm bewusst, dass wir im einund-zwanzigsten Jahrhundert leben?"

„Keine Ahnung. Er war ziemlich exzentrisch, soweit ich das beurteilen kann." Ich stelle mein Auto vor ihrem Haus ab. „Er war auch zweiundsiebzig Jahre alt, als Peyton geboren wurde. Der Typ war ein klassischer Playboy. Ich schätze, er spürte so langsam, dass auch er sterblich war, und beschloss zu heiraten und mit seiner hübschen jungen Frau einen Erben zu zeugen, bevor er ins Gras beißt."

Zwischen ihren Augenbrauen bildet sich ein Fältchen. „Woher weißt *du* das alles?"

Hier entscheide ich, ob ich ihr vertraue oder nicht. Die einzigen Menschen, die davon wissen, sind Charles, Made-line, Peyton, die Jungs und ich. Reed und Bentley sollten es nicht wissen, und die anderen wissen auch nicht, dass sie es wissen. Damit Peytons Ehe legitim erscheint, muss sie den

Mund über unsere Vereinbarung und den Grund halten. Aber wenn ich Jasmine diese Information gebe, würde mir das vielleicht helfen, ihr Vertrauen zu gewinnen – und genau das brauche ich.

Ich räuspere mich. „Wenn ich dir das sage, musst du mir versprechen, niemandem ein Sterbenswörtchen darüber zu verraten. Das ist eine ernste Sache."

„Egal, was auch immer zwischen unseren Vätern vor sich geht?" Ich nicke. „Ich verspreche, meinen Mund zu halten. Du kannst mir vertrauen, Kingston."

Ich atme tief aus. „Weil Peyton und ich einen Deal gemacht haben. Ich habe zugestimmt, sie zu heiraten und alles zu tun, was nötig ist, damit sie ihr Erbe bekommt." Als Jazz' Kinnlade herunterfällt, füge ich hinzu: „Aber der Deal ist geplatzt. Ich habe weder den Wunsch noch die Absicht, *jemals* wieder an ihrem Leben teilzuhaben. Ich habe sie in über sechs Monaten nicht einmal gefickt."

„Warum? Und was hattest du dir von diesem Geschäft versprochen, denn ich *weiß*, dass du nicht aus reiner Herzensgüte zugestimmt hast."

Verdammt, sie ist scharfsinniger, als gut für sie ist. „Das ist wieder so ein Ding, das *ich dir sagen werde, wenn die Zeit reif ist*."

Sie seufzt tief. „Ich nehme dich beim Wort, Davenport."

Ich nicke in Richtung der Eingangstür. „Du solltest reingehen."

Jasmine schnallt sich ab und lehnt sich zu mir herüber. „Ich weiß, dass ich es schon gesagt habe, aber ich danke dir noch einmal für heute. Ich meine es ernst, Kingston. Ich weiß nicht, wie du das geschafft hast, aber meine Seele hat das dringend gebraucht hat, und ich könnte nicht dankbarer sein."

Jazz leckt sich die Lippen und starrt auf meine. Es wäre so einfach, mich jetzt über die Konsole zu beugen und die Lücke zwischen uns zu schließen. Ich beiße mir auf die Zunge und widerstehe dem Drang.

Ich nicke wieder in Richtung Eingangstür. „Ich sehe dich morgen früh, okay? Soll ich dich um die gleiche Zeit abholen?"

Sie springt aus dem Auto und nickt. „Bis dann. Gute Nacht."

Ich beobachte sie in meinem Rückspiegel, während ich wegfahre. Jazz macht keine Anstalten, das Haus zu betreten, bis ich praktisch außer Sichtweite bin. Es ist fast so, als würde sie sich dagegen sträuben, mich gehen zu sehen, und das ist genau die Reaktion, die ich mir erhofft hatte. Jetzt muss ich nur noch mich selbst davon überzeugen, dass ich nicht genauso empfinde. Ich weiß nicht, warum mich dieses Mädchen so sehr anmacht, aber ich fange an, sie immer weniger zu hassen, und *damit betrete ich* ein sehr gefährliches Terrain.

„Scheiße." Ich drücke die Sprachsteuerungstaste auf meinem Telefon. Als es piept, sage ich: „Ruf John P. an".

„Ich rufe John P. an", antwortet Siri.

„Davenport", sagt mein Privatdetektiv zur Begrüßung. „Ich habe auf Ihren Anruf gewartet."

„Haben Sie einen Treffer erzielt?"

John lacht laut auf. „Ja, ich hatte einen Treffer. Mehr als einen."

„Schießen Sie los."

Er räuspert sich. „Nun, zunächst einmal habe ich die Bestätigung, dass Mahalia Rivera als Dienstmädchen in der Callahan-Villa angestellt war. In dieser Hinsicht scheint alles in Ordnung zu sein, aber sie war jung – gerade achtzehn geworden, als sie anfing. Das Mädchen wurde etwa sechs Monate später geboren."

„Wo war sie vorher?"

„Unter der Betreuung des Jugendamtes", sagt er. „Als Säugling ausgesetzt. Sie wurde oft hin- und hergeschoben und war nie länger als ein paar Monate im selben Heim. Sie wurde etwa vier Monate lang als Ausreißerin geführt, bevor sie zu alt dafür war."

Ich recke meinen Hals von einer Seite zur anderen. Nun, das bestätigt meinen Verdacht, wie Jasmines Mutter in Charles Callahans Leben gekommen ist. Sie war das perfekte Ziel – jung, schön, niemand, der sich um ihren Verbleib sorgte. Ich habe keinen Zweifel daran, dass sie weggelaufen ist, um mit einem Mann *zusammen* zu sein, der mehr als doppelt so alt ist wie sie und der viele Versprechen gemacht hat, die er nie vorhatte, einzuhalten.

„Was noch?"

Er räuspert sich. „Laut ihren Steuerunterlagen hat sie drei Jahre lang dieselbe Adresse in Hidden Hills in ihren Steuererklärungen angegeben. Ab dem vierten Jahr benutzte sie eine Adresse in Süd-Los Angeles."

Was soll der Scheiß?

„Sie hat dort *drei Jahre* lang gelebt?"

Damit hatte ich nicht gerechnet. Das würde bedeuten, dass Jasmine in den ersten Jahren ihres Lebens in dieser

Villa gelebt hat. Peyton und Madeline wären zu diesem Zeitpunkt auch dort gewesen. Madeline muss gewusst haben, dass Jazz das Kind von Charles ist. Diese Frau hätte niemals zugelassen, dass ein Dienstmädchen mit einem Kind im Schlepptau dort lebt. Da war sie sich auch der Vorliebe ihres Mannes bewusst, Teenager zu ficken. Ich frage mich, was sie sonst noch weiß.

„Ja", bestätigt John. „Ein wenig mehr als das. Und jetzt kommt der Clou: Kurz vor Riveras Tod wurde eine eidesstattliche Erklärung über die Vaterschaft abgegeben. Callahan ließ seinen Namen in die Geburtsurkunde des Mädchens eintragen."

Warum zum Teufel sollte er das tun? Jetzt bin ich wirklich komplett durcheinander.

Ich fahre in meine Garage und stelle den Motor ab. „Kennen Sie die Todesursache?"

„Schusswunde. Die Polizei spricht von einer verirrten Kugel aus einer Schießerei . Sie wurde in den Kopf geschossen, als sie eines Morgens an einer Bushaltestelle wartete. Sie wurde noch am Tatort für tot erklärt."

Ich fahre mit einer Hand über mein Gesicht. „Scheiße."

Bei diesem Gespräch regt sich etwas in meinem Unterbewusstsein, aber ich kann es nicht sofort richtig greifen.

Ich zucke zusammen, als der Groschen fällt. „John, ich muss los. Ich will, dass Sie Madeline Callahan beschatten."

„Soll ich nach etwas Bestimmtem suchen?"

Ich schüttele den Kopf. „Ich weiß es noch nicht. Ich will nur wissen, was sie vorhat. Mit wem sie Zeit verbringt. Melden Sie sich bei mir, wenn Sie etwas Verdächtiges finden."

„Wird gemacht."

Ich lege auf und eile quer durch das Grundstück zum Poolhaus. Ich hole ein paar Kisten aus dem obersten Fach in meinem Kleiderschrank. Die zweite Frau meines Vaters, das Miststück, wollte keine Spur von Jennifer Davenport im Haus haben. Meinem Vater wäre es egal gewesen, wenn alles im Müll gelandet wäre. Zum Glück hat meine Schwester ihn unter Tränen angefleht, uns alles durchsehen zu lassen. Eine schwierige Aufgabe für zwei Neunjährige, aber so ist mein dickköpfiger Vater nun mal.

Wir haben die meisten Habseligkeiten unserer Mutter gespendet, aber Ainsley hat den ganzen Schmuck bekommen, und die Fotoalben kamen in diese Kisten, die ich in meinem Schrank aufbewahre. Von Zeit zu Zeit gehe ich sie durch, meist um den Jahrestag ihres Todes herum, wenn ich ihren Verlust noch stärker spüre. Ich sitze auf dem Boden und blättere ein Album nach dem anderen durch, bis ich die richtige Altersgruppe gefunden habe. Nach gut dreißig Minuten finde ich endlich das Bild, an das ich gedacht habe.

Meine Mutter steht neben einer anderen Frau, von der ich jetzt weiß, dass sie Mahalia Rivera ist. Jazz hat ein gerahmtes Bild mit ihrer Mutter und ihrer Schwester auf dem Schreibtisch in ihrem Schlafzimmer stehen. Ich hatte dieses seltsame Déjà-vu-Erlebnis, als ich es beim Herumschnüffeln zum ersten Mal gesehen habe, aber ich nahm an, dass es einfach daran lag, dass Jazz ihrer Mutter so sehr ähnelt. Auf dem Foto, das ich habe, sind auch drei Kinder zu sehen. Ich, Ainsley und ein kleines Mädchen, das Jasmine sein muss. Ich habe meinen Vater einmal gefragt, wer die andere Frau ist, und er hat einfach gesagt: „Eine Freundin deiner Mutter."

Heilige Scheiße.

Meine Schwester und ich haben früher mit Jazz gespielt. Ist das der Grund, warum ich mich so zu ihr hingezogen fühle? Weil sich mein Unterbewusstsein irgendwie an sie erinnert, obwohl wir noch so jung waren? Gerade als ich dachte, ich hätte die Situation mit meinem Vater und Charles Callahan im Griff, kommt eine weitere Wendung.

Kann dieser Mist überhaupt noch verworrener werden?

KAPITEL ZWANZIG

JAZZ

Ich muss immerzu an meinen gestrigen Ausflug mit Belle und Kingston denken. Ich lächle und nehme das Bild von meinem Schreibtisch hoch. Belle, unsere Mutter und ich sitzen hoch über dem Meer in einer der Kabinen des Riesenrads im Pacific Park. Jedes Jahr an meinem Geburtstag verbrachten wir den Tag auf dem Santa Monica Pier. Das war unser Ding, solange ich mich erinnern kann. Wir hatten nicht viel – eigentlich kaum etwas –, aber sie machte Überstunden, um genug Geld für ein paar Armbänder für unbegrenzte Fahrten zu bekommen, gefolgt von Churros und Eiscreme.

Gott, ich vermisse sie so sehr.

Was hat Kingston vor? Man kann nicht in der einen Minute jemandem drohen und in der nächsten für dieselbe Person die Sterne vom Himmel holen. Und was ist mit all den Informationen, die er über seine Vereinbarung mit Peyton preisgegeben hat? Ich weiß, dass er mich davon abhalten will, selbst in den Machenschaften unserer Väter herumzuschnüffeln, aber das scheint mir doch ein wenig extrem. Ich weiß, dass mehr dahinterstecken muss – ich muss einfach auf der Hut sein, bis ich herausgefunden habe, was es ist.

Es klopft an meiner Zimmertür, kurz bevor Ms. Williams sagt: „Miss Jasmine, Ihre Anwesenheit wird in genau zehn Minuten im Esszimmer verlangt."

Was soll das? Normalerweise frühstücke ich vor der Schule nicht – vielleicht einen Apfel, wenn überhaupt. Ms. Williams weiß das. Außerdem habe ich, seit ich hier bin, noch niemanden gesehen, der an einem Schultag im Speisesaal frühstückt.

Ich öffne meine Tür. „Warum?"

Ms. Williams runzelt die Stirn. „Es steht mir nicht zu, Mr. Callahan zu befragen. Ich weiß nur, dass er um Ihre und Miss Peytons Anwesenheit beim Frühstück heute Morgen gebeten hat."

„Gebeten, das heißt, es ist freiwillig?" Ich hebe herausfordernd eine Augenbraue.

Ihre Augen verengen sich. „Nein, junge Dame, es ist *nicht* freiwillig." Sie schaut auf die schmale Uhr an ihrem Handgelenk. „Sie haben noch neun Minuten, also schlage ich vor, Sie machen sich fertig für die Schule."

Ich seufze. „Gut. Ich werde da sein."

Ms. Williams nickt und macht auf dem Absatz kehrt. Ich war bereits fertig, als sie geklopft hat. Nachdem ich mein Spiegelbild überprüft und meinen Rucksack gepackt habe, gehe ich nach unten. Kingston wird mich bald abholen, also muss ich mich zum Glück nicht lange mit diesen

Leuten herumschlagen. Seit dem Abend, an dem Kingston und sein Vater hier waren, haben wir nicht mehr gemeinsam gegessen. Das scheint in diesem Haushalt keine große Sache zu sein, es sei denn, wir haben Gäste, was für mich völlig in Ordnung ist.

Charles liest gerade etwas auf seinem iPad, als ich ankomme. Er schaut auf, als ich den Raum betrete, und legt das Gerät auf den Tisch.

„Jasmine."

„Morgen", murmle ich, als ich am anderen Ende des Tisches Platz nehme.

Ein Schauer läuft mir über den Rücken, als wir Blickkontakt aufnehmen. Er sieht mich an, als würde er versuchen, meine Gedanken zu lesen. Weiß er, dass Kingston und ich ihm in der letzten Nacht nachspioniert haben?

Madeline und Peyton betreten den Raum, wodurch unser Blickkontakt abreißt, und nehmen ebenfalls Platz. Madeline sitzt neben meinem Vater und Peyton sitzt mir direkt gegenüber, zweifellos, damit sie mich direkt anstarren kann.

„Guten Morgen, allerseits." Madeline setzt ihr künstliches Lächeln auf und wendet sich an ihren Mann. „Schatz, was hat das zu bedeuten? Die Mädchen müssen bald los."

„Willst du mich etwa kritisieren, *Schatz*?" Charles wirft seiner Frau einen Blick zu, der das Lächeln auf ihrem Gesicht verschwinden lässt.

„Nein, natürlich nicht", stottert sie und senkt ihren Blick auf das weiße Tischtuch.

Seine blauen Augen verengen sich. „Das will ich nicht hoffen, schließlich steht dir das nicht zu."

„Natürlich nicht. Es tut mir leid." Madelines Körperhaltung wird noch unterwürfiger, und sie weicht seinem
Blick sorgfältig aus.

Was wird das jetzt?

„Guten Morgen, Daddy", sagt Peyton voll Enthusias-
mus. „Danke, dass du uns eingeladen hast, heute Morgen
mit dir zu essen. Ich freue mich immer, dich zu sehen."

Arschkriecherin.

Charles lächelt sie an. „Guten Morgen, Peyton. Es freut
mich zu sehen, dass wenigstens eine der Frauen in diesem
Haushalt Manieren hat."

Peyton strahlt, während ich die Stirn runzle. Was ist
hier eigentlich los? Es ist nicht so, dass diese Leute von
Natur aus warmherzig sind, aber es scheint auf einmal eine
beträchtliche Spannung zwischen ihm und Madeline zu
geben.

Natalie, die Assistentin des Küchenchefs, rollt einen
Wagen in den Raum und stellt jedem von uns einen Teller
vor die Nase. Charles' Teller ist mit einem riesigen Omelett,
Kartoffelpuffer, Speck und Obst gefüllt. Verdammt, das
sieht gut aus. Der Rest von uns bekommt eine Kugel
Hüttenkäse mit ein paar Beeren obendrauf.

„Esst auf, Mädels. Wie meine Frau mich gerade unnöti-
gerweise erinnert hat, haben wir nicht viel Zeit." Er wartet,
bis wir alle einen Bissen genommen haben. „Nun, der
Grund, warum ich euch hierher gerufen habe, ist, dass ich
mich bei euch melden wollte. Ich war in letzter Zeit so oft
verreist, dass ich mich nicht auf dem Laufenden fühle.
Jasmine, du bist jetzt seit ein paar Wochen hier, wie hast du
dich eingelebt?"

„Ähm … gut."

Charles zieht eine Augenbraue hoch. „Und die Schule? Wie läuft's da?"

„Ja, Jasmine, wie läuft's in der Schule?", stichelt Peyton.

Ich erwidere ihr falsches Lächeln. „Es ist einfach toll, danke der Nachfrage."

„Ich bin froh, das zu hören", sagt Charles.

Madeline hebt ihren Blick zu ihrer Tochter. „Wie geht es Kingston, Liebes? Habt ihr schon besprochen, welche Farben ihr für den Abschlussball wählen wollt?"

Peyton schnaubt und schüttelt den Kopf in meine Richtung. „Frag doch mal die da drüben."

Madeline dreht sich zu mir um, und ihre Verwirrung ist deutlich zu sehen. „Was soll das bedeuten?"

Ich zucke mit den Schultern. „Ich habe keine Ahnung. Kingston hat sie abserviert, also sucht sie anscheinend einen Schuldigen."

Peytons Gesicht läuft rot an. „Er hat mich *nicht* abserviert! Wir haben nur gemeinsam beschlossen, eine Pause zu machen."

Ich lache laut auf. Dieses Mädchen ist wahnsinnig. „Klar, so muss das sein."

Madeline schaut wieder zu Peyton. „Ihr beide habt euch wieder getrennt? Ich dachte, ihr hättet eure … Probleme gelöst."

Peyton schiebt die Beeren auf ihrem Teller hin und her. „Nur vorübergehend. Ich habe ihm die Erlaubnis gegeben, sich die Hörner abzustoßen oder was auch immer, bevor es Zeit wird, ernst zu werden." Sie sieht mir direkt in die Augen. „Du hast vielleicht jetzt seine Aufmerksamkeit, aber das wird nicht so bleiben. Du kannst ihn nicht halten. Er kommt *immer wieder* zu mir zurück.“

„Ich *will* ihn gar nicht. Wie oft muss ich dir das noch sagen?“

Sie rollt mit den Augen. „Genau. Warum hängst du dann mit ihm rum?“

Ich knirsche mit den Zähnen. „Wir sind ... Freunde. Ich bin auch mit seiner Schwester befreundet. Willst du etwa behaupten, dass ich auch hinter Ainsley her bin?“

Madeline räuspert sich. „Jasmine, ich wusste nicht, dass du und Kingston Zeit miteinander verbringt. Wann hat das angefangen?“

„Diese Woche.“ Ich zucke mit den Schultern. „Das ist keine große Sache. Wir haben uns *einmal* getroffen. Und meine siebenjährige Schwester war fast die ganze Zeit dabei.“

Peyton fällt die Kinnlade herunter. „Kingston mag keine kleinen Kinder. Warum sollte er Zeit mit einem verbringen?“

Ich grinse. „Hmm, das ist seltsam, denn wenn du mich fragst, kann er ziemlich gut mit ihnen umgehen.“

Madeline sieht verärgert aus, aber aus irgendeinem Grund scheint Charles sich über diese Information zu freuen.

Charles nimmt einen Schluck von seinem Kaffee. „Es freut mich zu hören, dass du Freunde gefunden hast, Jasmine. Kingston Davenport ist ein guter junger Mann. Ich halte es für gut, dass du dich mit ihm anfreundest.“

Ich werfe ihm einen Blick zu, der sagt: *„Danke, denn deine Zustimmung habe ich gerade noch gebraucht.“*

„Daddy!", schreit Peyton.

Charles rollt mit den Augen. „Oh, sei nicht so ein schlechter Verlierer, Peyton. Männer sind nicht dafür gemacht, monogam zu sein. Wenn Kingston ein wenig Zeit mit Jasmine – oder irgendeinem anderen Mädchen – verbringen will, dann geht dich das nichts an. Ihn dazu zu zwingen, wird nichts bringen. Das weißt selbst du besser."

Ich beiße mir auf die Zunge, damit ich nicht auf seinen frauenfeindlichen Arsch losgehe.

Peytons Nasenflügel blähen sich auf, bevor sie ihren Blick entschärft und lächelt. „Du hast Recht, Daddy."

Er nickt. „Natürlich habe ich das."

Ms. Williams betritt den Raum. „Entschuldigen Sie die Unterbrechung, aber der jüngere Mr. Davenport ist gerade in die Einfahrt gefahren."

Gott sei Dank.

Meine Gabel klirrt auf meinem Teller, als ich sie fallen lasse. „Er ist hier, um mich abzuholen."

Madeline und Peyton schnappen unisono nach Luft.

Der Samenspender lächelt. „Du darfst jetzt gehen, Jasmine. Ich wünsche dir einen schönen Tag in der Schule."

Ich nehme meine Tasche unter dem Tisch hervor und hänge sie mir über die Schulter. „Ja ... danke."

Ich kann dieser Twilight Zone nicht schnell genug entkommen. Ich trete aus der Haustür, als Kingston vorfährt.

Gott, ich wünschte, ich würde sein Auto nicht so sexy finden, aber genau das tue ich. *Ich tue es wirklich.* Ich fummele eine Minute lang herum, bevor ich herausfinde, wie ich die Tür öffnen und mich auf den Beifahrersitz fallen lassen kann.

„Hey." Kingstons Blick klebt an meinen Schenkeln.

Ich ziehe meinen karierten Rock wieder an seinen Platz. Er war hochgerutscht, als ich ins Auto stieg. Ich muss vorsichtiger sein – ich bin es immer noch nicht gewohnt, diese verdammten Dinger jeden Tag zu tragen.

„Hey. Du bist gerade rechtzeitig aufgetaucht, um mich vor dem peinlichsten Frühstück aller Zeiten zu retten. Ich bin mir ziemlich sicher, dass Peyton mir die Augen auskratzen wollte."

Kingston schaltet einen Gang höher. „Seit wann frühstücken die Callahans wochentags zusammen?"

„Seit heute, anscheinend." Ich zucke mit den Schultern. „Mein Samenspender wollte sich bei uns ‚melden'."

Er runzelt die Stirn. „Um *was* zu tun?"

„Er hat mich gefragt, wie es in der Schule läuft, wie ich mich einlebe. Solche Sachen eben. Dann kamst du zur Sprache und die Spannung vervierfachte sich. Lustige Zeiten." Ich mache ein lustiges Gesicht. „Nicht wirklich."

Kingston zieht die Brauen hoch. „Wie kam ich ins Spiel?"

„Ich weiß es nicht mehr genau ... Madeline fragte Peyton etwas über den Abschlussball. Dann hat Peyton mich beschuldigt, dass ich versucht habe, dich ihr wegzunehmen, was dazu führte, dass Charles irgendeinen sexistischen Schwachsinn über die Unfähigkeit von Männern zur Monogamie von sich gegeben hat."

Er lacht laut auf.

Ich kneife die Augen zusammen. „Sag nur nicht, dass du mit diesem Arschloch einer Meinung bist."

Kingstons Lippen verziehen sich zu einem Grinsen. „Ich stimme definitiv nicht mit ihm überein. Das ist eine pauschale Aussage für so ziemlich alles. Apropos Abschlussball ... hast du schon ein Kleid?"

„Warum sollte ich?"

Er sieht mich an, als hätte ich etwas Dummes gesagt. „Weil das alle Mädchen haben."

„Ja, nun, ich bin nicht wie die meisten Mädchen."

„Das habe ich schon bemerkt", sagt er trocken. „Aber du musst dir trotzdem eines besorgen."

Ich verschränke die Arme vor der Brust. „Warum denn das? Ich habe nicht vor, hinzugehen."

„Warum zum Teufel nicht?"

„Warum zum Teufel sollte ich?", schieße ich zurück.

„Mein Gott, Frau." Kingston stößt einen Atemzug aus. „Du musst dir ein Kleid besorgen, weil ich eine Begleitung brauche und ich möchte, dass *du* diese Begleitung bist."

Ich schüttle den Kopf. „Es tut mir leid ... Ich dachte, ich hätte den Wahnsinn im Haus zurückgelassen. Wovon zum Teufel redest du?"

Kingston wischt sich frustriert mit der Hand über das Gesicht. „Musst du dich bei jeder Gelegenheit mit mir anlegen? Warum bist du immer so verdammt schwierig?"

„Äh ..., weil man eben nicht immer bekommt, was man will? Warum willst du überhaupt, dass *ich* deine Begleitung bin? Du magst mich doch gar nicht."

Er wirft mir einen schiefen Blick zu. „Wir wissen beide, dass das nicht stimmt."

Ich schüttle den Kopf. „Gut. Dein Schwanz mag mich. Aber der Rest von dir denkt, ich bin *Müll*, schon vergessen?"

„Du kannst ganz schön nervtötend sein", murmelt er.

„Wenn ich so verdammt nervtötend bin, warum reden wir dann überhaupt noch?"

„Gut. Dann halte ich den Mund."

Ich schaue aus dem Fenster. „Gut so."

Kingston dreht die Stereoanlage auf und wir reden auf dem Rest der Strecke kein weiteres Wort. Als wir in eine Parklücke einparken, will ich meine Tür öffnen, aber er hält meine Handgelenke fest und hindert mich so daran, auszusteigen.

„Was machst du da, du Idiot? Lass los!"

„Warte nur eine Sekunde, verdammt!" Er verstärkt seinen Griff, als ich mich noch mehr wehre. „Hör zu, es tut mir leid, okay? Zufrieden?"

Ich höre auf, mich zu winden. „*Was* tut dir leid?"

„Dafür, dass ich einfach so angenommen habe, du würdest mit mir zum Abschlussball gehen wollen. Dass ich versucht habe, dich unter Druck zu setzen, damit du gehst." Er atmet tief aus. „Ich bin es nicht gewohnt, so hart arbeiten zu müssen, um die Aufmerksamkeit eines Mädchens zu bekommen, in Ordnung? Du musst mir den Raum geben, Fehler machen zu können."

„Ich muss dir keinen Raum für *irgendetwas* geben, Kingston. Ich habe nie um deine Aufmerksamkeit gebeten. Ich *will* deine Aufmerksamkeit nicht."

Sein Kiefer krampft sich zusammen. „Lüg dich nicht selbst an, Jazz. Wir wissen beide, dass dein Körper meine

Aufmerksamkeit *sehr begehrt*. Ich wette sogar, dass du die ganze Nacht, nachdem ich dich abgesetzt hatte, an mich gedacht hast. Dass du dir, als du deine Finger in deine feuchte kleine Muschi gesteckt hast, gewünscht hast, sie wären meine."

Mir bleibt der Mund offenstehen. Vor allem, weil er recht hat, aber das möchte ich nicht zugeben.

„Du bist ein egoistisches Arschloch."

Kingston grinst mich böse an. „Aber ich habe *recht*. Gib es zu."

Ich schaue weg. „Ich gebe gar nichts zu."

Er passt seinen Griff an, bis er meine beiden Handgelenke mit einer Hand umklammert hat. Mit der anderen Hand übt er so lange Druck auf mein Kinn aus, bis ich mich wieder zu ihm umdrehe.

Seine haselnussbraunen Augen glitzern. „Gib es zu."

„*Nein*."

Kingston lacht. „Gut, dann beweise ich meinen Standpunkt auf andere Weise."

Im nächsten Moment löst er seinen Sicherheitsgurt und lehnt sich über die Konsole, um seine Lippen auf meine zu pressen. Ich bin so geschockt, dass ich eine Sekunde brauche, um zu begreifen, was passiert. Dann will ich mich ihm eigentlich entziehen – oder ihm in die Eier schlagen –, aber stattdessen stöhne ich in seinen Mund und erwidere den Kuss. Als er meine Handgelenke loslässt, löse ich meinen Sicherheitsgurt, greife mit den Händen in sein Haar und ziehe mich näher an ihn heran.

Er stöhnt auf, als ich fester ziehe und seine Lippen meinen Hals hinunterwandern. „Jasmine ..." Kuss. „Wür-

dest du bitte ..." Kuss. „Mit mir zum Abschlussball gehen?"
Kuss.

„*Nein*", keuche ich, als er zubeißt.

„Willst du damit sagen, dass ich noch mehr Überzeu-
gungsarbeit leisten muss? Denn dazu bin ich definitiv
bereit." Kingston lehnt sich zurück und nickt auf seine
wachsende Erektion, die sich deutlich in seiner schwarzen
Hose abzeichnet.

„Ich werde *keinen* Sex mit dir haben, also musst du dein
kleines Problem auf andere Weise lösen."

Er grinst. „Jazz, wie du dich vielleicht erinnerst, gibt es
nichts *Kleines* an mir. Scheiße, auf Donovans Party konntest du nicht aufhören, mir zu erzählen, wie sehr du
meinen *riesigen* Schwanz liebst."

Ich erröte vor Wut. Oder vielleicht vor Erregung. Nein,
in dem Fall Wut. Ich kneife die Augen zusammen, irritiert
über die Erinnerung an eine Nacht, an die ich mich
eben *nicht* erinnern kann. Ich kann nicht glauben, dass ich
nicht daran gedacht habe, ihn früher darauf anzusprechen.

„Gutes   Stichwort   –   Was   ist   in   dieser
Nacht *wirklich* passiert? Verarsche mich nicht."

Er klappt den Sonnenschutz mit dem Spiegel herunter
und richtet das Chaos, das ich in seinem Haar angerichtet
habe. „Du hast die Bilder gesehen. *Und das Video*. Ich
denke, es ist ziemlich offensichtlich, was passiert ist."

„Komm schon, Kingston. Du sagst, ich muss dir
vertrauen. Nun, du musst *dir* dieses Vertrauen *verdienen*.
Sag mir die Wahrheit. Ich *weiß, dass* ich mit keinem von
euch Sex hatte. Warum kannst du das nicht einfach
zugeben?"

Er schaut mir einen Moment lang in die Augen. „Du bist noch nicht bereit für die Wahrheit."

Scheiße. Das macht mich wütend, Mann!

„Ich bin viel stärker, als du glaubst." Ich klappe meine eigene Sonnenblende herunter um und streiche mir die Haare glatt. „Und solange du nicht bereit bist, mir ein paar Antworten zu geben, habe ich dir nichts mehr zu sagen."

Ich steige aus und erschrecke, als ich sehe, dass sich eine große Menschenmenge um Kingstons Auto versammelt hat. Peyton und ihre Truppe stehen ganz vorne und versuchen, mich mit Blicken zu ermorden. Ich unterdrücke ein Stöhnen, als mir klar wird, dass all diese Leute Kingston und mich beim Knutschen gesehen haben. Verdammt, warum verliere ich immer gleich den Verstand, wenn er mich berührt?

Kingston steigt aus dem Auto und bellt: „Komm zurück, verdammt noch mal".

Ich bin immer noch wie erstarrt, als er meine Hand ergreift. Die Menge teilt sich wie das Rote Meer, als er mich hinter sich herzieht und mich erst loslässt, als wir vor meinem Spind stehen.

Er nickt in Richtung meines Spinds. „Beeil dich und hol das Zeug, das du benötigst. Ich begleite dich zum Unterricht."

„Du musst mich *nirgendwohin begleiten*. Meinst du nicht, dass du heute Morgen schon genug Ärger verursacht hast? Es ist schon schlimm genug, dass du denkst, du könntest mich ohne meine Zustimmung küssen, aber es ist noch schlimmer, dass du es vor der halben Schule getan hast!"

„Seit wann kümmert es dich, was andere denken?"

„Es *ist* mir scheißegal, was sie denken", flüstere ich ihm zu. „Aber ich will ihnen auch nicht noch mehr Futter geben. Ich habe die Nase voll von dem Scheiß. Ich brauche kein zusätzliches Drama in meinem Leben. Ich habe nie um so etwas gebeten. Alles, was ich will, ist zum Unterricht zu gehen, gute Noten zu bekommen und unsichtbar zu sein."

Kingston starrt mich einen Moment lang an. „Jazz, eines könntest du *nie* sein: unsichtbar."

Ich lache auf. „Ich wüsste nicht, warum ..."

„Yo, Jazzy Jazz", unterbricht mich Bentley, der seinen Arm über meine Schultern legt. „Was soll die ganze Aufregung heute Morgen? Ich habe gehört, dass du auf dem Parkplatz mit diesem Arschloch Mandelhockey gespielt hast." Er reißt sein Kinn in Richtung Kingston, der ihn mit einem starren Blick fixiert. „Ich habe versucht, hinter dem Fitnessstudio ein wenig Morgenluft zu schnuppern, aber die Boujee-Schlampen im Haus waren zu sehr mit Klatsch und Tratsch beschäftigt. Ihr zwei Turteltäubchen ruiniert mir das Spiel."

„Verpiss dich, Fitzgerald", schnauzt Kingston.

Bentley lacht. „Beruhige dich, Großer. Ich nenne nur die Fakten." Er beugt sich herunter und flüstert mir ins Ohr. „Weißt du, wenn du jemanden suchst, mit dem du herummachen kannst, ich bin bereit. Du musst dich nicht mit diesem grüblerischen Bastard abgeben, wenn du etwas Liebe willst."

Ich stoße ihn mit einem Lächeln von mir, obwohl ich mir fest vorgenommen habe, keine Miene zu verziehen. „Halt die Klappe, du Idiot."

Bentley keucht dramatisch. „Autsch. Das tut weh." Als

die Schulglocke läutet, drückt er mir einen schnellen Kuss auf die Wange. „Ich muss los, Babe. Wir sehen uns beim Mittagessen."

Bentley lacht, als Kingston ihm einen Schlag verpasst.

„Nimm deinen Scheiß und lass uns gehen", knurrt er.

Ich kneife die Augen zusammen. „Hör auf, mich herumzukommandieren."

„Hör auf, so verdammt stur zu sein."

Ich gebe den Code ein, um mein Schließfach zu öffnen, nehme die Hefte für die ersten beiden Klassen und einen Taschenrechner. Ich stecke sie in meine Tasche und schließe die Tür.

Kingston klebt an meiner Seite, als ich zur Statistik gehe, aber ich bin so genervt von ihm, dass ich nichts sage. Ich weiß, dass so ziemlich alle Augen auf uns gerichtet sind, aber auch die ignoriere ich. Ich bin fast erleichtert, als wir in meiner Klasse ankommen und Kingston abhaut. Zumindest, bis ich den Raum betrete. Da sehe, dass die Leute hier nicht weniger neugierig sind als auf dem Flur. Ich bin mir sicher, dass sie alle genauso verblüfft sind wie ich und sich fragen, warum Kingston mich auf einmal nicht mehr schikaniert, sondern mit mir auf dem Parkplatz rummacht. Und dann ist da noch Bentley, der nicht aufhört, offen mit mir zu flirten und bei jeder Gelegenheit seine Lippen auf meine Wange zu drücken.

Was habe ich mir nur dabei gedacht, mich heute Morgen von Kingston abholen zu lassen? Ich hätte es besser wissen müssen, nach dem, was gestern passiert ist, aber ich war so aufgedreht, weil ich meine Schwester gesehen hatte, als er es erwähnt hat, dass ich ohne Rücksicht auf Konsequenzen zugestimmt habe. Ich muss der Sache ein Ende setzen. Ich muss mich von Kingston distanzieren, egal, wie aufdringlich er wird oder wie sehr ich mich zu ihm hingezogen fühle. Als ich an meinem Schreibtisch ankomme, ziehe ich mein Handy heraus und schreibe Ainsley heimlich eine SMS mit der Bitte, mich nach der Schule nach Hause zu fahren. Ich seufze erleichtert, als sie sofort zustimmt.

Nachdem das erledigt ist, klappe ich mein Pad und mein Notebook auf und bin bereit, mit dem Unterricht zu beginnen.

KAPITEL
EINUNDZWANZIG

JAZZ

Auf dem Weg zum Mittagessen halte ich auf der Damentoilette an, um meine schmerzende Blase zu entleeren. Nachdem ich mein Geschäft erledigt und mir die Hände gewaschen habe, will ich gerade in den Speisesaal gehen, als drei der versnobten Schlampen hereinstürmen, die Krallen zum Ausholen bereit. Nein, sagen wir ... fünf ... sieben ... *zehn*. Als die letzte hereinkommt, schließt sie die Tür hinter sich ab. Ein paar von ihnen erkenne ich aus unseren gemeinsamen Kursen, aber einige der jüngeren nicht.

Scheiße.

Egal, wie rauflustig ich bin, eine Quote von zehn zu eins ist für niemanden zu gewinnen.

Ich lege eine Tapferkeit an den Tag, die ich nicht wirklich empfinde, als ich mich an Peyton wende, die offensichtliche Rädelsführerin.

„Was willst du, Peyton?"

„Hmm, ist das nicht eine schwierige Frage?", sinniert sie und tippt sich nachdenklich ans Kinn. „Nun, für den Anfang möchte ich, dass du tot umfällst, genau wie deine Mami."

Ihre Worte rauben mir den Atem. Es überrascht mich nicht, dass sie meine Mutter benutzt, um mich zu verletzen, aber es hat definitiv den beabsichtigten Effekt. Ich kann mich davon aber nicht ablenken lassen – ich muss unbedingt aus diesem Badezimmer raus.

Ich seufze in gespielter Langeweile. „Hör zu, Peyton. Ich bin wirklich nicht in der Stimmung, mich mit dir und deiner lustigen Bande von Schlampen zu beschäftigen. Warum sagst du nicht einfach, was du sagen wolltest, und wir können uns auf den Weg machen?"

Sie lächelt kalt. „Na, wo bleibt da der Spaß?"

Mein Handy summt in der Innentasche meines Blazers. Ich bin mir sicher, dass es Ainsley ist, die sich fragt, wo zum Teufel ich bin, aber ich werde es nicht riskieren, meine Aufmerksamkeit von Peyton abzulenken, um nachzusehen.

„Ich habe keine Zeit für so etwas." Ich verdrehe die Augen, gehe weiter und beschließe, mich einfach an ihnen vorbeizuschieben.

„Nicht so schnell, Schlampe", höhnt Peyton. „Zu schade, dass deine kostbaren Könige jetzt nicht hier sind, um dich zu beschützen, nicht wahr?"

Die anderen Mädchen bewegen sich wie abgestimmt und bilden eine menschliche Wand. Innerlich liegen meine Nerven blank, aber ich tue mein Bestes, um eine kühle Oberfläche zu zeigen.

Ich grinse. „Ich brauche sie nicht, um mich zu beschützen."

„Ich denke, du wirst ein anderes Lied singen, wenn wir mit dir fertig sind. Es sei denn ..."

„Es sei denn, *was*?"

Mein Telefon vibriert jetzt wie verrückt.

„Es sei denn, du hältst dich von Kingston fern", antwortet sie. „Wir lassen dich hier raus, wenn du versprichst, dich ihm nie wieder zu nähern."

„Und Bentley", fügt Whitney hinzu.

„Und Bentley", antwortet Peyton.

Ich erwidere ihre hasserfüllten Blicke. „Was passiert, wenn ich es nicht tue? Wollt ihr mich verprügeln? Mir die Nase brechen, vielleicht? Auge um Auge? Ist es das?"

Ich weiß, dass ich gleich in den Arsch getreten werde, aber ich werde ganz sicher nicht kampflos untergehen. Ich balle meine Hand zu einer Faust und lege meinen Daumen auf die ersten beiden Finger.

Ein echtes Grinsen breitet sich auf ihrem Gesicht aus. Dieser Verrückten macht das tatsächlich Spaß. „Das ist ein guter Anfang."

An der Badezimmertür wird gerüttelt, und auf der anderen Seite hämmert jemand mit den Fäusten dagegen. „Jazz, bist du da drin?"

Oh, Gott sei Dank. Ainsley kann einen Hausmeister holen, der die Tür aufschließt. Hoffentlich kann ich diese Tussis bis dahin aufhalten.

„Ich bin eingesperrt", schreie ich.

„Jazz?", wiederholt Ainsley, und in ihrer Stimme schwingt Panik mit. „Geht es dir gut?"

Peyton stürzt sich auf mich, weil sie weiß, dass ihr die Zeit wegläuft, aber ich weiche ihrem Schlag aus.

„Haltet ihre Arme, ihr Idioten!", schreit sie.

Es braucht vier Mädchen, um mich festzuhalten, aber als sie es endlich geschafft haben, verpasst mir Peyton eine Ohrfeige, bevor sie mir direkt in den Magen schlägt, sodass ich umkippe. Verdammt, das tat weh. Sie muss sich auf YouTube Videos angesehen haben, wie man richtig zuschlägt.

Als ich nach Luft schnappe, knallt die Tür auf und mehrere Mädchen stöhnen auf, als sie heftig nach vorne geschubst werden. Zu meinem Pech wird mein Kopf durch den Schwung der Mädchen gegen die Wand geschleudert.

Ich stöhne auf, als dunkle Flecken vor meinen Augen erscheinen. „Jesus."

Ich werfe einen Blick zur Tür und sehe Kingston, Bentley und Reed, die die Mädchen mit wütenden Blicken anstarren.

„Raus", sagt Kingston, ohne jegliche Regung zu zeigen. Ich weiß nicht, warum, aber die Ruhe lässt ihn noch gefährlicher erscheinen.

Die Menge flüchtet, als die drei Jungs das Bad betreten. Bevor Peyton entkommen kann, stellt sich Kingston ihr in den Weg.

„Um dich kümmere ich mich später", verspricht er.

Peyton wird blass. „Baby, es ist nicht das, wonach es aussieht. Ich-"

Kingston ballt die Fäuste, als er einen Schritt auf sie zu macht. „Spar dir das, Peyton. Geh mir verdammt noch mal aus den Augen, bevor ich etwas tue, was nicht mehr rückgängig zu machen ist."

Ihre Augen weiten sich, bevor auch sie aus der Tür rennt.

Ich zucke zusammen, als Kingston sich mir nähert und mit einem Finger sanft über meine Wange streicht. Er runzelt die Stirn, als er das untersucht, was ich für einen Handabdruck in Peyton-Größe habe.

„Alles in Ordnung?", fragt er.

Mein Kopf schmerzt und ich habe blaue Flecken an der Stelle, wo Peyton mich geschlagen hat, aber ansonsten geht es mir gut.

„Ja." Ich seufze, als er mir einen sanften Kuss direkt zwischen die Augenbrauen drückt. „Wie hast du die Tür aufbekommen?"

Bentley schüttelt einen Schlüsselbund. „Universalschlüssel. Ich habe diese Dinger seit dem ersten Semester. Sie sind sehr praktisch, wenn man in einem leeren Klassenzimmer oder Schrank herumspielen will."

Mir fällt zu diesem sexbesessenen Narren nichts weiter ein.

„Oh mein Gott, Jazz, geht es dir gut?" Ainsley rennt ins Zimmer und stößt ihren Bruder zur Seite. „Was zum Teufel ist passiert?"

„Sie haben mich in die Enge getrieben", sage ich. „Woher wusstest du, wo du mich findest?"

Ainsley und Kingston tauschen einen Blick aus, bevor er sagt: „Ich habe einen Peilsender auf deinem Handy installiert."

Mir fällt die Kinnlade runter. „Du hast was?!"

Er zieht eine Augenbraue hoch. „Es hat sich als nützlich erwiesen, nicht wahr?“

Ich verenge meine Augen. „Aber das erklärt nicht, *warum* du es getan hast.“

„Baby Girl, lass uns jetzt nicht über Kingstons Stalker–Tendenzen nachdenken“. Bentley zieht mich in eine seitliche Umarmung. „Wir alle wissen, dass du keine Antwort bekommst, bis er bereit ist, dir eine Antwort zu geben. Was hältst du davon, wenn wir die letzten paar Stunden schwänzen? Wir holen uns einen Eisbeutel für deine schöne Wange und ich lade dich auf einen großen, fettigen Burger ein.“ Wie aufs Stichwort knurrt mein Magen, was ihn zum Lachen bringt. „Siehst du, dein Magen mag diese Idee.“

„Gut“, murmle ich. „Aber nur, weil ich Hunger habe.“

„Ich komme mit“, sagt Ainsley. „Jazz, du kannst mit mir fahren.“

Bentley wirft einen Blick auf Ainsley. „Ich denke, Jazz sollte mit mir fahren. Du kannst Reed mitnehmen.“

Probleme vermögender Kinder: schicke Sportwagen fahren, die nur zwei Sitze haben.

„Okay.“ Ainsley sieht Kingston an. „Kommst du mit, Bruder?“

Kingstons Blick hängt immer noch auf mir. „Nein. Ich muss mich um etwas kümmern. Ich komme später nach.“ Er tritt wieder an mich heran und drückt seine Stirn an meine. Es ist eine überraschend intime Geste – eine, bei der ich nicht weiß, wie ich sie erwidern soll. „Gebt uns eine Minute.“

Niemand wagt es, ihn zu fragen warum. Sie verlassen einfach wortlos das Bad.

„Was machst du …?"

Er drückt seinen Zeigefinger auf meine Lippen. „Geht es dir wirklich gut? Du sahst ziemlich aufgewühlt aus, als ich ankam."

„Ja … nun …" Ich zucke mit den Schultern. „In einem kleinen Raum mit zehn verrückten Schlampen gefangen zu sein, ist nicht gerade das angenehmste Gefühl."

Er fährt wieder mit den Fingern über meine Wange. „Bist du sonst noch irgendwo verletzt?"

„Ich bin mit dem Hinterkopf an die Wand geknallt, aber es ist alles in Ordnung. Peyton hat mir einen kräftigen Schlag in den Magen versetzt, aber mehr konnte sie nicht tun, bevor du hereingeplatzt bist."

Kingston hockt sich hin und zieht meine Bluse auf.

Ich schlage seine Hände weg. „Was machst du da?"

Er wirft mir seinen *„Ich habe das Sagen"*-Blick zu, den ich so gut zu kennen beginne. „Lass mich mal sehen."

Ich seufze und weiß, dass es dumm ist, mit ihm darüber zu streiten. Ich schiebe meine Bluse hoch bis unter meine Brüste. Kingstons Kiefer krampft sich zusammen, als er den roten Bluterguss auf meiner rechten Seite sieht. Ich zucke zusammen, als er leicht drückt.

„Tut es sehr weh?"

Ich schüttle den Kopf. „Es geht."

Kingston starrt einen Moment lang auf meinen Bauch, bevor er mir einen Kuss auf die verletzte Stelle drückt. Ich schnappe nach Luft, als seine Lippen hin und her gleiten.

„Kingston, was machst du da?"

Ich kann sein Lächeln auf meiner Haut spüren. „Ich küsse es weg."

Ich verziehe den Mund. „Nun, so schön der Gedanke auch ist, ich brauche dich nicht, um meine Wehwehchen wegzuküssen. Ich bin schon ein großes Mädchen und kann auf mich selbst aufpassen."

„Was, wenn ich mich aber um dich kümmern *will*?", murmelt er und zieht den Bund meines Rocks nach unten, damit er seine Lippen auf meinen Hüftknochen drücken kann. „Was ist, wenn ich möchte, dass du mir gehörst?"

„*Was?*"

Ich unterdrücke ein Stöhnen, als meinen Rock anhebt und anfängt, meinen Oberschenkel mit Küssen zu übersäen. Ich muss von ihm wegkommen, bevor ich etwas Dummes tue – wie ... ich weiß nicht ... mich von ihm auf dem Badezimmerboden vernaschen zu lassen. Ich muss mich zwingen, mich von ihm zurückzuziehen. „Hör auf, herumzualbern. Ainsley und die Jungs stehen wahrscheinlich schon vor der Tür und warten. Hattest du nicht gesagt, du müsstest dich um etwas kümmern?"

Er steht auf. „Das muss ich auch. Geh essen."

„Willst du wirklich nicht kommen?" Als er grinst, füge ich schnell hinzu: „Zum *Mittagessen?*"

Er nickt. „Ich bin mir sicher. Wenn Peyton dir zu Hause noch mehr Ärger verursacht, musst du es mir sofort sagen. Ich mag es nicht, dass du in diesem Haus so verletzlich bist. Sieh zu, dass du deine Schlafzimmertür verschlossen hältst."

Ich verschränke meine Arme vor der Brust. „Ich brauche keinen Ritter in glänzender Rüstung, der meine Kämpfe für mich austrägt."

Kingston grinst mich böse an. „Ich habe nie behauptet,

ein Ritter zu sein. Ich wäre lieber der *Albtraum* von jemandem, und Peyton steht im Moment ganz oben auf meiner
Scheiß Liste."

„Warum? Warum kümmert es dich, was sie mit mir
macht?"

Er legt seine Hand um den Türknauf. „Ob du es nun
wahrhaben willst oder nicht, Jasmine, du gehörst *mir*, das
heißt, du stehst unter meinem Schutz. Peyton und jeder
andere Mensch in dieser Schule weiß das, aber sie wurde
übermütig, hat eine Armee gebildet und dich als Zielscheibe betrachtet. Das ist ein direkter Schlag ins Gesicht
für mich, und ich lasse mich nicht beleidigen. Sie und ihre
kleine Gefolgschaft brauchen eine Erinnerung daran, wer
hier wirklich das Sagen hat."

„Was wirst du tun?"

„Wenn ich es dir sage … müsste ich dich danach
umbringen. Und ich behalte dich lieber in meiner Nähe."
Er zwinkert, bevor er den Raum verlässt.

Hat Mr. Ernst gerade tatsächlich einen Witz gemacht?

Was zum Teufel ist mit diesem Kerl los, und warum bin
ich so begeistert von den Möglichkeiten, die sich mir
auftun?

Großer Gott, ich stecke in Schwierigkeiten.

„Das hat sie wirklich gesagt?" Ainsley steckt sich eine
Pommes in den Mund.

Ich kaue zu Ende, bevor ich antworte. „Ja."

Ainsley runzelt die Stirn. „So ein Miststück. Ich bin so froh, dass mein Bruder endlich aufgehört hat, sich darüber Gedanken zu machen, was andere Leute denken, und sie abserviert hat."

Ich habe gerade den ganzen Vorfall auf der Toilette rekapituliert, während ich mit Ainsley, Reed und Bentley zu Mittag gegessen habe. Die Jungs schauen sich gegenseitig an, als ob sie sich fast an ihren eigenen Kommentaren verschlucken würden. Wissen sie von dem Deal, den Kingston mit Peyton gemacht hat?

„Peytons Verhalten überrascht mich nicht im Geringsten", sagt Reed. „Aber dass Whitney sich selbstständig gemacht hat, schon."

Ich habe ihnen auch erzählt, dass Whitney die Mädchen aus der Klasse dazu angestachelt hat, sich über mich lustig zu machen.

„Vielleicht erkennt sie ihren Fehler, wenn sie das nächste Mal Durst hat und ich mich nicht mehr von ihr melken lasse." Bentley nimmt einen riesigen Bissen von seinem Burger.

Reed lacht. „Ja, klar. Ich habe nur noch *nie* gesehen, dass du eine Muschi ablehnst."

„Es ist wahr!", sagt er mit einem Bissen im Mund. „Das würde ich Jazzy Jazz nicht antun. Außerdem ist es ja nicht so, dass ich keine Alternativen hätte."

Ich rolle mit den Augen. „Du bist ein Schwein."

„Das hast du mir schon einmal gesagt." Bentley setzt ein hinterhältiges Lächeln auf sein Gesicht. „Woher weißt du, was ich denke?"

Ich ziehe die Augenbrauen hoch. „Das weiß ich nicht, aber ich bin sicher, du wirst es mir sagen."

Er gluckst. „Ich denke, du musst ihnen eine Lektion erteilen. Du und Kingston, ihr solltet es richtig krachen lassen. Lass sie glauben, dass ihr beide fickt *und* Gefühle füreinander entwickelt. Wenn die Leute erst einmal sehen, dass du Kingston um den Finger gewickelt hast, werden Peytons Anhänger das Schiff verlassen. Sie werden das Mädchen verehren wollen, das die Aufmerksamkeit des Königs erregt hat."

Ich lache auf. „Äh, nein danke. Ich habe keine Lust auf Psychospielchen, und ich brauche auch niemanden, der mich anbetet."

„Warum nicht?", fragt Bentley. „Manchmal muss man schmutzig kämpfen. Besonders bei diesen gehässigen Schlampen."

Ainsley zeigt mit einer Pommes auf Bentley. „Da muss ich ihm ausnahmsweise recht geben. Manchmal muss man sich auf ihr Niveau herablassen."

Ich schüttele den Kopf. „Immer noch kein Interesse. Außerdem ist der Gedanke, dass *jemand* Kingston um den Finger wickelt, lächerlich."

Bentley grinst. „Da wäre ich mir nicht so sicher, Süße." Er hebt sein Telefon vom Tisch auf, als es vibriert. „Apropos ..." Bentley fährt kurz mit den Daumen über den Bildschirm, bevor er aufsteht und das Handy in seine Tasche steckt. „Ich muss los – wir werden gerufen. Komm, Reed."

Reed nimmt noch einen Bissen von seinem Burger, bevor er ihn wieder in die Tüte schiebt. „Sehen wir uns später, Ains?"

Ainsley lächelt schüchtern. „Äh, ja, sicher."

Er nickt mir zu. „Tschüss, Jazz."

Ich warte, bis die Jungs außer Hörweite sind, bevor ich mich auf sie stürze. „Was sollte *das* eben?"

Sie errötet. „Er hat mir bei den Proben zugesehen. Es ist keine große Sache."

Meine Augen weiten sich. „Wie lange geht das schon so?"

„Seit zwei Wochen. Er ist nur ein paar Mal aufgetaucht."

„Was hält dein Bruder davon, dass du es mit seinem besten Freund treibst?"

„Ich schlafe nicht mit Reed!", beharrt sie.

Ich lehne mich in meinem Stuhl zurück und lächle. „Aber du *willst* es. Was ist mit Donovan?"

Sie runzelt die Stirn. „Ich habe nichts mehr von Donovan gehört, seit ich die Schlüssel zu seinem Poolhaus zurückgegeben habe."

„Was? Ich dachte, er steht wirklich auf dich?"

„Ich glaube, er war mehr auf den Nervenkitzel der Jagd aus."

Ich schenke ihr ein trauriges Lächeln. „Es tut mir leid. Sein Fehler."

„Es ist alles in Ordnung. Ich musste meine Jungfräulichkeit ja irgendwann verlieren. Wenigstens hatte ich ein paar gute Orgasmen dabei."

Meine Augen weiten sich. „Was?! Du warst vorher noch Jungfrau? Warum hast du das nicht gesagt?"

„Weil ich keine große Sache daraus machen und kneifen wollte. Ich wollte es schon einer Weile ändern, aber der Typ, an dem ich interessiert war, hat nicht angebissen. Also ... habe ich es mit jemandem gemacht, der bereit dazu war."

„Du wolltest, dass es Reed ist, nicht wahr?"

Sie seufzt. „Ja, und ich weiß, dass er mich mag, aber er hat diese komische Einstellung, dass er meinen Bruder respektieren muss, was total lahm ist. Es geht Kingston nichts an, mit wem ich ausgehe. Außerdem hat Reed mit Imogen rumgemacht. Wer weiß ... vielleicht läuft das immer noch."

„Aber er sieht sich deine Ballettproben an? Warum sollte er das tun, wenn er nicht mit dir zusammen sein will?"

Ainsley zuckt mit den Schultern. „Ironischerweise scheint die Nacht mit Donovan etwas ausgelöst zu haben. Reed hat vorher nie die Initiative ergriffen. Das war immer ich, und er hat mir immer gesagt, dass zwischen uns nichts passieren würde. Seit dieser Party ist er ... anders. Er schreibt mir oft, kommt zu meinen Proben. Er hat mich sogar gefragt, ob ich heute Abend mit ihm essen gehen will. Wir haben noch nie zusammen gegessen, ohne dass jemand anderes dabei war, meistens Kingston und Bentley."

Ich schüttele den Kopf. „Mit anderen Worten, er hat gesehen, dass du aufgibst, und beschlossen, dass er lieber schnell handeln sollte, bevor er seine Chance verliert."

„Vielleicht. Reed ist schwer zu lesen. Er ist immer so verdammt stoisch."

„Das ist er definitiv." Ich lache. „Also interessiert ihn die Meinung deines Bruders nicht mehr?"

„Ich habe vor, es heute Abend beim Essen herauszufinden, so oder so. Er will vielleicht nicht, dass die anderen

Jungs es mitbekommen, aber ich werde nicht auf jemanden warten, der sich nie zu mir bekennen wird. Wenn Reed nicht in der Lage ist, meinem Bruder zu sagen, dass er sich verpissen soll mit seinem „Meine Schwester ist tabu"-Geschwätz, dann kann er mich mal. Ich werde mich nicht nach ihm sehnen, während er mit Imogen oder wem auch immer vögelt. Das wäre mir selbst gegenüber nicht fair." Sie stößt einen schweren Seufzer aus. „Genug von meinen Männerproblemen. Was läuft da zwischen dir und meinem Bruder? Und wage es nicht, mir wieder nichts zu erzählen. Ich habe noch nie erlebt, dass er sich in deiner Nähe so verhält. Ich kann immer noch nicht glauben, dass er dich zu deiner Schwester gebracht hat."

Ich stöhne. „Ich weiß nicht, Ains. Ich denke, er ist meistens ein Idiot und ich traue ihm nicht, aber dann tut er etwas so unerwartet Süßes, wie mich zu Belle zu bringen, ganz zu schweigen davon, wie toll er mit ihr war. Und heute sah er so aus, als würde er Peyton auf der Stelle umbringen wollen, als er in das Badezimmer gestürmt kam. Und als er sich schützend über mich gebeugt hat, mit einer Sanftheit, die ich ihm nie zugetraut hätte, hat mich das völlig durcheinandergebracht. *Er* verwirrt mich."

Ainsley verzieht das Gesicht. „Jungs sind doof."

Wir stoßen mit unseren Bechern an. „Darauf trinke ich."

KAPITEL
ZWEIUNDZWANZIG

KINGSTON

„Wie lautet der Plan?" Reed nimmt einen Zug von seinem Joint.

Wir stehen auf dem Windsor-Parkplatz direkt vor der Turnhalle und warten darauf, dass Peyton vom Cheerleading-Training kommt.

Ich mustere ihn aus den Augenwinkeln heraus. „Ich will nur ein paar Worte mit ihr wechseln."

„Warum brauchst du dann uns dafür?"

„Weil wir eine geschlossene Front bilden müssen. Diese Leute müssen wissen, dass, wenn sich jemand mit Jazz anlegt, er es mit uns allen drei zu tun bekommt."

„Mann, ich wollte noch nie ein Mädchen schlagen, aber *dieses* Mädchen reizt mich", fügt Bentley hinzu. „Ich kann nicht glauben, dass sie sich so gegen Jasmine gewehrt hat. Ich meine, ich bin für Frauenkämpfe, weil die total heiß sind, aber sie in einen Raum zu sperren und von ihr zu erwarten, dass sie sich gegen zehn Schlampen auf einmal wehrt, ist einfach Schwachsinn. Selbst ich bin nicht so verdammt gemein."

Ich ziehe eine Augenbraue hoch. „Ihr zwei wisst, dass ihr auch Whitney und Imogen den Laufpass geben müsst, oder? Sie sind genauso schuldig."

„Schon geschehen", sagt Reed.

„Wir sind auf deiner Seite, Bruder", fügt Bentley hinzu.

Apropos zwielichtige Schlampen ... eine Gruppe von Cheerleadern ist gerade aus der Turnhalle gekommen. Peyton bleibt erstarrt stehen, als sie uns sieht, sodass die anderen von hinten auf sie auflaufen. Ich merke, dass sie Angst hat, aber sie ist so sehr auf den Schein bedacht, dass sie ein falsches Lächeln aufsetzt und mit dramatischem Hüftschwung zu uns herüberkommt.

„Hey, Leute", sagt sie. „Was macht ihr denn hier?"

„Wir müssen uns unterhalten, Peyton."

Whitney kommt zu uns und legt ihren Arm um Bentley. „Hey, Baby."

Er stößt sie von sich. „Lass mich in Ruhe, du Hure. Ich habe keine Lust, mich bei dir mit einer Geschlechtskrankheit anzustecken."

Ein kollektives Aufstöhnen geht durch die Menge. Sieben der Mädchen, die heute auf der Toilette waren, sind Cheerleader, und genau deshalb habe ich diesen Moment für das Gespräch gewählt. Ich wollte, dass sie Zeuge der Demütigung ihrer angeblichen Königinnen werden.

Whitneys Kinnlade fällt herunter. „Was zum Teufel soll das, Bentley?"

Bentleys Blick wandert betont desinteressiert über ihren Körper. „Ich habe es satt, mich mit dir abzugeben, Whit.

Ich mag nicht länger so tun, als würde mich deine viel zu ausgeleierte Muschi anmachen. Du solltest den Scheiß von einem Arzt untersuchen lassen. Ich habe gehört, dass Operationen zur Rekonstruktion der Vagina heutzutage der letzte Schrei sind."

Bentley ist normalerweise echt cool, aber wenn er will, kann er richtig fies werden. In dem Kerl lauern Dämonen, die nur darauf warten, auszubrechen.

Whitney läuft rot an und ihre Augen füllen sich mit Tränen, als um sie herum Gelächter ausbricht. Die gesamte Footballmannschaft hat sich nun unter die Zuschauer gemischt. Die Tatsache, dass Imogen versucht, sich in der Menge zu verstecken, bleibt nicht unbemerkt.

„Was willst du, Kingston?", schreit Peyton. „Warum seid ihr solche Arschlöcher?"

Ich grinse, aber es steckt keine Heiterkeit dahinter. „Oh, Peyton, ich glaube, du weißt *genau,* warum wir hier sind."

Sie verschränkt die Arme vor ihrer aufgeblähten Brust. „Du verteidigst dieses Stück Dreck wirklich?"

„Jasmine hat jetzt schon mehr Klasse als du *jemals* haben wirst", schimpfe ich. „Und ich bin heute hierhergekommen, um dir zu sagen, dass du dich vor mir verantworten musst, wenn du dich *noch einmal* mit ihr anlegst." Ich lasse meinen Blick über die Menge schweifen. „Das gilt für jeden einzelnen von euch."

Peyton stößt einen so hohen Schrei aus, dass ich mich wundere, dass keine Fensterscheiben zu Bruch gehen. „Das kann nicht dein verdammter Ernst sein, Kingston! Was für eine Voodoo-Muschi hat die Schlampe eigentlich?"

Bentley und Reed steigen in Bentleys Porsche als wüssten sie, dass ich hier gleich fertig bin.

Ich reiße die Tür des Agera auf und werfe Peyton einen letzten abweisenden Blick zu, bevor ich sage: „Ich kann dir die Krone, die du so gern magst, mit einem Finger-schnippen von deinem blonden Kopf reißen. Fordere mich nicht heraus, Peyton. Das Ergebnis wird dir nicht gefallen."

Damit verlassen die Jungs und ich den Parkplatz, ohne einen weiteren Blick zurückzuwerfen.

„Ich hatte nie die Gelegenheit, dich zu fragen. Wie lief dein Date mit Jazzy Jazz neulich Abend?"

Bentley wirft seinen Controller zur Seite, als ich einen weiteren Touchdown in meinem Spiel erziele. Nach Peytons verbaler Tracht Prügel vorhin sind er und ich zu ihm nach Hause gekommen, um abzuhängen. Reed behauptete, er sei mit seiner Mutter zum Abendessen verabredet, aber das glaube ich ihm nicht. Er und meine Schwester benehmen sich in letzter Zeit wirklich seltsam, und ich habe vor, herauszufinden, was es damit auf sich hat.

Ich nehme einen langen Zug aus meiner Bierflasche. „Es war kein Date."

Er lacht. „Sicher."

„Das war es wirklich nicht", wiederhole ich. „Es ist alles Teil des Plans. Ich muss sie in meiner Nähe haben, damit sie keinen Blödsinn redet und mir alles vermasselt."

Bentley rollt mit den Augen. „Komm schon, Kumpel. Willst du wirklich so tun, als ob? Du stehst auf dieses Mädchen – warum fällt es dir so schwer, das zuzugeben?"

Weil ich durch sie mein Ziel aus den Augen verliere, und das mag ich nicht.

Ich grunze nur und ernte ein weiteres Lachen von diesem Arschloch.

„Woher wusstest du überhaupt von ihrer kleinen Schwester?"

Ich schaue auf das Etikett der Flasche. „John hat es ausgegraben. Jasmines Anrufliste zeigt, dass sie mehrfach versucht hat, den Vater des Kindes zu erreichen, aber sie haben nur einmal telefoniert. Als ich bei ihm zu Hause auftauchte, gab er zu, dass sie versuchte, einen Besuch zu arrangieren, aber er behauptete, keine Zeit zu haben, sich darum zu kümmern. Er änderte seine Meinung sehr schnell, als ich ein Bündel Scheine hervorholte. Wie durch ein Wunder willigte er ein, Jazz wöchentliche Besuche bei ihrer Schwester zu erlauben, solange das Geld kommt."

Bentley runzelte die Stirn. „Warum sollte er sie voneinander fernhalten wollen? Man sollte meinen, dass er zumindest einen kostenlosen Babysitter haben möchte."

Ich zucke mit den Schultern. „Ich habe den Eindruck, dass es um Machtspielchen geht ... als ob er ein Druckmittel gegen Jazz haben will. Die Art, wie er sie ansieht, gefällt mir nicht."

Er zieht die Augenbrauen hoch. „Auf eine unangemessene Art und Weise?"

Ich nicke. „Ganz genau. Es war fast genauso, wie mein

Vater sie angesehen hat. Ich wollte ihm die verdammten Zähne ausschlagen."

„Du wolltest ihm die Zähne ausschlagen ... für ein Mädchen, für das du überhaupt nichts empfindest?"

„Nur weil ich keine Gefühle für sie habe, heißt das nicht, dass ich will, dass sie das Spielzeug eines kranken Wichsers wird." Ich nehme noch einen Schluck von meinem Bier. „Wo wir gerade von kranken Wichsern sprechen ... du wirst nicht glauben, was John über Jasmines Mutter ausgegraben hat."

„Wartest du auf eine verdammte Einladung? Spuck's aus."

„Stell dir vor – aus welchen Gründen auch immer ist Callahan bei Jasmines Mutter nicht nach seinem typischen Muster vorgegangen, abgesehen davon, dass sie erst siebzehn, vielleicht achtzehn war, als er sie zu sich holte. Sie lebte über drei *Jahre lang* mit ihm in der Villa. *Und* sie war bis kurz nach Jazz' zweitem Geburtstag offiziell als Hausmädchen angestellt, was bedeutet, dass auch Jazz in diesem Haus gelebt hat. Selbst dann noch, als Charles Madeline bereits geheiratet hatte. Ich habe ein Foto gefunden, auf dem ich und Ains mit Jasmine als Kleinkind spielen. Ich bin mir ziemlich sicher, dass Jazz keinen blassen Schimmer hat. Soweit sie weiß, haben sie sich erst nach dem Tod ihrer Mutter kennengelernt."

„Oh, Mist", murmelt Bentley. „Dieser Scheiß ist kompliziert."

„Allerdings", stimme ich zu. „Mein Privatdetektiv hat noch ein paar andere Sachen ausgegraben, die alles noch schlimmer machen. In meinem Kopf dreht sich alles ununterbrochen."

„Die Ankunft von Jazzy Jazz bringt sicher einiges durcheinander, nicht wahr?"

„Das ist die Untertreibung des Tages."

„Apropos aufrütteln ... gehst du mit ihr zu Reeds Party am Freitag?"

Reeds Eltern fahren über das Wochenende weg. Er ist der Einzige von uns, dessen Eltern eigentlich nie verreisen, also ist es eine Seltenheit, das Haus für sich allein zu haben. Wir haben alle beschlossen, dass er eine Party schmeißen muss, um das zu feiern.

„Das ist der Plan."

Bentley verzieht das Gesicht zu einem fiesen Grinsen. „Und wenn ich dir sage, dass ich dir zuvorgekommen bin?"

Ich verenge meine Augen. „Was zum Teufel sagst du da?"

„Warum wirst du so wütend, Bruder?" Das Arschloch lacht. „Du sagst, du stehst nicht auf sie. Du hast mir gesagt, es wäre dir egal, ob ich sie ficke. Wenn beides wahr wäre, warum interessiert es dich dann, mit wem sie auf die Party geht?"

„Es interessiert mich nicht." Ich fahre mir mit den Händen durch die Haare.

„Aha", meint er spöttisch. „Nun, Kumpel, ich werde dir einen Gefallen tun und zugeben, dass ich sie noch nicht gefragt habe ... *noch nicht*. Aber ich habe *die* feste Absicht, es zu versuchen, wenn du es nicht tust. Du bist nicht der Einzige, auf den sie scharf ist, und das will ich ausnutzen."

Dieser Wichser will mich nur provozieren, aber das lasse ich nicht zu.

Ich entspanne meinen Kiefer. „Wie du willst."

Er neigt seinen Kopf zur Seite. „Ist das deine endgültige Antwort?"

„Nur zu", beharre ich. „Jasmine Callahan bedeutet mir nichts."

Bentley lacht. „Na gut, Mann, wenn du das sagst. Aber denk an dieses Gespräch, wenn sie am Freitagabend mit *mir* in einem von Reeds Gästezimmern ist."

Nicht, solange ich auch noch etwas zu melden habe.

KAPITEL
DREIUNDZWANZIG

JAZZ

„Du gehst mit mir zu Reeds Party am Freitagabend."

Ich werfe einen Blick auf den herrischen Arsch, der gerade beim Mittagessen neben mir sitzt. „Nette Begrüßung, Trottel. Wie wäre es, wenn du das nächste Mal sagst: ‚Hi, Jazz. Wie geht's dir heute?'"

Kingstons Kiefer krampft sich zusammen. Ich bemerke überhaupt nicht, dass seine Augen heute eher braun als grün sind. „Hi, Jazz. Wie geht's dir heute?"

„Siehst du? Das war doch gar nicht so schwer, oder?" Ich gebe ihm einen herablassenden Klaps auf die Wange und bringe den Rest unseres Tisches zum Lachen.

„Vorsicht", warnt er.

Ich hebe herausfordernd die Augenbrauen. „Oder was?"

Er grinst mich schmutzig an. „Oder ich erzähle dir nichts von deiner Überraschung."

„*Welche* Überraschung?", fragt Ainsley.

Kingston zeigt auf seine Schwester. „Halt dich da raus, Ainsley."

Sie schenkt ihm ein zuckersüßes Lächeln, bevor sie sich an mich wendet. „Willst *du* auch, dass ich mich da raushalte, Jazz?"

Ich verkneife mir ein Lachen. Ich liebe es, wie sehr sie es genießt, ihren Bruder zu verarschen.

„Nö", sage ich mit besonderer Betonung. „*Welche* Überraschung?"

Kingston starrt auf meine Lippen, bevor sein Blick wieder zu meinen Augen hochfährt. „Geh mit mir zu Reeds Party und ich erzähle es dir."

Bentley, der auf der anderen Seite von mir sitzt, beugt sich zu mir herüber und flüstert: „Lass ihn dafür arbeiten, Baby Girl".

Ich lehne mich in meinem Stuhl zurück. „Wie kommst du darauf, dass ich Lust hätte, auf irgendeine Party zu gehen, nachdem, was bei der letzten, die ich besucht habe, passiert ist?"

Kingston rollt mit den Augen. „Weil das hier anders sein wird."

„Wie das?"

Er hält den Zeigefinger hoch. „Zum einen stehst du unter unserem Schutz, damit dich niemand verarschen kann." Er fügt einen zweiten Finger hinzu. „Zweitens ist es in Reeds Haus, also haben wir die volle Kontrolle über die Umgebung." Sein Ringfinger gesellt sich dazu. „Drittens wäre es eine todsichere Möglichkeit, es Peyton und ihren Groupies heimzuzahlen, die dich schikaniert haben."

Kingston sieht so selbstgefällig aus, dass ich ihm eine reinhauen möchte.

„Zum einen hält es dich nicht davon ab, mich zu verarschen, wenn ich unter deinem angeblichen Schutz stehe. Ich bin immer noch davon überzeugt, dass du etwas damit zu tun hast, warum ich nach nur zwei Drinks so fertig war. Zweitens hat der Ort null Einfluss auf meine Entscheidung, weil ich dir nicht vertraue. Siehe Grund Nummer eins. Und drittens hast du mich *auch schikaniert*, also wäre die Weigerung, hinzugehen, nicht eine Rache an dir?", kontere ich jeden Punkt mit einem spöttischen Grinsen.

Ein Muskel in Kingstons Kiefer zuckt. „Bist du fertig?"

„Bist du es?" Ich fordere sie heraus.

„Nicht einmal annähernd." Kingston wendet sich an Ainsley. „Du gehst doch auch mit, oder?"

„Ja." Ainsley sieht mich an. „Du kannst mit mir fahren, wenn du willst, Jazz. Ich schwöre, dass ich nicht wieder abhauen werde wie beim letzten Mal. Und wenn du nichts trinken willst, werde ich auch nichts trinken."

„Gut", stimme ich zu.

Mit Ainsley auf eine Party zu gehen, muss besser sein, als die ganze Nacht in der Villa des Samenspenders zu sitzen.

„Dann ist es abgemacht. Du reitest mit Ainsleys Feuerross und später am Abend wirst du *mich* reiten." Bentley zieht mich an seine Seite.

Ich stoße ihn weg. „Das hättest du wohl gerne."

Er zwinkert. „Das bestreite ich nicht."

Ich lächle und hasse es, wie sehr ich immer wieder auf seinen Charme abfahre. „Idiot."

„Ah, aber du willst mich doch auch", stichelt Bentley.

Ich lächle ironisch. „Nee. Ich stehe nicht auf Kumpeltypen."

Bentley schnappt dramatisch nach Luft. „Das nimmst du zurück! Ich bin *kein* Kumpeltyp!"

Ich zucke mit den Schultern. „Wenn dir Mistkerl lieber ist ..."

Bentley hebt mich von meinem Stuhl auf und setzt mich auf seinen Schoß. „Dafür darfst du den Rest des Mittagessens auf meinem Schoß sitzen."

„Lass mich runter, du Trottel!"

Ich blamiere mich mit einem lauten Schrei, als er mich direkt oberhalb des Knies ins Bein zwickt. Ich bin dort furchtbar kitzlig, was Bentley schnell merkt. Ich lache und winde mich, bis ich merke, welche Wirkung das auf ihn hat. Das große Ding, das mir in den Hintern sticht, lässt mich *sofort* verstummen.

Bentley hebt seine Hüften leicht an und drückt seine Erektion noch mehr in meinen Hintern. „Vorsicht, Jazz", flüstert er mir ins Ohr. „Fang nichts an, was du nicht auch zu Ende bringen willst."

Als er mich loslässt, hüpfe ich schnell auf meinen Platz zurück und begehe den Fehler, meinen Blick über den Rest des Speisesaals schweifen zu lassen. Bentley und ich haben offenbar für ein Riesenspektakel gesorgt. Ainsley und Reed beäugen mich amüsiert, wahrscheinlich weil mein ganzes Gesicht knallrot angelaufen ist. Kingston hingegen könnte gar nicht feindseliger wirken. Peyton und ihre Truppe auch nicht.

Großartig. Einfach großartig.

Okay, eines muss ich zugeben: Reiche Kinder wissen, wie man eine Party schmeißt. Reeds Haus ist locker zehntausend Quadratmeter groß, aber die untere Etage ist voll mit Leuten. So viel zu „ich habe das Umfeld unter Kontrolle" – dieser Ort ist eine verdammte Brandgefahr. Es ist auch eine Höhle der Ungerechtigkeit. Es gibt einen professionellen DJ, eine Bar, an der Alkohol ausgeschenkt wird, obwohl kein einziger der Anwesenden über einundzwanzig ist, und mehrere Sitzbereiche, in denen sich Paare beim Vorspiel oder Drogenkonsum vergnügen.

„Hier ist ja die Hölle los!", ruft Ainsley.

Sie zieht mich durch den offenen Raum, zeigt mir verschiedene Bereiche und weiß genau, wo sie hinwill. Einige Mädchen halten uns auf dem Weg für kurze, sinnbefreite Gespräche und unehrliche Luftküsse auf. Jede Einzelne von ihnen beäugt mich neugierig, sagt aber kein Wort zu mir. Ich merke, dass Ainsley diesen Mist auch hasst, aber sie bleibt so gelassen, als hätte sie viel Übung darin.

Schließlich huscht ein echtes Lächeln über ihr Gesicht, als sie Reed auf einer schwarzen Ledercouch vor einem riesigen Fernseher sitzen und einen Joint rauchen sieht. Bentley und Kingston sitzen auf Gaming-Stühlen neben der Couch, die Füße hochgelegt, und spielen Xbox.

Reeds gesamtes Verhalten ändert sich, als er Ainsley

sieht. Er sieht nicht mehr gelangweilt aus, sondern gerät für seine Verhältnisse förmlich in Ekstase, einfach so.

Er steht von der Couch auf und zieht Ainsley in seine Arme. „Hey. Seit wann bist du denn hier?"

„Seit ein paar Minuten", sagt sie, und hat buchstäblich Herzchen in den Augen.

Verdammt, dieses Mädchen hat es echt drauf. Ich war so froh zu hören, dass Reed seinen Mann stehen und mit Kingston über ein offizielles Date mit Ainsley reden wird. Verdammt, er hat es vielleicht schon getan, wenn man sieht, wie verkrampft Kingstons Kiefer ist. Es mag ihm nicht gefallen, aber die Tatsache, dass er nicht versucht, sich einzumischen, ist ein gutes Zeichen.

„Jazzy Jazz!", ruft Bentley. „Komm, setz dich auf meinen Schoß und sei mein Glücksbringer. Davenport zieht mich gerade ab."

„Kein Glück der Welt wird dich davor bewahren, von mir fertig gemacht zu werden", spottet Kingston.

Ainsley und Reed nehmen auf der Couch Platz, und ich beschließe, es ihnen gleichzutun. „Nein, danke. Ich fühle mich hier wohl."

„Du bist nicht witzig, Mädchen." Bentleys Lippen verziehen sich zu einem Schmollmund. „Wo ist dein Drink? Du musst lockerer werden."

Ich zeige ihm meine Wasserflasche. „Genau hier. Kein Alkohol für dieses Mädchen heute Abend."

Bentleys Kinnlade fällt herunter. „Was?! Nein, das geht nicht."

„Doch, das geht", sagt Ainsley. „Keine von uns beiden trinkt heute Abend."

Reed nimmt einen Zug von seinem Joint und hält ihn ihr hin. „Willst du was?"

Ainsley zuckt mit den Schultern, als sie ihn ihm abnimmt. „Klar." Sie umschließt ihn mit ihren Lippen und hustet, nachdem sie zu viel Rauch eingeatmet hat. Als ich ihr einen Blick zuwerfe, sagt sie: „Was?"

Ich beobachte den Joint in ihrer Hand. „Hatten wir nicht gerade gesagt, dass wir uns nicht betäuben wollen?"

„Nein, wir haben gesagt, wir *trinken* nicht. Gras macht dich nicht so kaputt wie Alkohol. Und es ist ganz natürlich." Sie hält mir den Joint hin. „Machst du mit?"

Oh, warum zum Teufel nicht? Sie hat recht – ich habe nie die Kontrolle verloren, wenn ich Gras rauche. Es könnte zwar gestreckt sein, aber ich weiß, dass Reed das Ainsley nie antun würde, besonders nicht, wenn Kingston dabei ist.

„Genau das meine ich!" Bentley wirft den Controller weg und drückt sich neben mich auf die Couch.

Ich reiche Bentley den Joint, nachdem ich selbst einen Zug genommen habe.

Kingston schnappt sich ein Stück Papier und einen Grinder vom Beistelltisch und fängt an, sich selbst einen zu drehen. Ich schnaube und bin nicht im Geringsten überrascht, dass er nicht bereit ist, mit uns zu teilen. Ich halte den Atem an, als seine Zunge herausschaut, um das Papier abzulecken. Er kennt sich mit der Kunst des Rollens aus und nimmt sich sogar die Zeit, einen dünnen Spieß zu benutzen, um einen Durchgang für den Rauch zu schaffen, damit er gleichmäßig brennt. Ich war noch nie ein starker Raucher, aber mein Ex arbeitet in einer Apotheke. Er ist besessen davon, perfekte Blunts zu

drehen, und hielt es für notwendig, sein Wissen weiter-
zugeben.

Gott, warum muss Kingston nur so hübsch anzusehen
sein? Er hat dieses ganze reiche Arschloch-Ding auf den
Punkt gebracht, was mich normalerweise nicht anspricht,
aber bei ihm funktioniert es. Heute Abend trägt er dunkle
Jeans, die zweifellos von einem Designer stammen, und ein
T-Shirt, das sich so perfekt an seine muskulöse Brust
schmiegt, dass ich sicher bin, dass es maßgeschneidert ist. Er
muss nach der Schule zum Friseur gegangen sein, denn die
Haare sind etwas kürzer und seine Strähnen sind aufgehellt.
Er hat noch kein Wort zu mir gesagt – er sieht mich nur mit
diesen intensiven, sich ständig verändernden Augen an, als
würde er mich abschätzen.

Nach ein paar Durchgängen bin ich schön high und
lasse mich in die Plüschcouch zurücksinken. Ainsley und
Reed haben sich in eine hintere Ecke des Raumes verzogen
und führen ein privates Gespräch. Ich lächle, als ihr melodi-
sches Lachen ertönt und sie danach unkontrolliert weiter
kichert. Oh ja, die Freundin ist definitiv high. Kingston ist
immer noch am Grübeln und starrt mich von seinem Stuhl
aus an. Ich weigere mich, dieses Spielchen, das wir hier
veranstalten, zur Kenntnis zu nehmen, und konzentriere
mich stattdessen auf das Gespräch mit Bentley.

Ich bin so entspannt, dass ich nicht einmal daran
denke, Bentleys Hand zu bewegen, als sie auf meinem
Oberschenkel landet.

„Mir gefällt, was du da anhast, Jazzy Jazz." Ich erschaudere, als seine tiefe Stimme in mein Ohr klingt, während
seine Finger zu klettern beginnen. „Es ist unaufdringlich,

aber verdammt sexy. Du musst dich nicht einmal anstrengen und schon hast du die Aufmerksamkeit von praktisch jedem Kerl in diesem Haus."

Ich trage ein schwarzes Tanktop, eine schwarze, zerrissene Skinny Jeans und passende Chucks. Silberne Armreifen zieren jedes meiner Handgelenke, aber das ist das einzige Accessoire, das ich trage. Ich habe mir nicht einmal die Mühe gemacht, etwas Besonderes mit meinen Haaren oder meinem Make-up zu machen – ich trage einen hohen Pferdeschwanz und nur ein wenig Eyeliner und rosa Lipgloss. Ich dachte mir, ich bin nicht hier, um jemanden zu beeindrucken. Ich bin hier, um meine Freundin zu unterstützen und aus dieser furchtbaren Villa herauszukommen.

„Nicht ganz jeder Kerl." Ich schnaube. „Broody McGrumperson hat kein einziges Wort zu mir gesagt."

Bentley fährt mit seinem Nasenrücken an meinem Nacken entlang. „Das heißt aber nicht, dass du nicht seine volle Aufmerksamkeit hast. Ich würde meinen Porsche darauf verwetten, dass er uns gerade anstarrt und dabei ziemlich mordlüstern wirkt."

Er flüstert mir direkt ins Ohr, und die Musik ist lauter gestellt, sodass Kingston ihn auf keinen Fall hören kann. Ich hasse mich dafür, weil ich es besser wissen müsste, aber ich *muss* hinsehen. Als mein Blick den seinen trifft, tut Kingston genau das, was Bentley vorausgesagt hat.

Meine Augen rollen zurück, als Bentley seine Lippen auf meine Haut presst. „Scheiße, das fühlt sich gut an."

Ich bin mir durchaus bewusst, was ich tue, aber Gras macht mich immer geil, weil ich jede kleine Berührung überbewusst wahrnehme. Verdammt, warum habe ich nicht daran gedacht, bevor ich geraucht habe?

Bentley lächelt in meine Halsbeuge, bevor er mein Fleisch zwischen seine Zähne nimmt und sanft hineinbeißt. Ich bin mir ziemlich sicher, dass mir gerade ein Stöhnen entfahren ist. Die Hand, die auf meinem Oberschenkel lag, drückt jetzt gegen meine Wange und dreht mich zu ihm hin.

Unsere Münder sind nur Zentimeter voneinander entfernt. Bentley schaut mir in die Augen und sagt: „Ich kann dafür sorgen, dass du dich noch besser fühlst, wenn du mich lässt."

Gott steh mir bei, aber ich bin neugierig genug, um zu sehen, worauf er hinauswill. „Wie das?"

„Tanz mit mir."

Ich blinzle zweimal. „Hm?"

Ich beiße mir auf die Lippe, als er lächelt. Der Typ hat ein tolles Lächeln. „Ich sagte, *tanz mit mir.*"

Bentley steht auf und zieht an meiner Hand, bis ich ihm in die große Menschenmenge folge. Als wir zu einem Bereich kommen, in dem sich etwa ein Dutzend verschwitzter Körper aneinander reiben, wechselt der DJ den Song zu „Gasoline" von Halsey.

Bentleys harter Körper bewegt sich hinter mir und beginnt sich im Takt zu wiegen. Ich schließe meine Augen und tanze im Takt des eindringlichen und sexy Rhythmus. Bentleys Hände umklammern meine Hüften mit unbändiger Kraft, während seine Lippen immer wieder über meinen Hals streichen. Mein Körper ist warm und schmiegt sich an seinen. Die Erektion in meinem Rücken ist hartnäckig und ihr Besitzer stöhnt laut auf, als ich mich weiter an ihn lehne und ihm die Reibung gebe, die er so offensichtlich sucht. Irgendetwas in den Tiefen meines Gehirns sagt mir, dass dies eine sehr schlechte Idee ist, aber ein anderer, rebellischerer Teil sagt mir, dass ich es tun soll.

Als das Lied endet, öffne ich meine Augen und sehe, dass seine haselnussbraunen Augen auf die meinen gerichtet sind. In meinem Kopf schrillen Alarmsignale, die mir sagen, dass ich aufhören sollte. Alles an Kingston schreit in diesem Moment nach Ärger. Von seinem stählernen Blick bis zu seinem harten Kiefer. Seine starre Körperhaltung und die geballten Fäuste. Wenn Blicke töten könnten, wäre ich bereits tot.

Ein weiteres Lied beginnt, aber ich kann nicht sagen, was es ist, weil ich zu sehr damit beschäftigt bin, auszuflippen.

Bentley beugt sich zu mir herüber und bricht den Bann. „Kingston sieht aus, als würde er dich gleich ganz verschlingen."

Meiner Meinung nach sieht er eher so aus, als wolle er mich umbringen, obwohl er definitiv die Ausstrahlung eines Raubtiers hat.

„Äh ...“

Kingstons Augen flackern kurz über meine Schulter, bevor er meinen Blick erwidert und „*Lauf*“ sagt.

Ich zögere nicht einmal eine Sekunde. Ich renne mit voller Geschwindigkeit los und stoße auf meiner Flucht mit anderen Körpern zusammen. Ich flitze einen Gang entlang, merke aber schnell, wie dumm das war, und drehe mich um, um in die andere Richtung zu gehen. Ich bleibe stehen, als ich den imposanten Mann sehe, der keine drei Meter von mir entfernt steht und mit jedem langen Schritt näherkommt. Kingstons Nasenlöcher blähen sich auf, während sich sein Brustkorb schnell hebt und senkt. Jeden seiner Schritte erwidere ich mit einem Rückzug. Ich traue mich nicht, ihn aus den Augen zu lassen, aber ich entdecke eine offene Tür in meinem Umkreis und überlege, ob ich Zeit habe, mich dort einzuschließen, bevor Kingston mich einholt. Ich beschließe, dass es einen Versuch wert ist, weil der Gang zu Ende ist.

Kingston liest meine Gedanken, bevor ich eine Bewegung machen kann, und so ist es nur eine Frage von Sekunden, bis mich raue Hände packen und durch die Tür schieben. Er knallt die Tür hinter sich zu und sperrt uns in der Toilette ein. Verdammt, warum muss ich immer mit diesem Kerl allein auf die Toilette gehen?

Er entkrampft seinen Kiefer, bevor er spricht. „Willst du mich anmachen, Jazz?"

Ich schüttle den Kopf und will, dass mein Herz ruhiger schlägt. „Was? *Nein.* Wie kommst du denn darauf?"

Er drückt mich gegen den Waschtisch und hebt herausfordernd eine Augenbraue. „Nein? Was an „du gehörst mir" hast du dann nicht verstanden? Die Art und Weise, wie du dich an meinem besten Freund gerieben hast, sagt etwas anderes." Seine Augen verfinstern sich. „Du willst, dass wir dich teilen? Ist es das?"

Meine Angst verwandelt sich in Wut. Oder Erregung. Nein, es ist eindeutig Wut.

„Nein, ich will *nicht*, dass Ihr mich teilt!" Hoffentlich klang das überzeugender, als es in meinem Kopf war. „Aber was ich mit meinem Körper mache, geht dich nichts an. Wem ich erlaube, mich anzufassen, geht dich nichts an.! Ich gehöre dir *nicht*!"

Er fasst mir in den Nacken und drückt zu, bis ich zusammenzucke. „Das glaube ich verdammt noch mal nicht."

Kingston beugt sich vor, bis ich gezwungen bin, mich rückwärts über das Waschbecken zu beugen, und presst seinen Mund auf den meinen. Ich presse meine Lippen fest aufeinander, um seinen Kuss abzuwehren, aber dann beißt er mir so fest auf die Unterlippe, dass der metallische Geschmack von Blut in meinen Mund dringt, als ich nach Luft schnappe. Kingston wickelt meinen Pferdeschwanz um seine Faust und reißt meinen Kopf weiter zurück, während seine Zunge in mich eindringt. Als seine Zungenspitze gegen meine gleitet, vergisst mein Körper augenblicklich, dass ich das eigentlich nicht will.

Ich schiebe meine Hände unter sein T-Shirt und schlinge meine Arme um seinen Oberkörper. Ich ziehe Kingston an mich und kratze mit meinen Nägeln über seinen Rücken. Der Wasserhahn drückt in mein Rückgrat und meine verdammte Lippe brennt. Ich wünsche mir so sehr, dass er den Schmerz genauso spürt wie ich. In mir tobt ein Wirbelsturm widersprüchlicher Gefühle, der mich eigentlich zu Tode erschrecken sollte, aber das tut er nicht. Stattdessen schnurrt mein Körper vor Erregung und erkennt das gleiche Chaos in ihm. Unsere beschädigten Seelen rufen sich gegenseitig wie eine Sirene und festigen diese beschissene Verbindung, die wir zu haben scheinen.

Ich stöhne in seinen Mund, als Kingston meine Beine

spreizt und seinen Steifen an mir reibt. Jeder Zentimeter meines Körpers berührt seinen, während wir uns gegenseitig ineinander aufsaugen. Er und ich haben ziemlich große Probleme miteinander, aber das hält mich nicht davon ab, das hier zu tun. Kingston Davenports Berührung scheint das Einzige zu sein, was mich davon abhält, zu trauern, und ich habe es satt, so verdammt viel Trauer zu empfinden.

Er reißt seinen Mund weg, als ich seinen Schwanz durch seine Jeans streichle. „Du schuldest mir eine Entschuldigung. Auf die Knie zu gehen und diesen sexy Mund auf meinen Schwanz zu legen, wäre ein guter Anfang."

„Das wird nie passieren." Mein Lachen verwandelt sich in ein Stöhnen, als Kingston an meiner verhärteten Brustwarze zupft. „Das mit der Entschuldigung."

Er schenkt mir ein anzügliches Grinsen. „Aber der Teil mit dem Blasen steht zur Debatte?"

Wenn ich nicht schon vorher rot angelaufen wäre, wäre es spätestens jetzt der Fall. Ich beiße mir auf die Lippe und überlege, was ich antworten soll. Macht mich der Gedanke, Kingston mit dem Mund zu bearbeiten und zu wissen, dass ich diejenige bin, die ihm Vergnügen bereitet, an? Sicher. Aber der Gedanke, ihm so leicht nachzugeben, gefällt mir nicht. Offensichtlich lasse ich mir mit meiner Antwort zu viel Zeit, denn er meldet sich wieder zu Wort.

„Gut. Ich mache den Anfang – dreh dich um. Ich möchte, dass du im Spiegel siehst, was ich mit dir mache."

Ich benötige eine Sekunde, um mich einzukriegen, als er sich aufrichtet. Als mir die Bedeutung seiner Worte klar wird, drehe ich mich auf den Bauch und lege mich auf den Waschtisch. Kingston dreht meinen Kopf, bis mein Blick auf einen Ganzkörperspiegel fällt, der in der Ecke steht. Es ist einer dieser schweren, altmodischen Spiegel, die von selbst stehen.

„Was machst du …?“

Kingston knöpft meine Jeans auf. „Halt einfach die Klappe und schau zu.“

Ich ärgere mich über seine Unhöflichkeit, aber als er meine Hose und Unterwäsche bis zu den Knien rutschen lässt und sich hinunterbeugt, um mich einmal lang zu lecken, bin ich nicht mehr beleidigt. Er verschwendet keine Zeit und verschlingt mich, als wäre ich seine letzte Mahlzeit. Ich beobachte unser Spiegelbild, während Kingston vor mir kniet und mich von hinten verschlingt. Er führt einen Finger ein und dann noch einen, pumpt rein und raus, während er seine Attacke auf meine Klitoris fortsetzt. Auf mein Stöhnen folgt sein Stöhnen, während er mit genau dem richtigen Maß an Druck leckt und saugt.

Meine Beine stecken in meiner heruntergelassenen Hose, sodass ich nicht viel Bewegungsfreiheit habe, was ich aber unbedingt möchte. Ich ziehe meinen linken Schuh aus und beginne ungeschickt, meine Hose nach unten zu schieben. Kingston merkt, was ich vorhabe, und zieht sie den Rest des Weges herunter, bis ein Bein frei ist. Er wechselt die Position und setzt sich nun auf den Boden, den Nacken nach hinten gekrümmt. Er nimmt seine Finger aus meiner Muschi, schlingt beide Arme um meine Oberschenkel und zieht mich nach unten. Ich spreize meine Beine vor seinem

Gesicht und halte mich am Waschtisch fest, um mich abzu-
stützen.

„Du schmeckst so verdammt gut", murmelt er. „Besser
als ich es mir vorgestellt habe."

Ich habe keine Zeit, mich zu fragen, wie oft er schon
darüber fantasiert hat, denn sobald er seine Lippen um
meine Klitoris schließt und saugt, schießt ein Orgasmus
über meine Wirbelsäule und bringt mich mit seiner Inten-
sität aus der Fassung. Ich hatte die ganze Zeit versucht, leise
zu sein, um niemanden auf uns aufmerksam zu machen,
aber als ich komme, schreie ich laut Kingstons Namen.

Kingston knabbert an meinem Innenschenkel, erhebt
sich vom Boden und sieht mich im Spiegel an. Wir sind
beide errötet und ein wenig verschwitzt. Sein dunkel-
blondes Haar ist ein einziges Durcheinander und seine
Lippen glänzen von meiner Erregung. Jemand hämmert,
seit wer weiß wie lange, an die Tür und beschwert sich, dass
sich eine Schlange gebildet hat. Ich schätze, dass Kingston
und ich auf keinen Fall mehr unbemerkt aus diesem Raum
kommen werden. Angesichts unseres zerzausten Zustands –
und nach dem laut herausgebrüllten Orgasmus – ist es auch
nicht möglich, dass sie nicht wissen, was wir hier drin veran-
staltet haben.

Er drückt sein hartes Glied gegen meinen Körper und
schaut mir tief in die Augen. „Wir sind hier noch nicht
fertig. Wir sind nicht einmal *annähernd* fertig. Ich möchte,
dass du daran denkst – und daran, wie hart du gerade
gekommen bist –, wenn du dich das nächste Mal selbst
belügen willst und dir einredest, dass du nicht zu mir
gehörst." Kingston streift meinen Pferdeschwanz zur Seite

und drückt mir einen sanften Kuss direkt hinter das Ohr. Ich kann mich selbst an ihm riechen und aus irgendeinem kranken Grund macht mich das noch mehr an. „Du gehörst verdammt noch mal *mir*, Jazz. Du kannst dich dagegen wehren, soviel du willst, aber das macht es nicht weniger wahr."

Ich werfe ihm ein amüsiertes Grinsen zu, während ich mich schnell wieder anziehe. Er wartet, bis ich fertig bin, die Hand auf dem Türknauf liegend. Die riesige Beule in seiner Hose ist schwer zu ignorieren. Ich hasse es, dass ein Teil von mir ein schlechtes Gewissen hat, weil ich mich selbst schon wieder im Stich gelassen habe. Und ich hasse die Tatsache, dass ein noch größerer Teil sich betrogen fühlt, weil ich nicht weiß, wie es sich anfühlt, ihn in mir zu haben.

Ich nicke ihm zu. „Willst du nicht wenigstens versuchen, das Monster in deiner Hose zu verstecken?"

„Auf gar keinen Fall."

Er öffnet die Tür. Als er in den Flur tritt, fügt er hinzu: „Übrigens ... die Überraschung, die ich vorhin erwähnte. Seien am Sonntagmorgen um zehn bereit. Wir haben Belle den ganzen Tag."

Mir fällt die Kinnlade herunter, als er sich umdreht und ohne ein weiteres Wort weggeht. Ich will ihm hinterher, aber ich erstarre, als ich die Schlange von Leuten sehe, die sich vor dem Badezimmer an die Wand drängt. Ich spüre, wie ich rot werde, als mich ein Mädchen aus dem Weg schubst und etwas davon murmelt, dass sie sich fast in die Hose gepinkelt hätte, während ich Spaß hatte. Während ich den Gang entlanglaufe, machen sich die meisten über mich lustig. Am Ende der Schlange sehe ich Peyton und Whitney, die finster dreinschauen. Was zum Teufel machen die überhaupt hier? Ich hatte angenommen, Reed würde sie ausladen, nachdem sie mich in der Schule in die Enge getrieben hatten.

„Schlampe", murmelt Peyton, als ich vorbeigehe.

Ich bleibe stehen und wende mich ihr zu. „Wie bitte?"

Sie stemmt eine Hand auf ihre Hüfte. „Du hast mich gehört, *Schlampe*. Tu nicht so selbstgerecht. Nicht, wenn du in der einen Minute auf Bentley stehst und in der nächsten Kingston im Badezimmer fickst."

Ich weigere mich, sie an mich heranzulassen. Ich lächle, bevor ich mich vorbeuge und meinen nächsten Kommentar flüstere.

„Vorsichtig, Peyton. Du siehst ein wenig grün aus, und die Farbe steht dir gar nicht."

Ihre Lippen werden schmal, aber ich warte nicht auf ihre Antwort. Als ich am Ende des Flurs ankomme, steht Bentley dort, der das Gespräch mitbekommen hat. Er blickt mit seinen braunen Augen in Peytons und Whitneys Richtung, bevor er seinen Blick wieder mir zuwendet.

„Bist du okay?"

„Mir geht's gut." Ich nicke mit dem Kopf über meine Schulter. „Ich glaube aber nicht, dass das auch für sie gilt. Jemand sollte sie wahrscheinlich hinausbegleiten, bevor sie vor Wut platzen."

Bentley lacht. „Das überlässt du lieber mir, Mädchen. Ains war gerade auf der Suche nach dir. Such sie, während ich den Müll rausbringe."

Als ich zu dem Ort zurückkehre, an dem ich Ainsley zuletzt gesehen habe, kommt mir ein erschreckender

Gedanke. Es ist noch gar nicht so lange her, dass Kingston mich als Abschaum bezeichnet hat, und jetzt drückt er mir praktisch sein Brandzeichen auf den Hintern wie ein Höhlenmensch.

Ich bin mir nicht sicher, was davon schlimmer ist.

KAPITEL
VIERUNDZWANZIG

KINGSTON

„Komm rein, Junge. Und mach die Tür hinter dir zu."

Am Montag nach der Schule betrete ich das Büro meines Vaters. Er ist der Geschäftsführer von Davenport Boating, einer Yachtbaufirma, die er von meinem Großvater übernommen hat. Soweit er weiß, plane ich ein Doppelstudium in Wirtschaft und Recht, damit ich die Leitung übernehmen kann, wenn er in Rente geht. Wenn man bedenkt, dass der Mann neunundfünfzig ist, denke ich, dass er das irgendwann im nächsten Jahrzehnt vorhat. Was er nicht weiß, ist, dass er seine goldenen Jahre in einer sechs mal acht Meter großen Zelle verbringen wird, wenn ich mein Ziel erreiche.

Mein Vater hat seine Hände in mehreren verschiedenen Unternehmen, die nicht alle legal sind. Die Leitung eines Fortune-500-Unternehmens wird anständig bezahlt, aber als der gierige Scheißkerl, der er ist, hat er nie genug vom Reichtum. Ich bin mir ziemlich sicher, dass Geld der einzige Grund ist, warum er meine Mutter geheiratet hat, schließlich war sie die Alleinerbin einer Luxushotelkette. Sie passten weiß Gott *überhaupt nicht* zusammen. Sie war wesentlich jünger als er, doch irgendwie hat er sie ins Bett bekommen und überzeugt, ihn zu heiraten, als sie mit Zwillingen schwanger wurde. Es würde mich nicht wundern, wenn er sie absichtlich geschwängert hat.

Als sie starb, war das Einzige, was mein Vater erbte, ein kleines Sparkonto und ein paar Ferienimmobilien. Mein Großvater mütterlicherseits hatte darauf bestanden, dass sie einen Ehevertrag abschloss, in dem der Großteil ihres Vermögens zu gleichen Teilen an alle Kinder aufgeteilt wurde, die sie zur Welt brachte. Mein Vater focht das Testament an und versuchte, ein Schlupfloch zu finden, aber es gab keins. Ich weiß das alles nur, weil mein Großvater es mir kurz vor seinem Tod vor zwei Jahren erzählt hat. Er hasste meinen Vater – er hat ihm nie getraut, und das zu Recht. Preston Davenport ist ein zwielichtiges Arschloch.

Ich habe Ainsley noch nichts davon erzählt. Soweit es sie betrifft, ist unser Vater kalt, selten da und ein gewohnheitsmäßiger Frauenheld, aber sie hat keine Ahnung, zu welchen Übeln er wirklich fähig ist. Ich weiß, dass es eines Tages ans Licht kommen wird, aber ich möchte ihre Unschuld im Moment noch schützen.

Ich schließe die Tür und setze mich vor seinen Schreibtisch. „Du wolltest mich sehen? Konnte das nicht warten, bis du zu Hause bist?"

Er schüttelt den Kopf. „Ich fahre danach direkt zum Flughafen. Ich wollte nur kurz vorbeischauen und ein paar Dinge klären, bevor ich die Stadt verlasse."

„Wohin gehst du jetzt?"

„Miami. Die jährliche Jachtausstellung beginnt zwar erst am Freitag, aber die ganze Woche über gibt es Veranstaltungen für Fachleute. Ich dachte mir, das ist ein guter Zeitpunkt, um die Konkurrenz auszuspionieren."

Ich habe keinen Zweifel daran, dass er nach Miami fährt. Ich bezweifle jedoch stark, dass der Grund für diese Reise etwas mit Booten zu tun hat.

Ich nicke. „Warum bin ich hier, Papa?"

Die Skyline von L.A. liegt hinter seinem Rücken, während er seine Finger verschränkt. „Ich wollte mal sehen, wie dein kleines Projekt mit Jasmine Callahan läuft."

„Ich habe es im Griff."

Er zieht eine Braue hoch. „Bist du dir da sicher? Ich habe gehört, sie hat Probleme mit ihrer Stiefschwester."

Ich beiße die Zähne zusammen. „*Peyton* ist diejenige, die Probleme macht, und auch darum habe ich mich gekümmert."

„Weißt du ..." Mein Vater dreht einen Stift zwischen seinen Fingern. „Ich habe kein Problem damit, wenn du sozusagen die Ware probierst, aber ich hoffe, du weißt, dass du dich nicht emotional auf dieses Mädchen einlassen sollst."

„Wer sagt, dass ich emotional beteiligt bin?"

Seine grünlich-braunen Augen, die mit meinen identisch sind, mustern mich aufmerksam. „Ich habe meine Quellen."

Ich spotte. „Nun, deine Quellen sind *falsch*. Ich lasse mich nicht auf Gefühle ein. Das einzige, was ich von einer Frau will, ist ihre Muschi."

Ein echtes Lächeln erhellt ausnahmsweise sein Gesicht. „Vergiss nicht ihre Münder und Ärsche. Zur Hölle, sogar ihre Titten, obwohl das Callahan-Mädchen *davon* nicht gerade viel hat."

Ich knirsche mit den Zähnen. Zufällig liebe ich Jasmines Titten. Ja, sie sind klein, aber sie sind frech und passen zu ihrem schlanken Körper. Es ist schön, zur Abwechslung mal mit jemand natürlichem zusammen zu sein. Scheiße, ich bin mir ziemlich sicher, dass meine Schwester und Jazz die einzigen Mädchen in der Windsor Academy sind, die zu ihrem sechzehnten Geburtstag keinen Satz Doppel-Ds bekommen haben.

Ich verkneife mir, was ich eigentlich sagen will, und sage ihm stattdessen, was er hören will. „Sie braucht sie nicht. Mit ihrer engen Muschi, ihrem runden Arsch und ihren prallen Lippen hat mein Schwanz ausreichend Möglichkeiten, um zu kommen. Wenn ich jemals ein Paar große Titten ficken wollte, habe ich genug auf Abruf."

Mein Vater bricht in schallendes Gelächter aus. „Das ist mein Junge! Du hast recht – sie braucht die Titten nicht. Es würde mir nichts ausmachen, das Mädchen so zu zähmen, wie sie ist. Vielleicht kannst du sie mir zuwerfen, wenn du mit ihr fertig bist?"

Ich widerstehe dem Drang, mich über den Schreibtisch zu stürzen und das Arschloch zu schlagen. Das Traurige ist, dass dieser Mann *keine Ahnung hat,* wie abgefuckt dieses Gespräch zwischen einem Mann und seinem achtzehnjährigen Sohn ist.

Ich fahre mir mit der Hand über das Gesicht, weil ich es nicht mehr aushalte. „Ist das alles?"

Er nickt. „Für den Moment. Obwohl ich dich daran erinnern sollte, was hier auf dem Spiel steht. Wenn du dich gut anstellst, werden Charles und ich dich in eine Welt einführen, von der du nur träumen kannst. Unzählige schöne Frauen, die dir gefallen wollen, und Reichtümer, die dir zur Verfügung stehen. Er und ich werden nicht jünger, weißt du. Wir könnten jemanden wie dich in unserem Team gebrauchen."

Ich zwinge mich, bei diesem Gespräch gelangweilt zu wirken. „*Welches* Team?"

Er schenkt mir ein schmieriges Lächeln. „Alles zu seiner Zeit, mein Sohn. Alles zu seiner Zeit."

Ein Klopfen ertönt an der Tür meines Poolhauses. Ich schaue auf meinem Handy nach der Uhrzeit und bin überrascht, dass der Pizzabote schon da ist. Als ich die Tür öffne, verzieht sich mein Gesicht. Ich hatte eine große, üppig belegte Pizza Salami mit Oliven erwartet. Stattdessen bekomme ich eine große, üppig ausgestattete Blondine.

Ich versperre ihr den Weg, als sie versucht, die Schwelle zu überschreiten. „Was willst du, Vanessa?"

Die Frau meines Vaters fährt mit ihrem französisch manikürten Nagel über meine Brust. „Dein Vater ist fort."

Ich nehme ihre Hand weg, als sie nach meinem Gürtel greift. „Und?"

Vanessa schiebt ihre Schultern zurück, wodurch ihre Titten nach vorne ragen. Sie trägt ein durchsichtiges, hellrosa Nachthemd ohne Höschen. Es ist ziemlich offensichtlich, warum sie gerade jetzt hier ist, aber ich genieße es, sie zum Zappeln zu bringen.

„Also ...“ Sie greift wieder nach meinem Gürtel, und diesmal mache ich einen Schritt zurück, was sie zum Schmollen bringt. „Ich dachte, wir könnten ein bisschen Spaß haben. Ich vermisse dich, Baby.“

Ich spotte. „Heb dir die Kosenamen für deinen Sugar-Daddy auf. Ich bin nicht interessiert.“

Vanessa rümpft die Nase. „Was soll das heißen, du bist nicht interessiert?“

Entgegen der Meinung, die viele von mir haben, bin ich keiner, der seinen Schwanz in jede willige Muschi steckt. Scheiße, ich habe noch nicht einmal auf der Party mehr getan, als Ariana zu küssen. Ich habe ihr gesagt, sie solle für mich stöhnen, damit Jazz Vermutungen anstellt, und sie hat es nicht einmal infrage gestellt, bevor sie eine pornotaugliche Show abzog.

„Kingston? Hast du mich gehört?“

Mein Blick wandert gemächlich über Vanessas Körper. Die Ehefrauen meines Vaters werden mit jeder Heirat jünger. Vanessa ist zweiundzwanzig und lebt praktisch in unserem heimischen Fitnessstudio, daher ist ihr Körper an allen richtigen Stellen fit und straff. Sie ist die einzige Frau, die ich seit Peyton gefickt habe, obwohl ich Peyton das Gegenteil glauben lasse. Als Vanessa hörte, dass Peyton und ich uns getrennt hatten, kam sie zu mir und bewies mir ihr Mitgefühl, indem sie meinen Schwanz schluckte.

Die Frau ist heiß und sie fickt wie ein Profi, aber wenn ich ehrlich bin, habe ich ihr Angebot nur angenommen, um meinem Vater eins auszuwischen. Vanessa ist nichts weiter als eine Trophäe für ihn – das ist allgemein bekannt –, aber Preston Davenport erwartet von seinen Frauen Monogamie, obwohl er sich selbst nicht daranhält. Sein Ego ist viel zu zerbrechlich, um sich von einer Frau betrügen zu lassen, und deshalb ist er bereits in seiner vierten Ehe.

Der Pizzabote tritt hinter Vanessa und macht große Augen, als er sieht, dass sie praktisch nackt ist. Ich ziehe einen Fünfziger aus meiner Tasche und gebe ihn ihm im Austausch für die Pizza.

„Danke, Mann." Seine Augen sind immer noch auf meine Stiefmutter gerichtet.

Ich nicke dem Pizzaboten zu, aber ich spreche mit Vanessa. „Wenn du unbedingt einen Schwanz in deine Kehle stecken willst, bin ich mir sicher, dass dieser Typ mehr als willig wäre."

„Äh ...", stammelt der Mann. „Ja ... sicher. Willst du, dass ich ihn hier raushole?"

Vanessa schaut über ihre Schulter, bevor sie sich wieder zu mir umdreht. „Ist es das, was dich anmacht, Kingston? Möchtest du zusehen, wie ich einem anderen einen blase?"

Ich stelle den Pizzakarton ab und lehne mich gegen den Türpfosten. „Oh ja. Das würde mich verdammt noch mal antörnen. Wenn du dich richtig anstrengst, können wir vielleicht mal sehen, wie sexy du am Spieß aussiehst."

Sie lächelt und geht sofort vor dem Lieferanten auf die Knie. Mein Ton hätte nicht sarkastischer sein können, aber Vanessa Davenport ist nicht gerade die hellste Leuchte.

Der Lieferjunge öffnet hastig seine Hose, schiebt sie bis

zu den Knien hinunter und Vanessa verschwendet keine Zeit damit, seinen Schwanz in ihren Mund zu nehmen.

Er stöhnt. „Jesus, das ist meine älteste Pornofantasie, die endlich wahr geworden ist."

Ich lache und will gerade die Tür schließen, aber Vanessa lässt ihn schlagartig los und sagt: „Wo willst du hin? Ich dachte, du wolltest zusehen."

„Nein." Ich schüttle den Kopf. „Meine Pizza wird kalt. Außerdem, wenn du eine Hure gesehen hast, die einen Schwanz lutscht, hast du sie alle gesehen." Der Ständer des armen Kerls hängt noch immer in der Luft, also beschließe ich, ihm einen Gefallen zu tun. „Aber ..., wenn mein neuer Freund hier mir erzählt, dass du ihm richtig gut einen geblasen hast, darfst du mir vielleicht als Nächstes einen blasen."

Ich warte, bis sie seinen Schwanz wieder in den Mund nimmt, bevor ich die Tür schließe und den Schlüssel umdrehe. Ich habe nicht vor, diese dumme Schlampe jemals wieder meinen Schwanz anfassen zu lassen, aber zumindest wird der Lieferant etwas zu erzählen haben. Und wenn jemand zufällig einen USB-Stick mit dem Videomaterial meiner Überwachungsanlage auf dem Schreibtisch meines Vaters hinterlässt, dann soll es so sein. Nenn es meine gute Tat für dieses Jahr.

KAPITEL
FÜNFUNDZWANZIG

JAZZ

„Hast du schon ein Kleid für den Abschlussball?", fragt Kingston.

Ich rolle mit den Augen. Er hört einfach nicht auf, mich mit diesem blöden Tanz zu nerven.

„Ich werde nicht gehen. Ich bin mir nicht sicher, welcher Teil dieser Aussage dich so verwirrt."

Ainsley schnappt nach Luft. „Was? Jazz! Du *musst* zum Abschlussball gehen! Es ist unser Abschlussjahr! Der Abschlussball ist eines der wenigen Dinge, die mir an dieser Schule wirklich Spaß machen. Es macht Spaß, sich für den Abend in Schale zu werfen."

„Ich glaube nicht, dass es Spaß macht, sich für die Nacht zu *verkleiden*." Bentley zwinkert mir zu. „Aber ich würde es für dich tun, Babe. Und nach dem Tanz können wir uns zusammen *ausziehen*."

Mir entgeht nicht, wie Kingston seinem besten Freund missbilligend in die Augen blickt. Seit Reeds Party ist eine

Woche vergangen und Bentley hat mit dem Flirten kein bisschen nachgelassen. Ich schwöre, er macht das nur, um Kingston zu ärgern, der sich immer noch wie ein kompletter Neandertaler verhält. Abgesehen von unserem Ausflug mit meiner Schwester letztes Wochenende, habe ich es vermieden, mit ihm allein zu sein. Ainsley fährt mich zur Schule und Frank bringt mich nach Hause, trotz Kingstons Protesten, sodass wir uns nur in der Mittagspause sehen, wie jetzt gerade, und im Literaturunterricht. Ich weiß, dass es nur eine Frage der Zeit ist, bis er mich erwischt, aber ich genieße die Gnadenfrist.

Ich werfe Bentley einen schiefen Blick zu. „So nett das Angebot auch ist, Bentley, ich werde trotzdem ablehnen."

„Das funktioniert bei mir nicht", jammert Ainsley. „Komm schon, Jazz, du musst gehen – es ist der beste Teil der Woche. Du musst Ja sagen, und dann müssen wir alles geben, um das perfekte Kleid für dich zu finden. Ich bin mir sicher, dass die Kleiderständer inzwischen so gut wie leer sind, denn bis zum Ball sind es nur noch gut zwei Wochen."

„Was ist mit dem Haus am See?", fragt Reed. „Nun, *das ist* das Beste."

Sie kichert. „Nun, das ist klar. Aber vorher möchte ich noch ein hübsches Kleid tragen und tanzen."

Ich ziehe die Brauen zusammen. „*Welches* Haus am See?"

Bentley legt seinen Arm um meine Schultern. „Es gibt ein winziges Dorf in den Bergen, etwa neunzig Minuten entfernt von hier. Es gibt dort einen großen See und tolle Blockhütten. Wir feiern bis zum nächsten Tag. Viel

Schnaps, Gras und allgemeine Ausschweifungen. Drei meiner Lieblingsbeschäftigungen."

„Verdammt noch mal." Ich verdränge seine Bemerkung über Ausschweifungen in meinen Hinterkopf. „Wer ist *wir*?"

Kingston schiebt Bentleys Arm weg, hakt seinen Fuß unter meinem Stuhl ein und zieht mich näher zu sich heran. „Ains, Reed, Bent und ich übernachten immer in der Hütte meiner Familie."

„Das war's?", frage ich. „Nur ihr vier?"

Ainsley meldet sich zu Wort, als ihr Bruder schweigt. „Erzähl ihr die ganze Geschichte, Arschloch."

Er lässt sie abblitzen. „Deinem Vater gehört da oben auch eine Hütte, sie liegt direkt neben unserer."

„Peyton wird also dort sein", vermute ich.

Kingston nickt. „Ja, aber das werden auch viele andere Leute. *Und* sie weiß, dass sie sich nicht mehr mit dir anlegen sollte."

„Wir werden sehen, wie lange das anhält", murmle ich.

Er ruckt mit dem Kopf in Richtung von Peytons Tisch. „Siehst du? Sie schaut nicht einmal mehr hierher. Sie tut wahrscheinlich so, als würdest du nicht existieren. Wenn Peyton weiß, was gut für sie ist, wird sie das auch weiterhin machen."

Das *stimmt* allerdings. Ich bin ihr diese Woche ein paar Mal im Haus begegnet, und jedes Mal ist sie in die entgegengesetzte Richtung gegangen, sobald sie mich gesehen hat. Das hält sie zwar nicht davon ab, mir böse Blicke zuzuwerfen oder Beleidigungen zu murmeln, aber sie hält sich körperlich fern. Irgendetwas sagt mir, dass sie nur ihre Zeit abwartet. Ein Mädchen wie sie gibt nicht so schnell auf. Es sei denn …

Ich neige meinen Kopf zur Seite. „Hast du ihr weh getan?"

„*Nein*, das habe ich nicht." Kingston grinst. „Jesus, danke, dass du mir das zutraust. Ich habe ihr nichts getan. Ich habe sie nur daran erinnert, dass ich es als persönlichen Angriff auf mich auffassen würde, wenn sie oder einer ihrer Lakaien sich mit dir anlegen würde. Peyton mag sich manchmal stumpfsinnig verhalten, aber sie ist nicht dumm. Keiner von ihnen ist es."

Ich denke einen Moment darüber nach. „Ich habe kein Geld für ein Kleid, und ich werde ganz sicher nicht den Samenspender fragen. Ich werde zum See gehen, aber nicht zum Tanz."

„Ich übernehme das Kleid", brummt Kingston. „Und was immer du sonst noch benötigst. Betrachte es als Geburtstagsgeschenk."

Mir bleibt der Mund offenstehen. „Woher weißt du das?"

Kingston wirft mir einen Blick zu, der sagt: *echt jetzt?*

„Warte", wirft Ainsley ein. „Wann ist dein Geburtstag?"

„Am Tag des Tanzes", antwortet Kingston.

„Fünfundzwanzigster September", antworte ich gleichzeitig.

Ainsleys reißt die Augen weit auf. „Wir werden deinen Geburtstag am See feiern! Ich besorge dir einen Kuchen und alles."

Kingston flüstert leise in mein Ohr. „Wir haben eine feste Verabredung mit deiner Schwester – jeden Sonntag, wenn du nichts anderes vorhast. Wir können früh vom See zurückkommen, sie abholen und den Tag in Santa Monica verbringen, wenn du willst."

Tränen treten mir in die Augen. Ich hatte damit gerechnet, mein Geburtstagswochenende allein verbringen zu müssen und mich von der Trauer verzehren zu lassen. Jetzt bieten mir zwei Menschen an, die Abwesenheit meiner Mutter ein wenig weniger schmerzhaft zu machen. Wie könnte ich da Nein sagen?

Ich seufze. „Okay, ich bin dabei."

Ainsley klatscht aufgeregt in die Hände. „Wir sollten alle zusammen zum Tanz gehen!"

„Damit bin ich einverstanden." Reed nimmt einen Bissen von seiner Pizza.

„Ich auch. Aber nur, wenn Jazzy Jazz *viel* Platz für mich auf ihrer Tanzkarte freihält." Bentley wirft einen Blick auf Kingston und lächelt. „Wir alle wissen, wie *gerne* sie mit mir tanzt."

Ich werfe eine Pommes in Bentleys Gesicht. „Arschloch."

Er wirft mir als Antwort einen Kuss zu.

„Gut", murrt Kingston.

„Fantastisch!", sagt Ainsley. „Dann ist das ja geklärt. Jazz, freitags habe ich keine Probe, also gehen wir nach der Schule einkaufen."

Also gut. Ich schätze, ich werde wohl doch zum Abschlussball gehen.

~

Und heute ist der Tag. Abschlussball. Und der Tag, an dem ich offiziell als volljährig gelte.

Der Samenspender ist wieder einmal nicht in der Stadt – keine Überraschung – aber er hat mich geschockt, indem er Ms. Williams ein Geburtstagsgeschenk überbringen ließ. Normalerweise würde ich mich nicht wohl dabei fühlen, etwas von ihm anzunehmen, vor allem, wenn ich weiß, dass er nicht der Mann ist, für den er in der Öffentlichkeit gehalten wird. Ich weiß immer noch nicht genau, was da vor sich geht, aber Kingston hat versprochen, mir bald alles zu erzählen.

Das heißt, Charles' Geschenk ist tatsächlich etwas Nützliches und, so ungern ich es zugebe, sehr aufmerksam ... er hat die Fahrstunden bezahlt, damit ich meinen Führerschein machen kann. In der Garage steht ein nagelneuer schwarzer Audi SUV, auf dem mein Name steht – inklusive Sitzerhöhung – und der nur darauf wartet, dass ich die Prüfung bestehe. Ich habe bereits dort angerufen und meine erste Fahrstunde vereinbart. Je eher ich meinen Führerschein habe, desto eher kann ich zu Belle fahren, ohne auf jemand anderen angewiesen zu sein.

Vor einem Monat hätte ich noch meine Flucht aus dem Callahan-Anwesen geplant. Aber jetzt ... jetzt denke ich, dass es gar nicht so schlimm ist. Versteh mich nicht falsch, das Haus ist kälter als die Arktis. Charles ist nie da, Peyton ist ... nun ja, Peyton. Und seit Madeline herausgefunden hat, dass Kingston und ich zusammen sind, ist sie nicht mehr so freundlich wie am Anfang. Ich habe aber kein Problem mit ihrem Mangel an Wärme. Ich muss keine falschen oder egoistischen Menschen in meinem Leben haben.

Belle, Ainsley und sogar die Jungs reichen mir. In den letzten zwei Wochen war alles … gut. Friedlich. Niemand ist mir auf die Nerven gegangen. Nach der Schule schaue ich manchmal Ainsley bei den Proben zu, aber manchmal hänge ich auch mit den Jungs ab. Sie kommen vielleicht wie unverbesserliche Arschlöcher rüber, aber wenn sie außerhalb der Schule zusammen sind, sind sie ganz normale Teenager. Sie essen *die ganze Zeit*, spielen Videospiele, sehen sich Sport an, feiern oder chillen einfach. Es herrscht eine Brüderlichkeit zwischen ihnen, die fast liebenswert ist – sie sind unglaublich loyal untereinander. Alle drei haben eine offensichtliche Schwäche für Ainsley, und irgendwie hat sich das auch auf mich übertragen, hauptsächlich was Kingston anbelangt.

Er und ich sind jetzt schon viermal mit Belle ausgegangen, und jedes Mal hat er sich ein Stückchen weiter in mein Herz geschlichen. Er macht es leicht, die Art und Weise zu vergessen, wie er mich bei unserem ersten Treffen behandelt hat, oder die Geheimnisse, die er immer noch vor mir hat.

Kingston mit Belle zu beobachten, ist wirklich eine schöne Sache. Er ist so lieb zu ihr und sie betet ihn regelrecht an. Kingston hat endlich zugegeben, dass er Jerome für unsere wöchentlichen Besuche bezahlt. Während ich mich über Belles Vater ärgere, weil er so ein egoistischer Arsch ist, bin ich dankbar, dass Kingston daran gedacht hat. Kingston sagt, dass es nicht viel gibt, was man mit Geld nicht kaufen kann, und ich beginne, die Wahrheit darin zu erkennen.

„Heilige Scheiße, Chica, du siehst verdammt heiß aus!" Ainsley wackelt mit den Augenbrauen, um den Effekt zu verstärken. „Mein Bruder und Bentley werden die ganze Nacht einen Riesenständer haben."

Ich schüttle lachend den Kopf. „Danke ... denke ich."

Ich betrachte mein Spiegelbild und lächle. Ein perfekteres Kleid hätte ich mir nicht vorstellen können. Das Mieder aus Satin hat einen herzförmigen Ausschnitt mit Spaghettiträgern und einem Spitzenüberzug. Der Chiffon-Rock ist kokett und voluminös und reicht mir etwa bis zur Mitte des Oberschenkels. Die Farbe Aubergine passt wunderbar zu meiner gebräunten Haut, und die goldenen Glitzersandalen, die ich trage, runden den Look ab. Ainsley hat mein Haar zu einer halben Hochsteckfrisur gestylt, wobei die langen Strähnen über meinen Rücken gewellt sind. Sie hat das Ganze mit einer Kombination aus grauem Lidschatten und rosafarbenen Lippen abgerundet, was dem Ganzen eine leicht anrüchige, aber stilvolle Ausstrahlung verleiht.

Ich ahme ihre Augenbrauenbewegungen nach. „Sie sehen auch ziemlich gut aus, Lady."

Ainsleys Kleid hat einen ähnlichen Stil wie meines, aber ihres ist knallrot und rückenfrei. Reed wird sprachlos sein. Sie sieht absolut umwerfend aus.

Sie schlingt ihren Arm um meinen Ellbogen. „Wir sollten die Jungs links liegen lassen und einfach zusammen gehen. Wir wären ein heißes Paar. Ich würde dich auf jeden Fall flachlegen. Du weißt schon, wenn ich auf Tussis stehen würde."

Ich lache. „Dito."

Ein kurzes Klopfen ertönt an ihrer Schlafzimmertür, bevor sie sich öffnet. „Ains, die Limousine ist da. Du ..."

Kingston steht in der Tür und schluckt schwer, als sein Blick auf meinen Körper fällt. Ich mache dasselbe mit ihm. Zweimal. Verdammt, er sieht gut aus in einem gutsitzenden Anzug. Und das zu Recht. Es entgeht mir nicht, dass seine Krawatte zufällig zu meinem Kleid passt. Er hat es vorher nicht gesehen, also muss Ainsley ihm gesagt haben, welche Farbe er tragen soll.

„Fuck", murmelt er leise.

Ich runzle die Stirn. „Ist das ein gutes ‚Fuck' oder ein schlechtes?"

„Ich bin mir ziemlich sicher, dass es bei dir kein schlechtes Fuck gibt, Jazz." Kingstons Augen verdunkeln sich, während er sich mit der Hand über den Kiefer reibt. „Willst du meine Theorie testen?"

Scheiße. Es ist schon Wochen her, dass wir sexuell aktiv waren, und meine weiblichen Körperteile sind ziemlich verärgert. Ich kann mir nur so oft einen mittelmäßigen Orgasmus verschaffen, bis es die Mühe nicht mehr wert ist. Wenn Kingston nicht immer so aussehen würde, als wolle er mich verschlingen, würde ich mir Sorgen machen, dass er das Interesse verloren hat. Das ist eindeutig nicht der Fall, aber ein Teil von mir fragt sich, warum er seit jener Nacht in Reeds Badezimmer nicht einmal *versucht* hat, mich zu berühren. Zugegeben, wir waren nicht oft allein, aber es gab definitiv die eine oder andere Gelegenheit. Mehrmals hätte ich fast einen Schritt gemacht, aber dann habe ich mich gefragt, ob er es von jemand anderem bekommen hat. Vielleicht fasst er mich nicht an, weil ihn jemand anderes befriedigt. Ich kann mich nicht mehr selbst belügen und sagen, dass mich der Gedanke daran nicht beunruhigt.

„Gott, Leute, nehmt euch ein Zimmer und bringt es einfach hinter euch. Ich halte es nicht mehr aus, in der Nähe des längsten Augenficks der Welt zu sein."

Kingston ignoriert seine Schwester und durchquert den Raum, bis er direkt vor mir steht. Er flüstert in mein Ohr: „Du siehst in diesem Kleid verdammt gut aus, aber ich warne dich: Ich habe vor, es dir so schnell wie möglich vom Leib zu reißen."

Ich würde gerne sagen, dass mich seine Worte nicht berühren, aber das kann ich leider nicht. Ich bin mir ziemlich sicher, dass ich wimmere, während mir Schauer über den Rücken laufen.

„Das hättest du wohl gern", hauche ich atemlos zurück.

Kingston zieht sich zurück und verzieht amüsiert die Lippen. „Tu nicht so, als wäre ich der Einzige, Prinzessin."

„Igitt!", jammert Ainsley. „Ernsthaft, Leute. Ekelhaft. Ich muss mir euer Vorspiel nicht ansehen."

Er durchquert erneut den Raum und bleibt vor der Tür stehen. „Beeilt euch. Die Jungs sind unten und die Limousine wartet vor der Tür."

Ich brauche ein paar Sekunden, um mich zu sammeln, bevor ich ihm und Ainsley die geschwungene Treppe hinunter folge. Als wir das Erdgeschoss erreichen, stehen Bentley und Reed lächelnd da und sehen sexier aus als je zuvor. Reed hat nur Augen für Ainsley, aber Bentley gibt sich keine Mühe, zu verbergen, dass er mich *ganz* langsam in sich aufsaugt.

Bentley pfeift. „Verdammt, Baby Girl. Du siehst *gut* aus."

Er trägt ebenfalls einen dunklen Anzug und sieht genauso gut aus wie Kingston in seinem. Ich beiße mir auf die Lippe, als Kingston neben Bentley steht, denn jetzt bohren die Blicke von beiden in mich. Mein Gott, die Pheromone, oder was auch immer sie absondern, sind *stark*.

Ainsley schiebt ihre Hand durch Reeds krummen Armbeuge, während ich mich zu Kingston und Bentley setze.

Ich fingere am Revers von Bentleys Anzugjacke. „Du siehst ziemlich adrett aus, Bent. Du hast dich gut herausgeputzt."

Er winkelt seinen Ellbogen an, aber Kingston zieht mich zurück, bevor ich Bentleys ausgestreckten Arm nehmen kann.

„Hey!", schimpfe ich.

Bentley lacht und hält seine Handflächen hoch, das universelle Zeichen für *„Entspann dich, Alter"*.

Kingston beugt sich zu mir herüber und knurrt: „Stell mich jetzt nicht auf die Probe. Ich habe es schon schwer genug, weil ich weiß, dass dich jedes Arschloch auf dem Ball anstarren wird."

Ich rolle mit den Augen. „Hör auf, so ein verdammtes Alphatier zu sein."

Kingston fährt mit seinem Nasenrücken meinen Hals hinauf, sodass mein Atem stockt. „Hör auf, so verdammt stur zu sein und tu einfach, was ich sage."

Nun, gerade jetzt würde ich am liebsten genau das

Gegenteil tun. Man sollte meinen, er wüsste inzwischen, wie wenig ich es schätze, herumkommandiert zu werden.

Ich stoße mich von Kingston ab und ergreife Bentleys Arm. „Komm schon, Hübscher. Lass uns tanzen, damit du mich ein paar Mal auf der Tanzfläche herumwirbeln kannst."

Bentleys Lächeln erobert sein Gesicht. „Was immer du willst, Baby."

KAPITEL
SECHSUNDZWANZIG

JAZZ

Der Abschlussball findet in einem schicken Hotel in der Innenstadt von Los Angeles statt. Bentley und ich gehen Arm in Arm in den Ballsaal, sehr zu Kingstons Verärgerung. Er kann mich mal. Wenn er wie ein Kind schmollen will, dann lasse ich mir von ihm nicht den Abend verderben. Es ist nicht nur mein Geburtstag, sondern auch mein erster Highschool-Ball, und jetzt, wo ich hier bin, will ich das Beste daraus machen.

In meiner alten Schule gab es kein Geld für solche Dinge. Es gab keinen richtigen Abschlussball und der Ball, den es gab, war kein großes Ereignis, weil nicht viele Leute genug Geld hatten, um sich festliche Kleidung zu kaufen. Er wäre *nie* in einem Fünf-Sterne-Hotel wie diesem abgehalten worden. Verdammt, sie hatten kaum ausreichend Geld, um die veraltete Turnhalle der Schule zu dekorieren. Die Aussicht, den Abend in einem Raum zu verbringen, der nach Schweißfüßen roch, während man in Kleidern steckte, die man sich eigentlich nicht leisten konnte, war nicht gerade verlockend.

Meine Augen weiten sich, als ich den Raum in Augenschein nehme. Die Beleuchtung ist spärlich, Lichterketten auf jeder verfügbaren Fläche, und Kronleuchter, die von oben glitzern. Eine große Tanzfläche ist von runden Tischen umgeben, die mit weißen Tischdecken und hohen Blumenkränzen geschmückt sind. An der Seitenwand gibt es Erfrischungen, und an der Rückwand befinden sich eine Bühne und ein DJ-Pult. Es ist wirklich hübsch; der ganze Ort hat eine Art außerirdischen Glanz an sich.

„Komm schon, Kleine. Lass uns tanzen." Bentley zieht mich auf die Tanzfläche, ohne auf eine Antwort zu warten.

Das Tempo ist schnell, sodass wir respektvoll Abstand halten, während wir von einem Lied zum nächsten tanzen. Aus dem Augenwinkel sehe ich gelegentlich Kingston, der finster starrend an der Wand lehnt, aber ich weigere mich, mir das hier verderben zu lassen. Irgendwann kommen auch Ainsley und Reed dazu, und wir tauschen eine Weile die Partner, bis der DJ schließlich ankündigt, dass er es langsamer angehen lässt. Bentley zieht mich an sich, während Rihannas „Love on the Brain" aus den Lautsprechern dröhnt.

„Hast du Spaß, Geburtstagskind?"

Ich nicke. „Oh ja."

Bentley schaut mir über die Schulter, bevor er seine Hände gefährlich nahe an meinen Hintern heranführt. „Habe ich dir schon gesagt, wie verdammt schön du heute Abend aussiehst?"

„Das hast du." Ich lächle schüchtern. „Mehr als einmal."

Bentley beugt sich hinunter und drückt seine Nase an meine Wange. „Ich habe es ernst gemeint, und so viel Spaß es auch gemacht hat, es sieht so aus, als ob die Geduld meines Kumpels am Ende ist."

Bevor ich weitere Fragen stellen kann, werde ich aus Bentleys Armen gegen eine feste Brust gezogen. Mein Körper erkennt sofort, mit wem er es zu tun hat. Ich muss mir ein Stöhnen verkneifen, als sich sein harter Körper gegen meinen drückt. Bentley zwinkert mir zu, bevor er weggeht und mich Kingston überlässt. Während Rihanna davon singt, mit der Faust gegen das Feuer zu kämpfen, nur um jemandem nahezukommen, stützen seine Hände meine Hüften.

Kingston presst seinen Mund an mein Ohr. „Ich habe die Nase voll von deinen blödsinnigen Spielchen, Jazz."

Mir stockt der Atem, als er sich von hinten an mich presst. „Wer sagt, dass ich Spielchen spiele?"

Seine Zähne krallen sich in die Stelle, an der mein Hals auf meine Schulter trifft, und lassen mich gleichzeitig keuchen und zusammenzucken. Er antwortet nicht auf meine Frage, sondern ergreift stattdessen meine Hand und zieht mich aus dem Ballsaal.

„Was tust du da?" Ich versuche, mich von ihm loszureißen, aber es ist sinnlos.

Kingstons Kopf schnappt nach hinten. „Halt einfach die Klappe, sonst werfe ich dich über meine Schulter."

Ich bin zu schockiert – und von diesem Bild erregt – um etwas anderes zu tun, als ihm zu folgen. Er probiert die

Klinken an verschiedenen Türen aus, bevor er eine findet, die nicht verschlossen ist. Kingston reißt die Tür auf und schiebt mich in einen abgedunkelten Raum.

Meine Augen haben nicht einmal Zeit, mich darauf einzustellen, bevor er sich auf mich stürzt und seine Lippen auf die meinen presst. Ein spürbares Verlangen verzehrt uns, während unsere Zungen um die Vorherrschaft kämpfen. Kingston reißt seinen Mund weg und hinterlässt eine Spur von Küssen an meinem Hals, während er meine Brüste bearbeitet. Meine Hände finden den Reißverschluss seiner Hose und schieben ihn nach unten, während die seinen über den Rücken meines Kleides streichen.

„Wo zum Teufel ist der Reißverschluss an diesem Ding?"

„Linke Seite", keuche ich.

Er findet den versteckten Reißverschluss und reißt ihn herunter, bevor er die Träger von meinen Schultern zieht. Mein BH ist blitzschnell ausgezogen, und seine Zunge findet sofort meine Brustwarze, umkreist die gespannte Knospe, bevor er sie in seinen Mund saugt.

Mein Kopf fällt nach hinten. „Oh, Scheiße."

Ich schiebe Kingstons Anzugjacke nach hinten, während seine flinken Finger die Knöpfe seines Hemdes öffnen. Sobald seine nackte Brust freigelegt ist, fahre ich mit meinen Fingernägeln über die Wülste seiner Brust und seines Bauches, bevor ich seinen Schwanz aus der Hose ziehe und in meiner Faust auf und ab pumpe.

Kingston stößt ein ersticktes Stöhnen aus. „Scheiße."

Ich steige aus dem Kleid, das zu meinen Füßen runtergleitet. Meine Augen haben sich soweit an die Dunkelheit angepasst, dass ich sehen kann, wie sich das Weiße in seinen Augen weitet, als ich vor ihm auf die Knie falle. Ich ziehe Kingstons Hose über seine Hüften und sauge ohne Vorwarnung den ausladenden Kopf in meinen Mund. Meine Fingernägel drücken sich in seinen Hintern, während ich auf und ab wippe, bevor ich meinen Kiefer öffne und mich noch weiter absenke. Kingston stößt eine Reihe von Flüchen aus, während ich schlucke und ihn in meinen Rachen bringe. Er stöhnt auf, als ich mich zurückziehe und meine Zunge an der Unterseite seines Schwanzes entlanggleiten lasse, bevor ich ihn schlagartig loslasse.

„Verdammte Scheiße, Jazz", murmelt Kingston.

Bevor ich wieder eintauchen kann, schiebt Kingston seine Hände unter meine Achseln und hebt mich hoch. Er klopft auf die Rückseite meiner Oberschenkel, was mich zu einem Sprung veranlasst, während er mich hochhebt und meine Beine um seine Taille schlingt.

Ein Grinsen umspielt meine Lippen. „Was ist los? Bist du kein Fan von Deep Throating?"

Er macht ein paar Schritte nach vorne und setzt mich auf der Kante eines Konferenztisches ab.

„Das war so ziemlich das Schönste, was mir je passiert ist, aber ich würde mich blamieren, wenn du so weitermachst."

Das Lachen erstirbt mir auf den Lippen, als er meine Unterwäsche zur Seite zieht und meine Muschi dem klimatisierten Raum aussetzt. Kingston verschwendet keine Zeit, seine Finger reiben sich an meinem Eingang und tauchen hinein. Er krümmt seine Finger und beginnt mit seinem Daumen über meine Klitoris zu reiben. Ich fange an, auf seiner Hand zu reiten, versuche wütend, zum Orgasmus zu gelangen, als er abrupt aufhört.

„Hey!", jammere ich. „Was zum Teufel machst du da? Beweg dich, verdammt noch mal!"

„Du hast hier nicht die Kontrolle, Schätzchen. Je eher du das begreifst, desto besser."

Ich weiß, dass das nicht ganz richtig ist. Wenn ich ihm sagen würde, dass ich nicht bereit bin, Sex zu haben, würde er das respektieren. Er wäre sauer, wenn man bedenkt, wie aufgeregt wir beide sind, aber er würde sich mir nicht aufdrängen. Ich habe aber absolut nicht vor, ihm zu sagen, dass er aufhören soll. Wenn er mit seinen magischen Fingern weitermacht, kann ich noch eine Weile so tun, als ob.

Ich schließe meine Faust um die Krawatte, die immer noch um seinen Hals geknotet ist. „Küss mich."

Seine weißen Zähne blitzen in der Dunkelheit auf und ein Lächeln bricht aus. „Sag brav bitte."

Ich verenge meine Augen. „Leck mich."

Kingstons Zähne krallen sich in den Muskel in meinem Nacken. Ich habe das nicht wörtlich gemeint, aber ich beschwere mich nicht.

Mein Kopf fällt nach hinten, als sein Mund wieder auf meiner Brustwarze landet und er mit seiner Zunge erst über die eine, dann über die andere Brustwarze streicht.

„Oh, Gott."

Kingston fügt einen dritten Finger hinzu und erhöht sein Tempo. „Deine Muschi ist so eng und feucht. Ich kann es kaum erwarten, in dich einzudringen."

Meine Augen rollen vor Vergnügen zurück. „Dann mach es doch."

Er nimmt seine Finger weg und fummelt einen Moment lang herum, bevor ich höre, wie eine Folienverpackung aufgerissen wird. Ich beobachte die schattenhaften Bewegungen seiner Hand, die seinen Schwanz umhüllt, bevor ich ihn an mir spüre. Kingston gleitet ein paar Mal über meinen Kitzler, bevor er ganz plötzlich in mich eindringt.

„Verdammte Scheiße." Kingston zieht sich zurück und stößt mit größerer Kraft wieder zu. „So. Verdammt. Eng."

„Härter", stöhne ich.

„Scheiße, ja", stöhnt er.

Kingston umkreist meine beiden Knöchel mit seinen Fingern und legt sie wieder auf seine Schultern. In diesem Winkel ist er so viel tiefer, dass es an der Grenze zwischen Lust und Schmerz liegt. Keiner von uns beiden macht sich Gedanken darüber, wie laut wir sind, während er das Tempo erhöht.

Mein Rücken beugt sich. „So nah. So verdammt nah."

„Lass mich sehen, wie du deine hübsche Klitoris reibst", gurrt er. „Ich will sehen, wie du dich an meinem Schwanz ergötzt."

Meine Finger schlängeln sich zwischen uns hindurch und beginnen kräftig zu reiben, die Spannung steigt mit jedem Gleiten. Nur ein paar Stöße später komme ich so heftig wie noch nie zuvor in meinem Leben.

„Scheiße", stöhnt Kingston. „Das ist es, Baby. Komm ganz über mich. Du fühlst dich so verdammt gut an. Du siehst so verdammt perfekt aus, wenn du unter mir liegst."

Nachdem mein Zittern nachgelassen hat, beugt er sich vor und drückt meine Knie an meine Brust, wobei meine hochhackigen Sandalen seine Ohren umrahmen. Kingston pumpt mit Hingabe in mich hinein, bis er seinen eigenen Orgasmus hinausbrüllt. Als er sich gegen mich stemmt, drückt er mir einen Kuss auf die verschwitzte Schläfe.

„Jetzt gibt es kein Entrinnen mehr, Jazz. Ich werde jeden umbringen, der versucht, dich mir wegzunehmen."

Dass er das absolut ehrlich zu meinen scheint, sollte mich erschrecken, doch ... ich ertappe mich dabei, wie ich lächle. In diesem Moment wäre ich auch ziemlich böse, wenn jemand versuchen würde, uns auseinanderzureißen. Kingston küsst meinen Kiefer, als wir wieder zu Atem kommen, und wiederholt immer wieder dasselbe Wort.

„*Mein*."

Kapitel
Siebenundzwanzig

JAZZ

„Also …" Ainsley wirft mir einen kurzen Blick zu, während sie fährt. „Darf ich erfahren, warum du deine Unterwäsche wechseln musstest, bevor wir losgefahren sind?"

Mist. Meine Übernachtungstasche hatte sich in Ainsleys Kofferraum befunden. Mein Höschen war unangenehm nass, nachdem Kingston und ich zusammen gewesen sind. Ich musste mir ein neues Paar besorgen, bevor wir uns auf die eineinhalbstündige Fahrt zum See machten. Mein Kleid ist zu kurz, um zu riskieren, ohne Höschen zu gehen. Eine leichte Brise, und ich hätte der ganzen Welt meine inneren Werte gezeigt. Ich dachte, ich wäre diskret vorgegangen, aber anscheinend war das nicht der Fall.

„Muss ich das wirklich?"

„Nein … aber wie wäre es, wenn du mir sagst, wohin mein Bruder dich verschleppt hat? Oder was ihr dort so lange gemacht habt? Oder warum ihr, als ihr zurückkamt, beide so wilde Frisuren hattet?"

Ich werfe ihr einen Seitenblick zu. „Aus demselben Grund, aus dem ich neue Unterwäsche benötige. Willst du wirklich alles wissen? Er ist dein Bruder. Würde dich das nicht anekeln?"

„Ich wollte keine Details, Jazz. Aber deine Nicht-Antwort ist mir Antwort genug. Alles Gute zu *deinem* Geburtstag." Sie lacht. „Heilige Scheiße, ich wünschte, du hättest Peytons Gesicht sehen können, als sie Kingston zum König des Abschlussballs ernannt haben und er nicht da war. Ich schwöre bei Gott, es sah aus, als würde ihr Kopf buchstäblich explodieren, als sie mit ihrer hübschen Krone auf der Bühne stand, ohne ihren König. Es war kein Geheimnis, dass er irgendwo mit dir unterwegs war. Verdammt, er hat es praktisch vor allen Leuten mit dir getrieben."

Ich werfe meinen Kopf zurück auf den Sitz. „Oh, Gott. War es so offensichtlich?"

„Mehr als das."

Ich stöhne. „Verdammt. Diese Party wird ein Reinfall werden, oder?"

„Nein", versichert sie mir. „Wenn die Leute zu neugierig werden, können wir uns im Haus verstecken und von deinem Geburtstagskuchen naschen, bis wir in ein Zucker-koma fallen."

Oh, ich habe den Geburtstagskuchen vergessen. Ich *liebe* Kuchen.

„Können wir das nicht trotzdem tun?"

„Mal sehen, wie es läuft. In L.A. muss man einiges

gemacht haben, um es zu verstehen. Du wirst Spaß haben, das verspreche ich."

Ich seufze. „Ich nehme dich beim Wort."

„Da wären wir. Komm, lass uns die Taschen reinbringen."

Ainsleys Lambo kommt zum Stehen und sie schaltet in den Parkmodus. Es sind schon eine Menge Autos hier. Ich erkenne Bentleys und Reeds Autos, aber Kingstons sehe ich noch nicht. Er sagte, er müsse unterwegs noch etwas erledigen, aber es sollte nicht allzu lange dauern. Er hat sich kryptisch ausgedrückt, also vermute ich, dass es etwas mit dem Geburtstagsgeschenk zu tun hat, das er vorhin erwähnt hat. Ich will ihm keine SMS schreiben, falls er am Steuer sitzt, also steige ich aus dem Auto und folge Ainsley.

Sobald wir das Haus betreten, fällt mir die Kinnlade herunter, als ich die großen Fenster sehe, die die Rückseite des Hauses bilden. Ich kann nicht durch die Leute hindurch blicken, die auf der Terrasse sitzen, aber Ainsley hat gesagt, dass das Haus direkt am See liegt. Ich wette, die Aussicht ist tagsüber unglaublich. Überraschenderweise ist niemand *im* Haus, also frage ich Ainsley danach.

„Der Hauptteil des Hauses ist für Partygäste tabu. Es gibt ein kleines Bootshaus, zu dem sie Zugang haben, aber ..., wenn du nicht auf Gruppensex stehst, solltest du dich von dort fernhalten."

Meine Augen weiten sich. „Ernsthaft?"

„Im Ernst. Wir lassen die Musik laut laufen, um den Lärm zu übertönen. Im Laufe der Nacht wirst du immer mehr Leute in diese Richtung gehen sehen. Zum Glück sind unsere Hütten die einzigen im Umkreis von mehreren Kilometern, sodass Nachbarn kein Problem darstellen."

Ich rümpfe meine Nase. „Hat jemand von den Jungs ... äh, an den Bootshausaktivitäten teilgenommen?"

Sie äfft meinen Gesichtsausdruck nach. „Nicht Kingston oder Reed. Bentley ... wahrscheinlich. Ich war noch nie da drin, also habe ich nicht gesehen, *woran* er teilgenommen hat, aber ich habe ihn in den letzten zwei Jahren zumindest *reingehen* sehen. Es würde mich nicht im Geringsten schockieren, wenn er heute Abend dort landen würde."

Ich benötige einen Moment, um das zu verdauen. Ich kann nicht sagen, dass ich überrascht bin, dass Bentley an einer Riesenorgie teilnimmt. Aber ich bin ... nun, ich weiß nicht, was ich bin. Enttäuscht vielleicht? Ein wenig skeptisch? Neugierig?

Ich ziehe die Brauen zusammen. „Wo schlafen die Leute, die nicht an einer Orgie teilnehmen?"

„Viele von ihnen übernehmen das Haus von Peyton. Oder ... das Haus deines Vaters, genau genommen. Der Rest schläft in der Hütte daneben. Das ist eine Ferienunterkunft, die jemand während des Abschlussball-Wochenendes reserviert."

„Also, nur du und die Jungs schlafen hier? Echt jetzt? Hier ist so viel Platz."

Ainsley nickt. „Na ja, und *du*. Kingston fühlt sich für dieses Haus verantwortlich und hat es von Anfang an zur No-Go-Zone erklärt. Die Leute können auf der hinteren Terrasse abhängen oder sonst wo auf dem Grundstück, aber nicht drinnen. Er hält alles fest verschlossen." Sie lächelt

traurig. „Unsere Mutter hat diese Hütte von ihren Großel-
tern geerbt und sie uns hinterlassen, als sie starb. Ich glaube,
Kingston würde sich nicht annähernd so sehr darum
kümmern, wenn es unserem Vater gehören würde."

„Oh."

Sie deutet mit dem Kopf auf die Treppe zu unserer
Rechten. „Da oben sind die Schlafzimmer. Lass uns unsere
Taschen verstauen und dann können wir nach hinten
gehen."

Im Obergeschoss gibt es vier Schlafzimmer und zwei
Bäder. Ainsley öffnet die Tür zu jedem Zimmer und bleibt
stehen, als wir zum Hauptschlafzimmer kommen.

Ich schaue hinein. „Ist das unseres?"

In der Mitte des Zimmers steht ein Kingsize-Himmel-
bett mit einer passenden Holzkommode und einem Nachttisch. Das Zimmer hat eine ordentliche Größe, aber die
Möbel nehmen viel Platz weg.

„Hier schläft normalerweise mein Bruder. Ich dachte,
du willst vielleicht hierbleiben."

Ich weiß nicht, warum, aber meine Wangen erröten.
„Äh ... wir haben das noch nicht wirklich besprochen.
Kann ich meine Tasche in unserem Zimmer abstellen und
die Schlafmöglichkeiten später klären?"

Sie gluckst. „Klar, Jazz. Obwohl, wie ich meinen Bruder
kenne, wird er dich nicht aus den Augen lassen."

Wir gehen in einen kleineren Raum am anderen Ende
des Flurs. Ainsley und ich stellen unsere Taschen davor ab.

Ich fasse mir an den Saum meines Kleides. „Meinst du,
wir sollten uns umziehen?"

„Du kannst, wenn du willst, aber ich lasse das hier noch

eine Weile an. Draußen wird es kühl werden, aber in der Grube brennt immer ein Feuer. Außerdem wärmt Alkohol, und ich habe vor, heute viel davon zu trinken." Sie lacht. „Reed hat mich heute Abend ununterbrochen begutachtet und mir gesagt, wie sehr ihm mein Kleid gefällt. Ich hoffe, dass er es ist, der es mir ausziehen wird."

Meine Augenbrauen heben sich. „Du bist wirklich bereit dazu, was?"

„Mädchen, ich bin schon seit *Jahren* bereit, es mit Reed Prescott zu treiben. Heute Abend habe ich vielleicht tatsächlich eine Chance." Sie wackelt mit den Augenbrauen. „Vor allem, wenn du meinen Bruder ablenkst, also hilf einer Schwester aus, ja?"

Hitze schießt durch meinen Körper, als ich mich an das Letzte erinnere, was Kingston zu mir gesagt hat, bevor wir zum Tanz zurückkehrten.

„Zieh dich nicht um, bevor du zum Haus am See fährst. Ich habe vor, das Versprechen einzulösen, dir später das Kleid vom Leib zu reißen."

Ich schüttle den Kopf, um die Erinnerung zu vertreiben. „Äh ... ich glaube, ich lasse meines auch erst mal an."

Ainsley lacht, als ob sie meine Gedanken lesen könnte. „Lass uns nach hinten gehen und ein paar Drinks holen."

Wir treten auf eine erhöhte Terrasse hinaus, auf der viele Leute aus der Schule sitzen. Ich lehne mich über das Geländer und blinzle mit den Augen, um in der Dunkelheit etwas zu sehen. Vor uns liegt ein großer See, auf dessen glatter Oberfläche sich die Außenbeleuchtung spiegelt.

„Dieser Ort ist der Hammer."

Ainsley gesellt sich zu mir an die Reling und reicht mir

ein Glas mit einem dickflüssigen Getränk. „Warte, bis du es morgen früh siehst. Ich liebe es hier."

Ich nehme einen Schluck aus meinem Glas. „Verdammt, ist das gut. Es schmeckt wie ein Jolly Rancher."

„Redneck-Margaritas, Baby." Ainsley stößt mit mir an. „Ich weiß, es schmeckt nicht danach, aber da ist eine ganze Menge Tequila drin, also sei vorsichtig."

„Zur Kenntnis genommen." Ich nicke. „Hast du die Jungs schon gesehen?"

Sie schüttelt den Kopf. „Noch nicht. Sie sind wahrscheinlich unten und grillen oder sitzen im Whirlpool."

Ich nehme noch einen Schluck von meinem Getränk. „Willst du daruntergehen und es dir ansehen?"

Ainsley hält ihren Zeigefinger hoch. „Warte mal. Ich fülle die Getränke nach, dann können wir gehen."

Sie zieht das Schlüsselband mit dem Hausschlüssel von ihrem Hals und schließt die Tür auf. Ich folge ihr hinein in die offene Küche und warte, während sie einen Krug aus dem Kühlschrank holt und unsere Getränke auffüllt.

„Danke", sage ich, als ich ihr das Glas abnehme.

Sie ruckt mit dem Kopf zum Kühlschrank. „Pass auf, dass du nur von dort trinkst. Wir halten die Türen verschlossen, aber wenn du noch etwas willst, sag mir Bescheid und ich kümmere mich um dich."

„Verstanden."

Ainsley grinst breit. „Und jetzt lass uns wieder rausgehen und die Party genießen!"

KAPITEL
ACHTUNDZWANZIG

JAZZ

Mann, so viel frische Luft bekommt man in der Stadt nicht. Ich schließe meine Augen und hole tief Luft, atme den erdigen Duft der Kiefern ein. Ainsley kuschelt mit Reed am Feuer und Bentley ist im Whirlpool mit ein paar anderen Leuten, die ich nicht kenne. Ich hatte keine Lust, mich Bent anzuschließen oder das fünfte Rad am Wagen zu sein, also bin ich am Wasser entlanggelaufen und habe auf Kingston gewartet. Es ist fast ein Uhr nachts, und der Mistkerl ist immer noch nicht aufgetaucht. Ich würde mir schon Sorgen machen, wenn Bentley mir nicht gesagt hätte, dass Kingston eine SMS geschickt hat, in der er sagt, dass er in Kürze hier sein wird.

Betrunkenes Kichern lenkt meine Aufmerksamkeit auf ein Paar vor mir. Sie gehen den kleinen Steg hinunter – eigentlich stolpern sie –, bevor sie das Bootshaus erreichen und hineingehen. Ich schaue hinter mich und sehe immer noch kein Zeichen von Kingston, also folge ich ihnen. Ich werde auf keinen Fall hineingehen, aber ich bin neugierig genug, um einen Blick durch die Fenster zu werfen.

„Heilige Scheiße."

Das Innere des Bootshauses besteht aus einem einzigen großen Raum mit minimalem Mobiliar, sodass mir nicht viel die Sicht versperrt. Der Raum ist mit etwa zwei Dutzend nackten Körpern gefüllt, die den einen oder anderen sexuellen Akt vollziehen. Stöhnen und Ächzen dringt an meine Ohren, unterbrochen von gelegentlichen „Oh, Gott!"

Es scheint, dass keine Kombination tabu ist. Ich entdecke sogar einen Mann-Mann-Frau-Frau-Kombi, die beeindruckend gut koordiniert wirkt. Mein Gott, das ist Wahnsinn. Außerdem ist es für mich praktisch unmöglich, wegzuschauen. Ich bin absolut fassungslos, aber auch … erregt. Ich spüre, wie sich meine Brustwarzen verhärten und wie mein Höschen plötzlich feucht wird. Mein Blut pulsiert und mein Puls steigt, während meine Augen von einem Live-Porno zum nächsten springen.

„Willst du reingehen?"

Ich schwöre, ich springe einen halben Meter in die Höhe vor Schreck. „*Heiligemuttergottes!*" Ich stoße Bentley gegen die Brust. „Du hast mich zu Tode erschreckt!"

Seine Augen glitzern. „Gerade als ich dachte, du könntest nicht noch heißer werden, finde ich heraus, dass du ein dreckiger kleiner Voyeur bist."

„Ich bin *kein* dreckiger kleiner Voyeur!", flüstere ich.

Er lehnt sich zum Fenster hinaus und wirft einen Blick hinein. „Nein? Ein regelrechter Voyeur also?"

Ich rolle mit den Augen. „Oh mein Gott, halte bitte endlich die Klappe?"

Bentley lächelt. „Weißt du, Jazzy Jazz, wenn du dir das genauer ansehen willst, würde ich dich gerne begleiten. Kingston würde mir zwar in den Hintern treten, aber das wäre es auf jeden Fall wert."

Ich bewege mich so schnell ich kann zurück auf festen Boden. „Du bist ein Idiot."

Er folgt mir und legt mir einen Arm um die Schultern. „Und *du*, meine Liebe, bist ein schmutziges Vögelchen. *So heiß.*"

Ich zucke mit den Schultern und verschränke die Arme vor der Brust. „Apropos Kingston ... ist er schon da?"

Bentley nickt langsam. „Gerade angekommen. Ich soll dich zu der kleinen privaten Geburtstagsfeier führen, die er organisiert hat."

„Es ist nach Mitternacht, also ist es technisch gesehen nicht mehr mein Geburtstag."

Er nimmt einen Joint und zündet ihn an. „Komm schon, Baby Girl. Mach einen Spaziergang mit mir."

„Gut", schnaufe ich. „Aber du teilst ihn."

Er reicht den Joint an mich weiter. „Ich würde nicht im Traum daran denken, ihn dir vorzuenthalten."

Ich nehme einen Zug und atme langsam aus. „Wohin gehen wir?"

Bentley deutet mit seinem Kinn den See entlang. „Ein kleines Stück in die Richtung."

Ich bin dankbar, dass ich so vernünftig war, mir Flip-Flops anzuziehen, anstatt zu versuchen, in Stöckelschuhen durch das leicht feuchte Terrain zu laufen.

„Du bist extra dafür aus dem Whirlpool gestiegen, hm?"

Er verzieht seine Lippen zu einem Lächeln. „Nein. Ich bin aus dem Whirlpool gestiegen, als ich dich zum Bootshaus gehen sah. Du weißt schon, der Ort, an dem du *nicht den* Leuten beim Ficken hinterherspioniert hast."

Mist. Ich dachte nicht, dass jemand darauf achtet, was ich tue.

Ich zeige mit dem Finger auf ihn. „Wenn du das noch einmal sagst, schwöre ich bei Gott, dass ich dir die Eier abreißen werde."

Er lacht und ruiniert damit die Rauchringe, die er geblasen hat. „Ach, Baby Girl. Du hast mich schon an den Eiern. Aber ich würde nicht nein sagen, wenn du an ihnen lutschen willst."

Ich schlage ihm auf den Arm. „Jesus, gibst du jemals auf?"

Bentley zuckt mit den Schultern. „Ich weiß nicht. Ich musste mir noch nie so viel Mühe geben."

Ich seufze. „Du weißt, dass das, was im Poolhaus passiert ist, nie wieder passieren wird, oder?"

„Sag niemals nie." Er zwinkert mir zu.

„Was genau *ist* in dieser Nacht passiert?"

Verdammt, ich kann nicht glauben, dass ich nicht früher daran gedacht habe, ihn zu fragen. Bentley ist viel offener als Kingston.

Er stößt seinen Arm an meinen. „Nichts. Na ja, abgesehen von der wirklich heißen Knutscherei, die du auf dem Video gesehen hast."

Ich seufze. Ich wusste, dass die Wahrscheinlichkeit, dass

ich in dieser Nacht mit ihnen geschlafen habe, gering war, aber es ist eine Erleichterung, es sicher zu wissen.

Ich runzle die Stirn. „Und ... warum? Und warum habe ich so wenig Erinnerung daran?"

„Das musst du meinen Kumpel fragen. Ich will damit nichts zu tun." Er reicht den Joint an mich zurück. „Entspann dich, Baby Girl. Es ist dein Geburtstagswochenende. Du kannst dich am Montag um den schwierigen Scheiß kümmern."

Ich nehme einen weiteren Zug und spüre den Rausch, den er auslöst. „Wie weit ist es noch?"

Wir sind jetzt schon mindestens zwanzig Minuten unterwegs. Die Geräusche und Lichter der Party sind schon vor einer Weile verklungen. Zum Glück ist der Mond voll, sodass wir ausreichend Licht haben, da wir am Ufer entlang und nicht unter den Bäumen gehen.

Bentley hält an. „Wir sind da."

Ich sehe mich um, aber von Kingston ist nichts zu sehen. Nur ein weiterer Steg, an dem ein kleines Schnellboot festgemacht ist, und ein leerer Picknicktisch.

„Äh ... das ist ja alles ganz nett, aber sollte Kingston uns nicht hier treffen?"

Er holt sein Handy aus der Tasche und fährt mit den Daumen über den Bildschirm. „Setz dich, Babe. Er holt gerade deinen Kuchen und ein paar Getränke. Er kommt gleich runter."

Ich setze mich und klopfe auf die Bank neben mir. „Ich werde nicht beißen."

„Nein, ich habe meine Arbeit getan. Ich will eigentlich nicht hier sein, wenn dein Junge kommt. Ich werde zurück zum Bootshaus gehen, obwohl ich eher ein Macher als ein Beobachter bin." Er wackelt mit den Augenbrauen.

Ich schüttle den Kopf. „Zu viel Information."

Bentley zuckt mit den Schultern. „Ehrlich gesagt, brauche ich die Ablenkung."

Ich neige meinen Kopf zur Seite. „Wovon?"

„Weil ich mein Mädchen verloren habe." Er schenkt mir ein trauriges Lächeln.

Mein Mund formt sich zu einem O, als ich seine Worte entschlüssle. „Bent-"

„Nein, Baby, tu das nicht. Es ist alles gut." Er beugt sich herunter und gibt mir einen Kuss auf die Wange, bevor er ein paar Schritte zurückgeht. „Ich werde ein wenig mehr rauchen, ein wenig mehr trinken und mich im Bootshaus in ein oder drei Muschis verlieren. Mir wird es gut gehen."

Ich bin immer noch ein wenig geschockt, diese ernste Seite von Bentley kennenzulernen. Mir fällt nichts ein, was ich sagen könnte, also bleibe ich einfach sitzen und sehe ihm nach. Ein paar Minuten später bin ich immer noch allein, und mit jeder Sekunde, die verstreicht, wird mir mehr und mehr unheimlich. Warum Kingston dachte, es sei eine gute Idee, mich mitten in der Nacht allein im Wald zurückzulassen, werde ich nie verstehen. Das Arschloch sollte besser schnell kommen, oder ich gehe zurück.

Eine Eule heult von irgendwo oben und verstärkt das unheimliche Gefühl in meinem Bauch. Wo zum Teufel ist er? Ich reiße den Kopf herum, als ich hinter mir einen Zweig knacken höre, gefolgt vom Knirschen der Schuhe auf dem gefallenen Laub. *Endlich, verdammt!*

Ich drehe mich um, in der Erwartung, Kingston zu

sehen, aber stattdessen sehe ich zwei Männer mit dunklen Skimasken, die direkt auf mich zukommen. Oh, Scheiße.

Ich springe ohne zu zögern von der Bank auf und renne los. Zwei maskierte Kerle können nur Ärger bedeuten. Ich gebe ihnen keine Chance, meine Leiche hier draußen zu vergraben. Ich kann sie hinter mir hören, aber ich riskiere nicht, mich umzudrehen. Ich hasse es, so ungeschützt zu sein, also stürze ich mich in den Wald und bete, dass die Bäume mir eine Art Tarnung bieten werden.

„Oh, Schätzchen, wir mögen es, wenn sie rennen", höhnt eine tiefe Stimme hinter mir. „Das macht den Fang am Ende umso befriedigender."

Der andere lacht, und das Geräusch lässt mich bis ins Mark erschaudern. Wer sind diese Arschlöcher? Und ernsthaft, wo zum Teufel ist Kingston? Ich stolpere fast in meinen Flip-Flops, also ziehe ich sie aus und laufe jetzt barfuß. Die Stöcke, die den Waldboden bedecken, zerkratzen meine Haut, aber ich spüre den Schmerz kaum, weil ich zu verängstigt bin, um an etwas anderes zu denken als an Flucht.

„Hilfe!", schreie ich. „Jemand muss mir helfen!"

Ich weiß, dass wir weit weg sind von irgendwelchen Häusern, aber ich muss versuchen, jemanden auf uns aufmerksam zu machen.

„Wir mögen es auch, wenn sie schreien", ruft derselbe Mann. „Aber spar deinen Atem. Hier draußen gibt es niemanden, der dich hören kann."

Scheiße. Scheiße. Scheiße.

Mein Blick schweift nach links und rechts und ich versuche zu entscheiden, in welche Richtung ich gehen soll.

Ich spüre, wie sie mir immer näherkommen, also treibe ich meine Beine stärker an und wende mich wieder dem Ufer zu. Geradeaus auf einem Pfad zu laufen muss besser sein als im Kreis zu gehen. Gerade als ich den matschigen Boden am Wasser erreiche, schreie ich vor Schmerz auf, als ich an den Haaren zurückgerissen und auf den Boden geschleudert werde. Mein Gesicht wird in den Schlamm gedrückt, als ein schwerer Körper von hinten auf mich zukommt.

„Runter von mir!" Ich wehre mich, so gut ich kann, aber er ist so viel größer und schwerer als ich.

Das Arschloch packt mich fester an den Haaren und zerrt. „Halt verdammt noch mal still, Schlampe."

Ich versuche, ihm mit den Knien in die Eier zu treten, während mich raue Hände umdrehen, aber er sieht die Bewegung voraus und wehrt den Schlag ab.

„Halt ihre Füße fest, verdammt!", schreit der Mann.

Sein Partner packt mich an den Knöcheln und hält mich fest. Mir verschlägt es die Sprache, als der andere Kerl seine Knie auf meine Brust presst und seine fleischige Handfläche auf meinen Mund legt. Ich sehe einen silbernen Blitz, kurz bevor ich die Spitze einer scharfen Klinge an meiner Kehle spüre.

„Jetzt hör mal zu, du Fotze", stöhnt er. „Es wird folgendermaßen ablaufen. Du hörst auf, dich zu wehren und machst hübsch die Beine breit. Wenn du noch einmal versuchst, um Hilfe zu schreien", er drückt die Klinge weiter hinein, „schlitze ich dir deine verdammte Kehle auf. Wenn du es wie ein braves Mädchen hinnimmst, bis wir mit dir fertig sind, darfst du leben. Hast du verstanden?"

Ich kämpfe gegen die Panik an, die in mir aufsteigt. Ich

muss irgendwie einen klaren Kopf bewahren und einen Ausweg aus dieser Situation finden.

Mir laufen die Tränen über das Gesicht, während ich mit dem Kopf nicke, soweit er es zulässt.

Der Mann nimmt das Messer von meiner Kehle und führt es zwischen meinen Brüsten hindurch. „Wirst du still sein, wenn ich meine Hand wegnehme?"

Ich nicke erneut.

Ich schaue in den Himmel, als das Messer sich weiterbewegt, und konzentriere mich auf die Sterne, anstatt auf den Horror meiner Realität. Ich schreie auf, als er mir grob an die Brust greift und so fest zieht, dass es sich anfühlt, als wolle er sie mir vom Körper reißen.

„Oh ja, das sind ein paar wirklich schöne Titten. Hübsche kleine Dinger, genau wie der Rest von dir. Ich frage mich, ob sie so gut schmecken, wie sie sich anfühlen."

Ich wimmere, als ich die kalte Klinge an meiner Schulter spüre, bevor er erst den einen und dann den anderen Träger meines Kleides durchschneidet. Er schiebt den Stoff beiseite und reißt die BH-Körbchen herunter, sodass meine nackten Brüste zum Vorschein kommen. Er rollt meine Brustwarzen zwischen seinen Daumen und Zeigefingern, bevor er seinen Kopf senkt und eine in seinen Mund nimmt. Mir kommt die Galle hoch, aber ich halte sie zurück, denn ich weiß, wenn ich diesen Kerl vollkotzen würde, würde er noch grober werden.

„Mmm, süß wie ein Bonbon. Ich frage mich, wie deine Muschi schmeckt." Er hebt die untere Hälfte meines Kleides hoch.

Ich glaube, ich kann nicht mehr viel davon ertragen. Ich habe das Gefühl, ich werde ohnmächtig.

„Komm schon, Mann." Der andere Kerl steht auf und beginnt nervös auf und abzugehen. „Dafür werden wir nicht bezahlt."

Was?! Ein Schrei ertönt in meinem Kopf, als ich spüre, wie die Klinge die Schnüre meines Höschens durchtrennt. Arschloch Nummer eins zieht den Stoff weg und späht zwischen meinen Beinen hinunter.

„Halt die Klappe", sagt er. „Siehst du diese wunderbare kleine Muschi?" Er fährt mit dem Griff der Klinge über meinen Schamhügel und zieht sie langsam tiefer. „Sie ist frisch gewachst und alles. Es ist, als hätte sie auf uns gewartet. Unser Arbeitgeber wird das verstehen."

„Wer ist euer Arbeitgeber?" Ich beiße die Zähne zusammen. Ich denke mir, wenn ich schon ertragen muss, was gleich passieren wird, dann kann ich auch gleich die Information bekommen, damit ich das Arschloch, das dafür verantwortlich ist, hinterher umbringen kann.

„Habe ich gesagt, du kannst reden?", schreit Arschloch Eins mich an.

Der Griff der Klinge drückt gegen meine Klitoris, bevor er wieder tiefer geht und an meinem Eingang stoppt. Oh, Gott, das passiert wirklich. Ich werde mitten im Nirgendwo von einem Verrückten mit einem Messer vergewaltigt. Ein Orkan tobt in mir und verlangt, dass ich mich wehre, was mir den Adrenalinstoß gibt, den ich brauche, um das Ganze relativ unbeschadet zu überstehen.

Ich drücke meinen Körper durch und überrasche

meinen Angreifer. Die Klinge fliegt ihm aus der Hand und fällt neben mir auf den Boden.

„Das wirst du mir büßen!", schreit er, bevor er mir ins Gesicht schlägt.

Flecken tanzen vor meinen Augen, während ich nach dem Messer greife. Ich bin mir sicher, dass der Alkohol und das Gras, die ich heute Abend konsumiert habe, auch nicht wirklich helfen. Mein Angreifer und ich ringen miteinander, während der andere Kerl auf und ab geht und etwas vor sich hinmurmelt.

Ich stehe auf, während sich meine Finger um den Griff schlingen und ich das Messer drohend hebe. „Bleib weg von mir! Mein Freund wird jeden Moment hier sein, du Arschloch!"

Kingston ist nicht gerade mein Freund, aber das ist im Moment nicht wichtig. Arschloch Eins weicht ein Stück zurück, aber er sieht nicht annähernd so beunruhigt aus, dass ich jetzt die Waffe in der Hand habe, wie er es sein sollte.

Er schenkt mir ein schmieriges Lächeln. „Oh, du dummes, dummes Mädchen. Niemand wird dich holen kommen. Wer, glaubst du, hat das Lamm zur Schlachtbank geführt?" Der Typ lacht, als er sieht, ich anfange, zu zweifeln. „Das stimmt, Schätzchen. Dein kostbarer Freund schert sich einen Dreck um dich. Und seine Freunde auch nicht. Dich hierherzulocken war Teil des Plans. Jetzt bist du uns ausgeliefert."

Meine Hand beginnt zu zittern. Nein, er blufft. Er *muss* bluffen. Aber warum ist Kingston noch nicht hier, frage ich mich?

„Du lügst!", schreie ich, obwohl hinter meinen Worten keine Überzeugung mehr steckt.

Er streckt die Arme zur Seite aus. „Tue ich das? Du klingst selbst nicht mehr sehr sicher."

Meine Hand zittert jetzt heftig. Ich schreie auf, als er sich auf mich stürzt und mich wieder zu Boden wirft. Er verdreht und quetscht meine Hand schmerzhaft, um an das Messer zu kommen, aber ich weigere mich, loszulassen. Das heißt, bis ich ein Schnappen höre und ein unerträglicher Schmerz mich zwingt, meinen Griff zu lösen.

Er spreizt mich und lässt einen Schlag nach dem anderen auf mein Gesicht niederprasseln. Meine Augen füllen sich mit Tränen, sodass meine Sicht verschwommen ist. Ein Auge ist so geschwollen, dass ich es kaum noch offenhalten kann. Die Schmerzen durch meine Verletzungen sind so stark, dass ich immer wieder das Bewusstsein verliere.

Ich kämpfe und schreie aber weiter, weil ich weiß, dass das meine einzige Hoffnung ist. Dieser Mann ist zu wütend und nichts wird ihn aufhalten, solange er nicht außer Gefecht gesetzt ist. Ich schaffe es, ihm einen kräftigen Schlag in die Eier zu versetzen, woraufhin er vor Schmerz aufbrüllt. Das Lächeln auf meinen blutigen und rissigen Lippen erstirbt schnell, als es sich anfühlt, als würde man mit einem weißglühenden Schürhaken auf mich einstechen. Instinktiv greife ich mit meiner gebrochenen Hand nach unten und spüre, wie Blut aus meinem Magen sickert.

Mein Blick bleibt auf meinem Angreifer haften, während ich an der heißen, metallischen Flüssigkeit ersticke, die meine Kehle hinaufsteigt. Ich drehe meinen Kopf und erbreche Blut.

„Oh, Scheiße, Mann!", schreit der andere Kerl. „Du hast sie abgestochen! Du hast sie verdammt noch mal abgestochen! Wir müssen von hier verschwinden!"

Der Bastard steht auf. „Schau, was du getan hast, du dumme Schlampe. Du hättest einfach deine Beine spreizen können und das hier wäre nie passiert." Er gibt mir einen schnellen Tritt in den Magen, um seine Aussage zu unterstreichen, bevor beide Männer fliehen.

Ich drehe mich um, umklammere meine Wunde und versuche, wach zu bleiben, aber es gelingt mir nicht besonders gut. Ich bin mir nicht sicher, wie lange ich in meinem zerrissenen Kleid daliege. Es könnten Minuten sein. Es könnten Stunden sein. Mein Verstand rast, während sich mein geschundener Körper mit seinem Schicksal abfindet.

Es ist schon komisch, woran man denkt, wenn man im Sterben liegt. Ich frage mich zum Beispiel, was für einen Geburtstagskuchen ich von Ainsley bekommen hätte? Ich hatte auf Schokolade gehofft, vielleicht mit Himbeerfüllung ... aber, das ist jetzt wohl nicht mehr wichtig. Oder ... es wäre wirklich cool, wenn ich jetzt am Strand spazieren ginge und das Meer meine Zehen umspielen würde, während die Wellen gegen die Küste schlagen. Ich wette, ein einheimischer Jogger wird meine Leiche finden. Ist dir das noch nie aufgefallen? Es sind immer Läufer, die Leichen finden. Ich kann mir die Schlagzeilen bildlich vorstellen:

Teenager in beschaulichem Bergdorf erstochen

Es wird diese Gemeinschaft vorübergehend aufrütteln, aber ehe man sich versieht, werde ich nur noch das arme

Mädchen sein, das am Ufer gestorben ist. Gänsehaut bildet sich auf meiner Haut, während ein Schauer durch meinen Körper läuft. Verdammt, ist das kalt hier oben. Ich trage zum ersten Mal ein Kleid und bleibe prompt in der Wildnis stecken.

Was mich wirklich wütend macht – und ja, ich habe jedes Recht, wütend zu sein, während ich hier liege und verblute – ist die Tatsache, dass ich nicht aufhören kann, darüber nachzudenken, dass die Leute, die dafür verantwortlich sind, damit durchkommen werden. Sie werden die Highschool abschließen, aufs College gehen, schließlich heiraten und kleine, überhebliche Babys in die Welt setzen, ohne jemals zurückzublicken. Sie werden nie erfahren, wie es ist, die Konsequenzen für ihr Handeln tragen zu müssen. Diese Menschen werden immer in einer Welt leben, in der man jedes Problem lösen und mit jeder Schandtat davonkommen kann, indem ein wenig mit Geld um sich wirft.

Mein Körper sinkt tiefer in den Boden, der Geruch von Schlamm und Kupfer erfüllt meine Sinne. Ich sollte wirklich Hilfe holen, aber mich zu bewegen, ist keine Option. Schreien ist auch keine – das habe ich schon versucht, und das Einzige, was es mir gebracht hat, ist eine raue Kehle. Mein Kopf dreht sich zur Seite, mein starrer Blick fällt auf die glasige Oberfläche des Sees, während die Finger meiner nicht gebrochenen Hand über meinen Unterleib streichen und vergeblich versuchen, den Fluss klebrigen Blutes zu stoppen.

Während ich den Vollmond anstarre, der sich auf der Oberfläche des Sees spiegelt, wird mir die Ironie meiner Situation bewusst. Gewalt ist mir nicht fremd – ich war die meiste Zeit meines Lebens davon umgeben. Wenn man arm ist oder sich nach dem nächsten Schuss sehnt, ist man überrascht, zu welchen Taten Menschen fähig sind, wenn die Verzweiflung zu groß wird. Deshalb hat meine Mutter mir beigebracht, wachsam zu sein und immer Vorsichtsmaßnahmen zu treffen. Ich habe mir ihre Lektionen zu Herzen genommen und es geschafft, über siebzehn Jahre ohne Zwischenfälle zu überleben.

Aber natürlich musste es verdammt noch mal so kommen, dass, wenn ich tatsächlich Opfer von Gewalt werde, dies an einem Ort geschieht, der vor Geld stinkt.

Das habe ich nun davon, dass ich einem Lügner vertraut habe.

Der letzte Gedanke, der mir kommt, bevor ich das Bewusstsein verliere, ist, dass ich sie dafür bezahlen lassen werde. Wenn ich das hier lebend überstehe, werde ich *jeden einzelnen von ihnen* dafür bezahlen lassen, was sie getan haben. Und wenn ich es nicht schaffe, ... wenn das mein Ende ist, ... werde ich diese Wichser aus dem Grab heraus heimsuchen.

Fortsetzung in Buch zwei der Windsor-Academy-Serie, RUTHLESS KINGS.

Über Die Autorin

Laura Lee ist *USA*-Today-Bestsellerautorin von manchmal pikanten, manchmal schreiend komischen Liebesromanen. Ihren ersten Schreibwettbewerb gewann sie im zarten Alter von neun Jahren, was ihr eine Reise in die Landeshauptstadt einbrachte, um dort ihr Manuskript vorzustellen. Zum Glück für sie werden diese frühen Werke nie wieder das Licht der Welt erblicken!

Laura lebt im pazifischen Nordwesten mit ihrem wunderbaren Ehemann, zwei großartigen Kindern und drei der am schlechtesten erzogenen Katzen, die es gibt. Sie mag ihre Frucht-Smoothies am liebsten mit Rum, ihre Schränke mit Cadbury's-Schokolade gefüllt und ihre Musik laut aufgedreht. Wenn sie nicht gerade mit den Kindern herumjagt, schreibt oder Fernsehen schaut, liest sie alles, was sie in die Finger bekommt. Sie hat eine Schwäche für pikante Liebesromane, hauptsächlich für solche, die sie zum Lachen bringen!

Weitere Informationen über die Autorin findest du auf
ihrer Website unter: www.LauraLeeBooks.com

Du kannst sie auch gelegentlich in den sozialen Medien
„arbeiten" sehen.

Facebook: @LauraLeeBooks1
Instagram: @LauraLeeBooks
Twitter: @LauraLeeBooks
TikTok: @AuthorLauraLee
FB-Gruppe: Laura Lee's Lounge

Made in United States
Orlando, FL
18 July 2022

19911175R00189